干城章嘉峰
2600英尺

石板瓦匠
鲍勃的矿

坑道

矾鳕峭壁
1700英尺

亚马孙河谷

低地农场

沃特斯米特

"帽子"
里下山

矾鳕峭壁
陡峭的一侧

贝克福特

里约湾

丘陵地区

海拔高度：英尺①

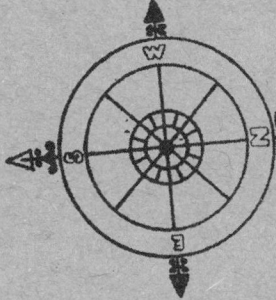

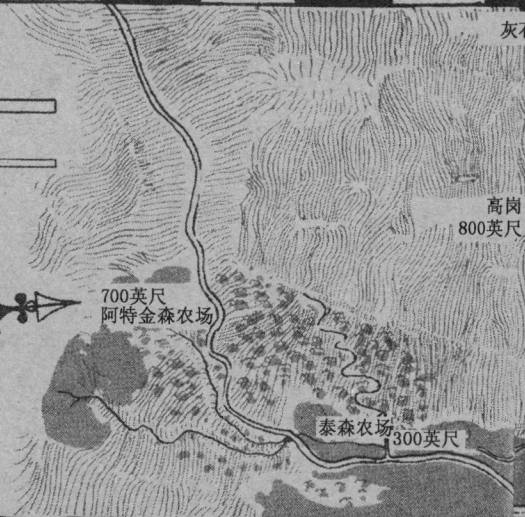

灰石

高岗
800英尺

700英尺
阿特金森农场

泰森农场
300英尺

高岗草图

"软帽子"
在山坡上做
的白色标记

灰石堆

洼地

通往邓代尔路

烟墙

阿特金
森农场

水井
营地

罗杰曾躲在路边
泰森农场的
树林直入山谷

高岗边缘

通往泰森
农场的小道

格林班克斯

泰森农场

亚马孙河

① 英尺，英美制长度单位，1英尺等于 12 英寸，合 0.3048 米。

燕子号 与 亚马孙号
探 险 系 列

PIGEON POST

ARTHUR RANSOME

鸽子邮差

〔英〕亚瑟·兰塞姆 —————— 著 吕琴 ————— 译

人民文学出版社
PEOPLE'S LITERATURE PUBLISHING HOUSE

图书在版编目(CIP)数据

鸽子邮差/(英)亚瑟·兰塞姆著;吕琴译. —北
京:人民文学出版社,2023
　(燕子号与亚马孙号探险系列)
　ISBN 978-7-02-018102-5

　Ⅰ.①鸽… Ⅱ.①亚… ②吕… Ⅲ.①儿童小说-长
篇小说-英国-现代 Ⅳ.①I561.84

　中国国家版本馆 CIP 数据核字(2023)第 126004 号

责任编辑　朱卫净　周　洁
装帧设计　汪佳诗

出版发行　人民文学出版社
社　　址　北京市朝内大街 166 号
邮政编码　100705

印　　制　上海盛通时代印刷有限公司
经　　销　全国新华书店等

开　　本　720 毫米×1000 毫米　1/16
印　　张　28.25
字　　数　309 千字
版　　次　2023 年 8 月北京第 1 版
印　　次　2023 年 8 月第 1 次印刷

书　　号　978-7-02-018102-5
定　　价　88.00 元

如有印装质量问题,请与本社图书销售中心调换。电话:010 - 65233595

目录

第一章

已经开始了

"嘿……嗨……对……就是我……"

罗杰把一小块巧克力整个吞了下去。他和提提一起靠在火车车厢的门口。火车已经在岔道口停下，它还要沿着那条通往山里的小支线跑十六千米。不知站台上哪个地方在搬卸牛奶罐，哐哐当当发出很大声响，所以一开始他们并没有听见搬运工在喊什么，那人沿着火车走，一节一节车厢往里打量。现在，他们听清楚了。

"沃克先生……罗杰·沃克先生……沃克——先生……"搬运工正挨个车厢走过来。

隔着两扇车门的时候，罗杰跳下了车厢。

"是我，"他说，"我就是罗杰·沃克。"

搬运工看了看他。

"你，是你吗？"他说，"那跟我走吧。我们时间很紧，不过他们的罐子还要一两分钟才能搬完。啊，呃……有你们的一只笼子。本来有两只，但有一只是前一班车乘客的。我们得在火车开动前把它放走。这边走。现在我们得快点。我把它放在站台尽头了。"

提提正要出车门，却被一个上车的农妇挡住了路。

"嘿，小家伙，拿一下这只包。"她说。

提提接住了，把它放在座位上。农妇把一只又一只包递上去，然后自己爬了上来。

"天啊！太热了！"她说着，边擦脸边数她的包裹，"这天气足以把人热糊涂……三只……五只……还有两只……不对，是六只……"

一边是农妇，一边是牛奶罐的哐当声，提提没有听见搬运工说了什么，只看见他匆匆离开，罗杰在他身旁一路小跑。她看着他们自己的小手提箱，有点犹豫。

"没事，不会有人碰的。"农妇说。

"太谢谢您了。"说着，提提跳下车去追罗杰和搬运工。

"那是什么东西？"罗杰一边问一边侧身往前跑，正好躲开挡道的牛奶罐。

"鸽子。"搬运工说，"就在这里。给你一支铅笔，你要签字。"

罗杰接过笔，在搬运工指定的地方签上字。提提已经盯着放在站台上的那只笼子了，那是一只棕色的、上了清漆的柳条笼子。她看了看标签：

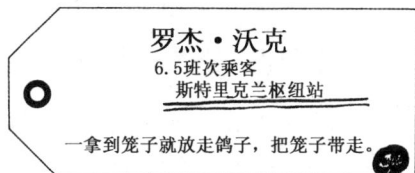

罗杰·沃克
6.5班次乘客
斯特里克兰枢纽站

一拿到笼子就放走鸽子，把笼子带走。

标签的一角是用蓝色铅笔画的小海盗标志，看上去几乎像官方印章。

"是南希！"提提大叫道，"她已经开始玩把戏了。"

"里面有一只活鸽子，"罗杰说，"你听听。"

"你们的时间不多了，"搬运工说，"剪断那边的绳子，拔出木栓。所有的小鸽笼都是这么打开的。等一下，最好把它带到顶棚外头，这样它能好好地飞出去。"

"让它飞走？"提提说，"那我们再也抓不到它了。"

搬运工笑了。"上个星期，他们每隔一天就送来一只鸽子，让我替他们放飞。送来鸽子的人姓布莱克特。"

"我们正要去他们那里住下。"提提说。

"鸽子会比你们早到很多。"

罗杰已经剪断了绳子，拔出了木栓。

"我能看到它的眼睛。"他说。

他们差不多走到站台尽头，来到车站顶棚外面，站在火车头旁的空地上。

"把门打开，"搬运工说，"举起笼子……它要出来了……"

柳条门开了，那只鸽子露出闪闪发光的青铜灰色的脑袋，粉红的爪子抓住笼框。笼子突然变轻，罗杰觉得好像是他亲自把鸽子抛向了空中。它飞到顶棚上空，飞到火车头喷出的白色蒸气上方，在屋顶上盘旋，又飞到板球场上方，搬运工和提提、罗杰一直望着它。火车司机和锅炉工也从踏脚板上探出身子看它。鸽子只有一个小灰点那么大了，在耀眼的夏日天空很难看见它，突然，它似乎下定决心要离开，向着西北方，直冲太阳，朝湖区的青山飞去。

"我还能看见它。"提提说。

"我看不见。"罗杰说，"哦，我看见了……不，它飞走了。"

"你们最好快点回去。"搬运工说，然后他朝火车司机点了点头，那人也朝他点点头，差不多就是答应等他们上车后再开动。他们刚上车，

4

放飞

列车员就吹响了哨子。

"嘿，"罗杰尽可能压低嗓门说，"我们是不是应该给搬运工一点什么？"

提提已经在她的钱包里翻来翻去了。

"没关系，"搬运工说，"你们留着买鸽粮吧。"

"但那不是我们的鸽子。"提提说。

"不要紧。"搬运工说着，把他们的车厢门关上了，火车驶出时，还向他们友好地挥手致意。

"非常感谢！"他们隔着窗户对他大喊道。

"到底怎么回事啊？"农妇说，她已经清点好所有的包裹，正坐在车厢的一角，双手合拢放在腿上，"鸽子飞走了？我儿子在南方，他对鸽子可在行呢。用他的话来说，当它们还是小雏鸽的时候，他就开始放飞它们。他把它们放飞得越来越远，还没过完夏天，他就把它们放飞到他爸和我这边，然后我们清早再把它们放走，天黑前它们就飞过了整个英格兰。"

"你们通过它们送信吗？"提提问。

"是的。来自家人的问候。"农妇说，"他爸在一张小纸条上写了那句话，早就绑在一只鸽子的腿环上。"

"嘿，"罗杰说，"原来佩吉在信里说的就是这个意思，她说她们今年准备了比旗语还要好的东西。"

"我们能过来，真是太好了！"提提说，"我们原本可能只能在学校里待着。"

罗杰从窗子探出身去，在风中眯起双眼。

"我看不见鸽子的身影。"他说。

"它飞得那么快，"提提说，"火车压根追不上它。"

"它要飞很远吗？"农妇问。

"要去湖另一边的一座叫贝克福特的房子。"

"是布莱克特太太家吗？"

"您认识她？"

"没错，还有她的女儿和她的弟弟特纳先生，他老是在外地游荡……"

"我们也认识他，"罗杰说，"我们叫他……"他突然停住了。把弗林特船长的称呼告诉原住民没有任何意义。

"好像你们以前来过。"农妇说。

"嗯，是的。"提提说，"我们总是住在霍利豪依……至少妈妈是这样……不过接下来两个星期杰克逊太太有客人来……布莱克特太太就让我们住到她家里，一直住到那个时候，因为妈妈不想让布里奇特把百日咳传染给我们。"

"我们直接从学校过来的。"罗杰说。

"嗯，"农妇说，"你们的事情我都知道。两年前特纳先生的船屋被人闯进去后，在湖边的小岛上露营的小家伙就是你们。去年冬天湖面结冰的时候，你们又来了。不过我以为你们是四个人……"

"五个，加上布里奇特。"提提说，"约翰和苏珊肯定已经到了。他们的学校离这里不远。"

"你们和迪克逊太太家的那两个小孩也是朋友吧?"

"迪克·科勒姆和桃乐茜·科勒姆,"提提说,"他们要过很长一段时间才能来,因为他们的爸爸要批改试卷。"

从南方过来整整旅行了一天,最后几分钟却过得很快。他们已经进入了山区,松散的石头墙壁把田野一块一块分隔开来。枯草地里露出灰色的岩石,紫灰色的山冈直冲云霄。提提和罗杰迫不及待地从车厢这边跑到另一边,从这扇窗户看向另一扇窗户。

"所有东西都烤干了。"农妇说,"好几个星期都没下雨了,最近也不会有雨,小溪里也没水了。大家绞尽脑汁要保住他们的牲口。"

"嘿!"罗杰说,"那边起火了!"

"不止一个地方。"农妇说。

火车正穿过一段路堑,路两边都被烧得焦黑。

"是火车头溅出的火花吗?"罗杰说。

"对,"农妇说,"火车不经过的地方,游客们就开着汽车来,还带着火柴和香烟,他们一点头脑都没有。当周围一切都干透的时候,只要一点火星就会燃起大火。呃,我们到了。那边就是我的农场……"

一座很像霍利豪依的农舍从眼前闪过,然后消失了。农妇跳了起来,开始整理她的行李。火车突然转了个弯,接着慢了下来。

"那个湖!"提提和罗杰一起大喊道。

远处,越过一座村庄冒烟的烟囱,波光粼粼的湖水在山间延伸。火车最后停了下来。

"站台在对面。"罗杰说。

"谁会在那里?"提提说。

"谁都不在。"罗杰说。

然而,在站台上等待的人群里有顶红色针织帽在上下攒动。不一会儿,南希·布莱克特就来到车厢门口,罗杰和提提正和农妇道别,拎着手提箱挤下车。

"你们来了。"南希说,"您好啊,纽比太太。嘿,罗杰,你收到鸽子了吗?放了没有?我和妈妈必须在它到家之前出发。她马上就来这里,这会儿正在逛街。天哪,我差点来晚了,接不到你们。你们没落下那只笼子。太好了。吓坏我了,不过真高兴见到你们。把你们的箱子从行李车厢里搬下来,然后我们得去行李房。"

周围的人似乎都叽叽喳喳说起话来,不过,他们的箱子和其他箱子很快就从行李车厢里一起被运了出来。南希一边吩咐搬运工留意布莱克特太太,一边催促他们沿着站台往前走。

"弗林特船长在船屋里吗?"罗杰问。

"他还在南美,是吗?"提提说。

"他本应该在这里的,但他不在。"南希说,"他的探矿事业不怎么样,假期开始了,他没能及时赶过来,那是他活该。不过他正在往回赶。他的一些东西已经寄过来了,但最重要的还没到,至少昨天还没到,可能今天就到了。"

她带着他们进了行李房。

"你们有没有一只箱子或笼子,里面装着活的东西?"她问柜台后面的一个人。

"兔子？"那人问。

"问题是我们也不太清楚。"

"布莱克特小姐，是吗？"那人说着，手指在他的本子上一行行滑动，"没有，小姐，没有你的东西。目前还没有。除非跟着这趟火车一起到。"

"我已经看过行李车厢了。"南希说，"嗯，明天我们会非常忙，所以我不可能过来，不过如果东西到了，您能来个电话吗？"

"好的，布莱克特小姐，我可以给你打电话。"

"那到底是什么？"罗杰问。

"总之它叫蒂莫西。"南希说。

"又是一只猴子？"罗杰说。

"或是一只鹦鹉？"提提说，"他说过他可能还会要一只。"

"都不可能。"他们回去拿行李时，南希说，"他在电报里说，我们可以在他的房间里放了它。那就不可能是猴子或鹦鹉。一定是一种不会造成多大破坏，也不会爬来爬去的东西。迪克……"南希忍住了，接着说，"我们已经查遍了博物学的书，非常肯定那是一只犰狳。但我们不知道对不对，也没法证实，因为吉姆舅舅还在往回赶，而我们根本不清楚他那艘船的名字。不管是什么，他一定提前寄出了，要不然他也不会发来电报……嘿，我妈妈来了。"

一辆小小的老爷车开进了铁路停车场，车身的挡泥板上有很多凹痕。布莱克特太太正在和搬运工说话，她矮矮胖胖的，个子没有南希高。他们走过来的时候，她转过身。

"你们到啦，"她说，"就差你们了。"

"除了蒂莫西，"南希说，"它还没到呢，不过等它一到，他们立马就会给我来电话。"

"对，那两个……"布莱克特太太看着他们的箱子说，"我们会把它们都放到车后。除了那些手提箱，你们没有别的行李了吧，是吗？你们的妈妈怎么样？还有布里奇特？哦，我忘了你们也是从学校直接过来的，不会比约翰和苏珊知道得多。"

"昨天我们收到一封信，"提提说，"布里奇特一天只咳两次了，所以她没问题，我妈妈也还好，至少她没说自己不好。"

"上车吧。"箱子都绑在了行李架上，这时布莱克特太太说，"罗伯特，谢谢你。提提，你到前面跟我坐在一起。谁也别坐在我的包裹上。那只篮子里有鸡蛋，纸袋里有番茄。罗杰，用力把那扇门关上，再从里面推一下，看关好了没。没错，南希……幸亏你舅舅没听到我开车……是的，我还记着要松开刹车……"

随着一阵可怕的"嘎啦嘎啦"巨响，小老爷车摇摇晃晃地开出了车站大门，猛地向左拐弯。

"我们一定要从湖那头绕过去吗？"罗杰说。

"不一定，"南希说，"如果小索福克勒斯直飞过去的话，就不用了。"

提提和布莱克特太太一起坐在前头，她扭头看了看。"你为什么叫那只鸽子索福克勒斯？"她问。

"你可能会很好奇。"布莱克特太太说。

"哎，妈妈，您要好好把稳方向盘啊。"南希说，"是这样的，吉姆舅舅给了我们一只鸽子，叫作荷马，因为它是一只信鸽。然后我们又有了两只鸽子做伴，就查阅希腊诗人名录，找到了索福克勒斯和萨福。就是这样。哎呀！妈妈！幸好我抓住了鸡蛋……"

他们的冒险之旅还没开始就快结束了。

"不应该开那么快。"布莱克特太太说。她突然刹车，罗杰和南希从后座弹起，提提的鼻子差点撞到挡风玻璃，"马路上到处是危险的司机……根本不安全。南希，一切都好，你想怎么笑就怎么笑吧。人是最粗心的。好了，要不是我一直在听你说话，我早就按喇叭了……"

"您看到那是谁了吗？"南希说，"是乔利斯中校。他脱下帽子致意……不要，不要拐弯。他知道您没有看见他，反正我对他笑了笑。"

"他为什么带着一把小号？"罗杰问。

"是猎号。"提提说。

"不是，"南希说，"那是一种老式训练号角。他一直在检阅他的消防队。你没看见他的车后面伸出来的那些长柄扫帚吗？"

"都是因为旱灾。"布莱克特太太解释道，"我们这里好几个星期没下雨了，要是山上起火，那每个人都得遭殃，老乔利斯中校一直在部署工作，万一发生火灾，消防队的小伙子们就知道要开着车去什么地方帮忙救火。"

"他们吹响训练号角，"南希说，"然后看看他们多久能行动起来。每个有车的人都在队伍里，所有的男人……嘿，妈妈，注意看路！"

布莱克特太太不知怎么开到了路的另一边，又突然拐了回来，再次直着往前走。他们正从最后一个陡坡下去，开进一个小村子，那里被沃

克和布莱克特两家叫作里约。他们在坡底拐了个弯。湖湾波光粼粼，码头边还停泊着游艇。去年冬天，罗杰和提提来过这里，当时湖面结了冰，到处都是溜冰的人。伴随着一阵刺耳的刹车声，布莱克特太太停下了车。车一停下，南希就出来了。

"你们两个快点。"她说。提提和罗杰下车跟着她走上一座木码头，它似乎高出水面很多，他们感到很奇怪。

"这个湖怎么回事？"罗杰说，"它以往几乎和路面齐平。"

"没有雨嘛。"南希一边说一边急切地望着岛屿那边，"等一下，好了，没问题了，索福克勒斯回家了。你们就待在这儿，等着他们……"

说着，她已经沿码头往回跑了。

"嘿，"罗杰在她身后大叫起来，"布莱克特太太拐弯了。南希上了车。她们走了。嘿！提提！她们把我们的行李都带走了！"

然而提提根本没听见。她看见湖的远方，一个小白点在夕阳下闪闪发光，正是这个小白点让南希赶忙上车。时光倒流回两年前，那是她第一次看到亚马孙号海盗们的小白帆。

罗杰摇了摇她的手臂。

"提提，"他说，"她们走了……"

提提指了指那艘小船。

"不要紧，"她说，"约翰、苏珊和佩吉一定会来接我们过去。"

第二章

计　划

提提和罗杰站在码头的尽头，越过湖面，望向对岸的群山，其中就有他们前一年攀登过的干城章嘉峰。那边是贝克福特岬角，掩映着布莱克特家的房子，亚马孙号小帆船就在岬角和岛屿之间。这时，他们望着小船，开始疑惑起来。谁在驾驶它？小白帆迎风拍打着。如果这种情况只发生一次，他们就不会把它放在心上了，可它不光在抢风调向时拍来拍去。

"不可能是约翰，"罗杰说，"也不可能是苏珊。他们绝不会让船抖成那样，而佩吉的技术跟约翰一样厉害。"

湖面起风了，小船迎风驶来。不一会儿，一艘大汽船遮住了它。接着，它驶到了一座岛后面。然后它又出现，驶向湖湾入口。船帆长时间抖动，在码头上观望的两个小行家时不时地被吓到。

"有个戴红帽子的，"提提说，"一定是佩吉，但不可能是她在掌舵。嘿，罗杰，是迪克逊家姐弟。佩吉在中间的横座板上。桃乐茜紧抓着主帆索，迪克在掌舵。我看到了他眼镜反射的光。太了不起了！布莱克特太太一定也让他们住下了。"

"不过他们完全不了解帆船驾驶啊。"

"他们在湖区学过。你不记得了？桃乐茜给我们寄过一张明信片。"

"我们挥挥手吧，"提提说，"现在他们能看见我们了。"

佩吉·布莱克特也向他们挥手问好，迪克和桃乐茜则忙得不可开交。

"他们做得还不错，"罗杰说，"对初学者来说。"

小船快速靠了过来。

他们能看见桃乐茜两手紧抓着主帆索，等待佩吉下命令。他们还能看出迪克一脸认真。他们注意到佩吉给了他一个手势。小船转了弯，迎风直上，在他们脚下停住了。罗杰跪在码头上拽住了船。

"漂亮！"他说，"嘿，你们也有一只鸽子。"

"上船。"佩吉说，"靠紧码头。我们得把它放出去送个信。现在几点了？"

"我的表坏了，"罗杰说，"它总是坏。"

"七点十四分。"迪克说。

佩吉正在一张小纸条上草草写着什么。她把纸条卷紧，打开另外一只柳条笼子——很像之前送到车站给他们的那只笼子，捉出一只鸽子。"快点，"她说，"把信塞到圆环下面……那只橡胶环。"

鸽子一只腿上戴了金属环，另一只戴了橡胶环。提提手发抖，害怕出错让鸽子不舒服。她最后还是把小纸卷塞了进去。

"飞吧。"佩吉说，鸽子在他们头顶转了几圈，又在停靠湖湾的游艇上方盘旋了一会儿，忽地就像箭一样径直飞向远处的岬角。

"解开缆绳。"佩吉说。很快他们就离开了码头，跟随鸽子，顺着风朝湖上驶去。

"收到你们的留言之后，我们才出发来接你们的。"桃乐茜说。

"什么留言？"罗杰说。

"索福克勒斯捎来的。"桃乐茜说。

"这一只叫什么？"提提说。

"萨福。"佩吉说，"你看着我们岬角的旗杆。萨福一到，他们就会把旗帜升起来。"

他们刚离开里约港，罗杰就叫起来："看到旗帜啦！"湖那边，贝克福特岬角有一面旗帜在旗杆上飘扬，远远望去一片漆黑。

"真快。"佩吉说。

"它就和电报一样快。"罗杰说。

"真的差不多，"迪克说，"像这样的近距离。"

"是苏珊……她跑开了。"

"回营地了，"佩吉说，"他们忙着搭帐篷呢。你知道我们要在花园里露营吗……"

"在花园里？"提提非常伤感地问。

"直到你们的妈妈来到霍利豪依。到那时，你们才会登上燕子号，我们八个人不可能都挤上亚马孙号。所以也不用去野猫岛了。不管怎样，我妈妈是唯一的大人，她希望我们都留在她的身边。她说，要是我们在离房子很远的地方扎营，她就没有工夫照顾我们了，因为她尽忙着应付裱糊工和粉刷匠。情况不可能那么糟糕。我们打算自己做饭。嘿，你们知道苏珊在绞肉机上制作了一份生日礼物吗？为了改善干肉饼的口感。"

提提高兴起来，毕竟只有两星期时间。

"蒂莫西来了吗？"桃乐茜问。

"还没有。"提提说。

"我们去行李房问过了。"罗杰说。

"真希望我们能知道它是什么时候寄出的。"佩吉说。

"我可以试试掌舵吗？"罗杰说。

"来吧。"迪克说。然后在回家的航程中，提提和罗杰轮流掌舵，只是为了确保他们还没有忘记这几近荒废的技能。途中，佩吉跟他们讲了鸽子是怎样被逐步训练得越飞越远，桃乐茜则向他们讲了她和迪克是如何在诺福克湖区变成一等水手的。不一会儿，他们就靠近了岬角，可以看见黑旗上的白色骷髅标志。

"嘿，"提提说，"我们在花园露营期间，不能玩海盗游戏，打打闹闹的游戏也不行。那要玩什么呢？也不能再去北极了。"

"天气太热了。"罗杰说。

佩吉看了看他们。"淘金。"她说，"迪克是一个地质学家，南希让他读了弗林特船长所有有关采矿的书，明天我们打算直接去干城章嘉峰找石板瓦匠鲍勃聊一聊。他是一个老矿工，妈妈说他知道我们应该到哪里去找矿。"

"要去干城章嘉峰吗？"提提说。

"拿着蜡烛。"桃乐茜说。

"离岬角越来越远啦！"佩吉叫了起来，"我们要触礁了。"

他们远离了岬角，很快就驶进了亚马孙河口。他们拉起活动船板，降下帆。佩吉脱掉鞋子跳下水，把小船拉过浅滩。然后她又爬上船。他们在高高的芦苇丛中向上游划去，芦苇丛比平时高出很多，因为干旱期沿河流下的水少之又少。

"那边是船库。"罗杰大喊道。

船库上亚马孙号海盗的褪色标志尽管迫切需要重新刷漆，但仍隐约可见。船库那边就是贝克福特的灰色老房子，搭设了油漆工的梯子和脚手架，看起来很奇怪。房子与河流之间的草坪上有好几顶白色帐篷。

"他们来了！"那是约翰的声音，他和苏珊来到水边迎接他们，很快南希从房子的拐角处跑了过来。

"你们好。"约翰和苏珊说。

"你们好。"提提和罗杰说。

"鸽子们的表现棒极了。"约翰说。

"你们箱子的钥匙在哪儿？"苏珊说，"我去把你们露营需要的东西拿出来。"

一个学期结束了，仿佛消失得无影无踪。真正的生活再次开始。

"是不是非常惊喜？"南希说，"我跟妈妈说别让你们知道迪克逊家姐弟也来了。现在他们都是一等水手。等罗杰晋升、你们的妈妈来霍利豪依、你们再次驾驶燕子号的时候，我们每艘船上就有两个一等水手了。但我们首先得做不少事情。佩吉跟你们说了吗？还好我们有迪克，他是公司的地质学家……"

"什么公司？"罗杰问。

"采矿公司。"南希说。

"半小时内开饭！"布莱克特太太从房子里喊道，"到时你们都得就位。今天晚上是在我的屋子里而不是在你们的营地吃饭。改天我再去那里和你们一起吃晚饭……尝尝苏珊的干肉饼。"

"快点。"南希说。

他们只来得及看看自己的帐篷，看看营火——它不在草坪上，而是在几米外灌木丛中的一小块空地上。

"现在去看看鸽棚吧。"南希说。

他们跑着穿过草坪，绕过房子，来到马厩所在的院子里。

"嘿，"佩吉说，"又是那个'软帽子'。"

一个瘦高个的男人正在花园门外犹豫不决，他穿着宽松的灰色法兰绒裤子，头戴一顶柔软的棕色呢帽。看见他们八个人从屋角一拥而来，他就转身向大路走去。

"这是第二次了。"南希说，"昨天他来过这里，从墙头往里瞧，当时我们正在为迪克逊家姐弟搭帐篷。"

"游客们以为门和墙就是为他们窥探而建的。"佩吉说，"到了，爬梯子的时候一定要轻一点，它们就是从那扇门飞进来的。"

他们爬上梯子看鸽棚，刷成白色的窗台可以让鸽子降落，铁丝活动小门可以让鸽子进来，把它们关在里面。南希在梯子顶上把人通行的大门打开，并指给他们看铁丝网围成的内门和后面的大鸽棚，荷马、索福克勒斯和萨福正在享用晚餐、喝水，或许还在谈论下午的飞行。

"听着，你们必须换换衣服。"苏珊说。他们飞跑着穿过院子，上了楼，在一个堆满罩着防尘布的家具的房间里换上露营服——房子已经被弄得面目全非了。

"快点。"南希在门厅喊道。他们又飞跑着下楼，进了弗林特船长的书房。

弗林特船长的书房就在大门旁，似乎是这栋房子里唯一一个和他们記忆中一样的房间。里面有高高的书架、摆放科学仪器的架子、装着化学药品的玻璃柜，还有挂在墙上的稀奇古怪的玩意儿：长矛、盾牌、一根圆头棍和大鱼的腭骨。就算是书房，也有些东西被人改造了。有人已经把一只包装箱改成了类似兔子笼的东西。桌上有一本厚厚的南美自然史，翻到了印有犰狳的彩色图片的那一页，旁边是一张小纸条，细心的迪克记录下了这种动物的正常尺寸。毫无疑问，这是为了蒂莫西到来之后有一个合适的地方休息。壁炉架上钉着一封电报——似乎是为了让他的房间也知道他要回来一样，那是一星期前从伯南布哥① 发出的，弗林特船长（也就是南希和佩吉的吉姆舅舅）宣布他正在回程的路上。

野鹅不下蛋。

已返程，请善待蒂莫西。

让他住进我的房间。

——吉姆

"看吧，"南希说，"他又栽大跟头了。'野鹅'是指他白费工夫，'不下蛋'则是说他没有找到金子。他去那里就是为了淘金。"

"要知道，"佩吉说，"有下金蛋的鹅。唉，只是这一只不是。"

"他还不如待在家里，"南希说，"然后他就会去船屋，我们就可以叫他玩走跳板或其他任何能想到的游戏。问题就在于他不安分，总想去别

---

① 伯南布哥（Pernambuco），巴西的二十六个州之一。

的地方寻找什么矿。他为什么不在这里找呢？要是我们能找到一小块金子，他就会留在家里，而不是走得远远的，不和我们玩，浪费掉我们的假期……"

空荡荡的大厅里响起一阵敲锣的声音。

他们匆匆走进没铺地毯的餐厅吃晚饭，吃饭的桌子是用粉刷匠们的木板和支架搭起来的。布莱克特太太端上大份的羊肉、青豆和土豆，大家都饿坏了，顾不上说话。只有布莱克特太太一个人说个不停，什么糊壁纸、抹水泥，等等，还说在她弟弟回来之前必须装修好，还有她多么高兴沃克和科勒姆家的孩子能来做客，多么希望等布里奇特的百日咳好了以后能见一见沃克太太和布里奇特，以及等科勒姆先生批改完试卷后能见到科勒姆夫妇。直到快吃完晚饭时，才提到严肃的话题。"好了，"布莱克特太太最后说，"你们什么时候开始探矿？"

"明天我们就去找石板瓦匠鲍勃。"南希说。

"只要你们晚上都能回到这里，就不会有太大麻烦。"她说，"我认为他会跟你们讲很多，让你们在山谷里有得忙。"

"那里真的有金子吗？"罗杰说。

"石板瓦匠鲍勃会告诉你们有。"她说，"从我还是小女孩的时候起，他就一直在谈论金子。"

他们去花园的营地时，天真的越来越黑了。太阳已经落到干城章嘉峰的山肩，火红的晚霞渐暗，变成了山背后一抹淡绿色的光。繁星点点的夜空笼罩着亚马孙河谷、寂静的小河和草坪上一顶顶白色帐篷。灌木丛中的营火把黑夜映衬得更黑了。他们围坐在营火旁聊天，借着火光互相瞅来瞅去。随着火焰忽明忽暗，他们周围的灌木丛和树干时隐时现。似乎一切皆有可能。

"就叫燕子号、亚马孙号和迪克逊矿业公司吧。"南希说。提提吓了一跳，她知道南希已经说了好一阵，但她并没有听进去她在说什么。

"等他看到我们发现的东西时，他就再也不会离我们而去了。"南希接着说。

桃乐茜精神头还很足，那天她坐火车的时间并不长。她和提提聊着天。"多好啊！"她说，"想想他在回来的路上，完全不知道这件事。经历了失败，没找到金子，一无所获，独自返乡，甚至提前托运了他忠实的犰狳。船在热带的夜晚穿行。弗林特船长在空荡荡的甲板上走来走去，走来走去，回想着他的失败经历。没想到当他到家的时候，自己家门口就有一座金矿。"

提提的目光从营火上移开，她试图在黑夜里看清上方某处山丘的轮廓。她忍不住打起哈欠。明天……她眨了眨眼睛。

一束亮光突然穿过灌木丛照过来。布莱克特太太在花园那边喊话："你们都赶紧睡觉吧。提提和罗杰一定累坏了。"

"没问题，妈妈！"南希大声回应，"明天我们还有一堆事要做。"她又补充说，"早上我们想趁整个地方被壁纸工和油漆工占领之前就起床。"

"走吧。"苏珊说。

她已经把灰烬扒到一起。他们打开了手电筒。八名寻矿者离开他们的营火，返回草坪，草坪上的帐篷突然在黑夜里亮了起来。每顶帐篷里都点亮了灯。寻矿者们钻进睡袋时，帐篷壁上人影疯狂摇曳。

不一会儿，那些灯就依次熄灭了。

草坪那边再次传来布莱克特太太的声音。

"大家都睡了吗？晚安……睡个好觉。"

"晚安。晚安。"

提提躺在她的睡袋里，欣喜地嗅着青草和帆布的清新味道。她把手伸到帐篷外，感受着沾着露水的小草，它们离得这么近。

"罗杰，"她压低嗓门说，"你能听到吗？"

"能。"罗杰从旁边的帐篷里回答。

"昨晚这个时候我们还在学校里。"

"嗯，现在不是了。"罗杰说。

第三章

请教石板瓦匠鲍勃

　　沃克家、布莱克特家和科勒姆家的孩子，也就是燕子号、亚马孙号的船员和迪克逊家姐弟，一行八人，差不多爬到了干城章嘉峰的半山腰。他们是从贝克福特划船出发的，但没能往上游走多远，因为河里的水少得可怜。于是他们就把船头拉上卵石滩，把缆绳绑在一棵矮榛树上，徒步继续他们的旅行。除了南希，大家都带了背包，里面装着三明治和热水壶。佩吉的背包里装有她和南希的食物，因为南希肩上背的不是背包，而是鸽笼，里面有荷马、萨福和索福克勒斯。探险队沿着他们去年的老路走着，经过低地农场，绕过小溪旁的亚马孙河——通常小溪是滚滚汇入河里，今年却只剩下一条细流。他们走出了一片树林，那里与去年半路上露营的地方离得很近，然后沿着车道走向采石场。"我们不妨把它利用起来。"南希说，"我们上山去见石板瓦匠鲍勃，没必要假装没人来过这里。"

　　干城章嘉峰的支脉，矶鳕峭壁，屹立在他们左方。离开亚马孙河之后，他们一直慢慢往上爬。

　　"就在那边。"最后南希说。她指着前方，沿峭壁一侧指向一座松散的石头堡垒，四周长满了石楠、欧洲蕨和枯草，"那些东西都是从山里面长出来的。"

　　"加油！"佩吉说，"伙计们打起精神来。"

　　然而苏珊突然停住了。"几点了，约翰？"她说，"早过了十二点。如

果我们现在进去，他正好在吃午饭。我们最好还是先吃饭吧。"

"这个主意不错。"罗杰说。

"嗯，好吧，"南希说，"大家都有点喘不过气了。"

筋疲力尽的寻矿者们一卸下背包就倒在路边的石楠丛里。南希也挣脱了绑在她肩膀上的鸽笼背带。

"现在我要放了它们，"她说，"再带着它们走几百米也没什么用。来吧，罗杰，让我们看着你放飞一只吧。还有你，提提。我来放飞萨福，给你们演示一下。"

她打开笼子，伸进手去捉住圆鼓鼓的萨福。不一会儿，她猛地一挥，把它抛向空中。

"好了，罗杰。小心别捏坏了它。"

"我抓住了哪一只啊？"

"荷马。带它弄出去。对，提提，抓住索福克勒斯。别等了，罗杰。"

荷马和索福克勒斯几乎同时被抛向空中。片刻之后，萨福加入了它们，在探险者们的上空盘旋。

"我的飞走了。"罗杰说。

"那是萨福。"南希说。

"索福克勒斯也飞走了，"佩吉说，"还有老荷马。"

"不知道哪一只会先到家。"罗杰说。

"没法说，"南希说，"除非有人守在家里盯着鸽棚。"

"它们不能发出某种信号吗？"迪克说。

"教鸽子去敲击窗户是没有用的。"南希说。

"不过用铃铛怎么样？"迪克突然急切地说，"嘿，佩吉，鸽子飞回家推门进去时，那些铁丝是怎么起作用的？"

迪克掏出小本子和铅笔，要不是桃乐茜提醒，他都没时间吃他的三明治。"应该有一种方法行得通。"他说着，很不情愿地放下笔记本。这时，南希再次立起身来，其他人也忙着把喝空的热水壶收拾进背包。

"现在他肯定吃完饭了。"南希说，于是八位未来的探矿者又上路了。

就在他们离开主道，开始向左侧那座灰色堡垒攀登的时候，他们看见一个男人正顺着山脊往下走。

"嘿，"约翰说，"有人在爬干城章嘉峰。"

"他选择了一条有意思的下山路。"佩吉说。

不久，他们看到他也朝石头堡垒走去。

"听我说，"南希说，"不知道他是不是也要去找石板瓦匠鲍勃。"

"谁会先到那里呢？"罗杰说。

谁都有可能。尽管他们剩下的路程没有陌生人那么远，不过他们正在往山上爬，而他却在下山。

"我的天哪！"南希突然喊道，"你们看到那人是谁了吗？"

"又是'软帽子'。"佩吉说。

"谁？"提提说。

"你认识的，就是在我们大门外窥探的那个人。"

"你不会认为他偷听到了什么秘密吧？"桃乐茜说。

南希看了看她。"不会的。"她说着又打住了，"不过我们还有一次逮住他在墙头上偷看。他可能在那里待了很久，什么事情都听到了。快点，

要是他也去那里，我们就不能向石板瓦匠鲍勃请教金子的事了。"

不过陌生人似乎并不紧张，不像他们见到他那样。他放慢了脚步，停了下来，观望了好一会儿，然后就在山坡上坐了下来。

"没问题，"南希说，"走吧。要是他跟上来，我们很容易就能听见。"

没过多久，他们就再也看不见他了。一堵峭壁耸立在他们上方，两旁是松散的石块筑成的巨型堡垒。狭窄的铁轨旁有一条蜿蜒的水沟，一股细流从中穿过空隙刚好够他们绕过一辆四轮手推车。他们经过一堆整齐的青石板，方圆几千米的房子都用这种青石板做屋顶。南希把头伸进一座摇摇欲坠的棚子里。

"不是这里，"她说，"鲍勃一定在里面。"

然后，他们在两边筑起的高墙之间拐了一个弯，看见那条狭窄的铁轨消失在岩壁中的一个黑洞里。

"约翰，把蜡烛分一下，"南希说，"每人一支。"

约翰扭动肩膀把背包卸了下来，打开包，拿出八支崭新的蜡烛，那是南希从厨娘那里哄骗来的。

"我们要进去吗？"罗杰说着，疑惑地望向苏珊。

"我们一起进去。"提提说，"它就像燕子谷彼得·达克的洞穴，只是大一点。"

"你们燕子谷的洞穴可能是一个旧矿坑，"南希说，"吉姆舅舅说过他对此确信无比。"

"还要往里走多远？"迪克一边说一边通过那个入口盯着黑幽幽的隧道里看。

"几千米吧。"佩吉说，"出口在矶鳕峭壁的另一面。不过另一头不安全。拿好你的蜡烛。"

"不是那样拿蜡烛的。"南希说，"要用矿工的方法，像这样。夹在手指之间。对了。掌心朝上，手腕也朝上，手指向前，这样你的手就能从后面护住它。放低点，蜡烛油就不会溅到你身上。就像这样。"

"最好先进去再点亮蜡烛。"约翰说，他已经有两根火柴被阵阵小风吹灭了。

"我们最好还是把鞋子留在这里。"南希说，"它叫'老平巷'，但并不是一路都平坦，有个地方我们还要涉水过去。"

"没有蝰蛇吧？"罗杰说。

"没有。"

八双鞋子在入口外排成一排。

"好了，"南希说，"我先进去。每次只能通过一个人。听我说，佩吉，你是另一个知道这个地方的人，你最好最后来，以防万一。"

"万一什么？"罗杰小声问。

没有人回答他。他们一个接一个进了隧道。蜡烛点起来了。

"大家都准备好了吗？"南希大叫道，她欢快的声音听起来很奇怪，空洞而沉闷，尽管她只朝洞里前进了十几米。

他们在狭窄的隧道里缓缓地朝前移动，每个人都被一抹烛光照着。

"呼——呼——呼——"罗杰听着自己的声音。

"看，"迪克说，"他们肯定用火药爆破过。你们可以看到那是他们为装炸药钻的洞孔残边。"

"在哪儿?"罗杰说,"哦,是的,我看到了。"他用一根手指沿着石壁上一道光滑而狭窄的沟槽摸起来。

"跟上,"佩吉说,"别害我们掉队。"

"注意有水!"

前方传来一声喊叫。

"只有差不多两厘米深。"

那是苏珊的声音。他们匆匆跟上,不一会儿,远在他们前头的烛光消失了。潮湿岩壁上微弱的光亮显示领头的已经拐了一个弯。

"我们跑起来吧。"罗杰说。

"不行。"迪克说,但他尽量沿着狭窄的车轨之间凹凸不平的潮湿地面快步行走,"如果看不清,跑也没用。只能在枕木上踮着脚尖走。"

桃乐茜、提提和佩吉紧紧跟在他们身后,热蜡烛油不停地滴到她们的指头上。

"嘿,根本没有水。"罗杰一边说一边在车轨之间的水坑里晃动他的脚趾头。

"干燥的夏天,"迪克说,"也许其他时候水很深。"

"最后看一眼阳光,"佩吉说,"到直线段的尽头了。"

他们回头看了看。虽然隧道的墙壁消失在黑暗中,但是在他们身后很远的地方,入口看上去就像一张黑纸上的针孔。

"我们一定是在山的正中央。"提提说。

"还远着呢。"佩吉说。

他们拐过一个弯,远处的光点消失了。不一会儿,他们看见前方有光闪烁，又很快不见了。再次进入弯道，已经见不到约翰、南希和苏珊了。提提迟疑了半秒钟，回头看看佩吉。可佩吉紧紧跟在她身后，没有停下的意思。好吧，如果佩吉都不在乎，那就一定没问题，要知道佩吉连打雷也害怕呢。提提低头看着摇曳的烛光，她的手到底有没有发抖？不管怎样，其他人的烛光也在摇曳不定。

"听。"迪克说。

他们隐隐约约能听到远处持续传来砰砰的声音。

"石板瓦匠鲍勃。"佩吉说，"好，他在。看到小推车放在外面，我还有点担心他不在。"

他们赤脚踩在潮湿的石子路上，加快了步子。又拐了一个弯，另一个弯，仍然看不到领头的人。前方的砰砰声越来越响了。它停了下来，又变成了另一种调子。

"听起来不像石头。"迪克说。

"你看过《地心游记》吗？"桃乐茜回头问。

"关于汉斯·斯德克和岩石里喷涌而出的热水？"提提说。

"提到了乳齿象，"桃乐茜说，"它们是一整群，踏着步子前行。"

"快点。"佩吉说。

最后，他们看见在前头很远的地方有一群模糊的人影，一闪一闪的蜡烛被拿得很低。

噪声越来越大。隧道在一处交叉路口变得更宽更高，其他的隧道从左右两侧和它相连。

"这回快到了。"南希说，"不得不等你们，就怕万一佩吉忘记了，你

们误打误撞一直往前走。"

"我记得很清楚呢。"佩吉说。

"我们可能会一直走下去。"桃乐茜说。

"那就要花很多工夫去找你们了。"南希说，"好了，调头，往右走……"

现在大家到齐了，一个接一个地走进主道右侧的一条隧道。这条路弯弯曲曲，他们沿着它走了四五十米后，突然一道强光照过来，令他们蜡烛的火焰显得很暗淡。

"熄灭蜡烛，"南希说着吹灭了自己的蜡烛，"这样还能维持到回去的时候。现在我们用不上了。您好啊，鲍勃，我们带了一些朋友来……"

他们来到一个高耸的石室的入口。钉在岩石裂缝中的一颗铁钉上挂着一盏矿灯，它发出的耀眼光芒让他们看到一个矮小的宽肩膀老人倚在一截木材上，那是他用斧头劈成的。宽阔平滑的青石板墙旁有一架梯子升向黑暗的上方。

"进来，"石板瓦匠鲍勃说，"进来，欢迎你们。我只是在做两三根支柱，撑起一些松垮的地方。要是被关在外面就不好了。决不能。呃，南希小姐，这里很小，容不下你们这么多人，而且也没坐的地方……"

"我们不坐。"南希说，"听我说，鲍勃，妈妈说您对山冈上的金子比较了解，我们想知道要去哪里淘金，如果真有金子的话。"

"金子，"老人遮住眼睛，透过炫目的灯光看着她说，"当然有金子。这些山里什么都有，只要有人知道在什么地方。你们屋顶的石板、你们学校的石板，还有写字的石笔——尽管你们不像我年轻时那样用它写字了。还有铜，用来做你们的水壶和锅具，虽然兴起了铝制品，用一滴苏打就能浸泡干净，但做出的食物让我觉得味道很怪。你们永远不知道你们会碰上什么。开凿这条隧道的人要的不是青石板，他们要的是铜，他们也弄到了不少，就是在你们转弯来这里的那条平巷的另一头开采的。差不多六十年前，我还是个小矿工的时候，他们一直在那里开采铜。后来他们找不到更多的铜，就放弃了，而我到处凿凿，发现了青石板。虽然不是铜，可它是好东西，我能靠它吃饱饭不挨冻，只要人们还在造房子，盖屋顶挡雨……"

"不过您不能烧石板取暖啊。"罗杰几乎是自言自语。

"也不能把它吃进去，你这个笨蛋。"佩吉说。

罗杰假装没听见，好像他还没有明白。不管怎样，他并不打算说出来，那只是他脑子里冒出的一个不为外人道的笑话。他悄悄走过去，爬上一段梯子，坐在那里。

"嗯，那金子呢？"南希说。

石板瓦匠鲍勃一点不急。

"有铜和石板，"他说，"后来还有黑铅，他们叫它石墨，用来做铅笔。他们认为全部都开采完了，但对那些有眼光有头脑的人来说，还有很多东西没被发现呢。五百年来，人们一直在这些山冈上劳作，如今他们都放弃了，除了我，他们都是些傻瓜，按理说，山冈里的东西比开采出来的还要多。伊丽莎白女王把荷兰人派到过这里，之后又来了一帮人，挖啊挖，不停地挖。他们都死掉了，山冈还在这里，到处都是坑，最好的东西还没有被发现呢。不止我一个人这么想，注意……"石板瓦匠鲍

勃说，"昨天就有位先生来这里问这问那……"

听众中突然出现一阵骚动。

"不会是一个戴软帽子的人吧？"南希说，"嘿，您没跟他说什么金子的事吧？说了吗？"

"没有，我没看他的帽子。就是普通的帽子，跟绅士们通常戴在头上的一样。"

"不过您没跟他说起金子的事吧……"

"他没有问，"石板瓦匠鲍勃说，"但是我能从他说话的方式看出他懂一点采矿。"

"他一定听到我们的计划了。"佩吉说。

"什么都别告诉他，"南希说，"一个字都不要说。"

石板瓦匠鲍勃看了看她。

"他说过他还要再进来瞧瞧。"他说。

"刚才他就在外面，"南希说，"我们见到他了。无论如何都要把他打发走。不要跟他说任何事。"

"嗯，当然，南希小姐，如果是那样的话……我从没想过……"

"他只是在打探，"南希说，"我们抓到他两回了。"

"呃，我没跟他提过金子，这是一方面。"石板瓦匠鲍勃说，"另一方面，如果他是那种人，那他也别想从我这里得到什么，就算他问到山崩地裂，我也不会回答。"

"那现在说说金子吧。"南希说。

一阵沉默。这位老矿工用怪异的眼神看着他的听众们。离这里很远的某个地方，有一块小石头掉落的声音。

约翰瞅了瞅南希。

"等一会儿，"她说着，听了听，"不是的，没事。继续说吧，鲍勃，不过不要太大声。"

"可是没什么好说的，南希小姐，"老人家说，"不过是大部分人都知道的事。"

"我们不知道啊。"南希说。

"我不知道的事，我也不会讲啊。"老鲍勃说。

"您知道什么就都告诉我们吧。"南希说。

"好吧。"老鲍勃说着眯起眼睛看了看矿灯那耀眼、嘶嘶作响的火焰，"发现金子的是一个年轻的政府官员。就在战争爆发前，他来这里待了一两个星期，带着他的锤子、指南针和地图等工具绕着山冈勘察。他每晚下山的时候，都会来和我这个老家伙聊聊天。他常说，没有人比他更了解这些老矿场了。不一定。我父亲就是个矿工，他父亲也是个矿工，那个年代，全英格兰的铜都是从这些山冈里开采的。两个星期的大部分时间里，他一直在山上把旧矿区标注到地图上，然后有一天他在深夜来找我。当时天快黑了，他还没吃饭没喝水，一直在山上挖啊挖，直到伸手不见五指。他手舞足蹈。'鲍勃，我的伙计，'他说，'我有一样东西要给你看。你看看这个。'他从口袋里掏出一小卷纸，紧紧握在手里，生怕丢了似的。他在灯光下打开那一小卷纸。'看看这个，'他说，'告诉我，你有没有见过像这样的东西？'

"噢，我仔细看了看。请注意，你的外公去非洲找同样的东西时还带

上了我。我可不容易被金属之类的东西愚弄。'见过这样的东西吗？'我说，'我还有这个呢，一面是老女王的头像，另一面是圣乔治屠龙的画面。'我说。跟你们说啊，他手里没有多少，不过一点粉末。粉末和一点针尖那么大的东西。不过颜色是对的。

"'我还以为你认识呢，'他说，'我们要化验一下，然后我们就发财了。山冈上的金子……那将是个让人震惊的消息……'

"'他们今天已经被吓得不轻了。'我说。他从山冈上直接来到我的小屋，从早上开始他就没见过任何人。我给了他一份报纸，头版是战争开始、军官休假取消之类的新闻。'会过去的。'他说，'但我要带着它去伦敦，'他说，'同时我会得到一份关于黄金的鉴定报告。'第二天他就坐早班车走了。他是预备役军人，他再也没有回来，这就是整件事情的经过。但是，如果你问我山冈上到底有没有金子，唉，我会说，是的，有。眼见为实。我亲眼见过那些东西。"

"没错，"南希说，"可他是在哪里发现金子的？"

"啊，听我说，"石板瓦匠鲍勃说，"要是我知道的话，我可能早就亲自去找了。他也打算告诉我的。他带着一张他为政府绘制的地图，上面标有旧矿坑的编号、入口、下沉点……是编号，注意，不像我们给它们取的名字：灰帽子、深蓝灰的平头、布朗狗、吉姆森的、吉弗提，等等。他给我看了他的地图，但我看不懂他的编号、箭头和其他所有的名堂。他打算回来时带我去看那个地方，可他没有再回来……"

"是啊，不过它在山谷的哪一边呢？"南希说，"我们只要知道从哪里开始找起，就足够了。"

石板瓦匠鲍勃讲述金子的故事

"不对，"老人说，"根本不在这座山谷里。是在我们后边，往上走，在峭壁的另一边。他告诉我，他是在一个浅底发现那个东西的，有人在那里挖过坑，没挖完就放弃了，那个地方就在高岗上……"

南希差点呻吟起来。"高岗？"她说，"可它就在矶鳕峭壁的另一边。"

"对，"石板瓦匠鲍勃说，"他就是在高岗上发现它的。'靠近一个旧的铜矿坑，'他说，'那里沿着岩石断层长着石楠。很容易找到。'他还在他的地图上标记了编码。不过高岗上有很多那种旧矿坑，每个岩石断层都长着石楠。到时你可能站在对的位置上，却没看到他看到的东西。"

"路途很远吗？"约翰问。

"从贝克福特过去几千米，"南希说，"就在这座山的另一面。我们去那里勘探的话，就不可能天天晚上赶回家了。妈妈还以为金子就在附近。"

"不，是在高岗上。"老人说，"我说的金子……不是指你在其他地方可能发现的……没有人知道，也永远不会知道这些山冈里藏着的所有宝藏。"

"要是离家近一点就好了。"南希说，"嗯，好吧，我觉得我们应该回去了。"

大家都能从她的话里听出失望。

"如果你们找到了金子，"老人说，"我不知道，但我可能会休息一下，不做石板了。你们每次给我一点金子。"

"目前我们还不能去找它，"南希说，"不过非常感谢您告诉我们这件事。"

"太感谢了！"其他人说。

他们点起蜡烛，说了"再见"，就沿着隧道往回走，这次佩吉走在最前头。

桃乐茜还想着老人讲的故事。"他一定带着他的地图去打仗了，"她差不多在自言自语，"后来他被杀，有人发现了地图，多年以后，他们会猜测它的意思，并来这里看一看……哦，对了……"她跟跄了一下，声音突然急促起来，"也许'软帽子'已经拿到了地图，所以他来了这里。"

"天啊！"南希说，"要是他有地图，我们就必须去那里。没有时间了。"

她又跑回去。

"嘿，鲍勃，"她说，"您不要跟那个探子说什么。他可能会马上去找金子。"

"他别想从我这里得到什么。"老人说着，又转过身去用斧头削他的支柱。

南希握着忽明忽暗的蜡烛尽可能快地追赶其他人。

"全部白费了吗？"罗杰问道，他的声音在隧道里回荡。

"别讲话，"南希说，"'软帽子'可能就在附近某个暗处偷听。"

一路往外走，他们没有再说一句话，只是默默地赶路。他们转过最后一个弯进入直道，前头很远的地方有针尖大小的光点，看样子他们无

法让它快速变大。他们的蜡烛几乎要烧完了。融化的蜡还没来得及冷却就滴到了他们的手指上。走在前头的佩吉吹灭了她的蜡烛，其他人也照做了。现在他们不需要蜡烛了。隧道凹凸不平的两侧看得越来越清楚。他们一下子走了出去，来到阳光下一堆堆灰色的石头和石板中间。在漆黑的山洞里待了那么久，来到明亮的地方，他们相互瞅了瞅，仿佛是第一次见面。

"嘿，没有人动过我们的鞋子。"罗杰说。

"注意！"苏珊说，"你们可以站到小溪流中把脚上的灰尘冲掉，不要把泥巴带到鞋子里。噢，罗杰，不要用你的手帕！"

"没事，"罗杰说着，把脚弄干了，"我又没感冒，所以我不会擤鼻子什么的。"

"快点，"南希说，"我们可以之后再弄干净。去看看那个人是不是还在那里。"

"如果在的话，不要盯着他看，"约翰说，"径直往前走，就像没看到他一样。"

两分钟后，他们离开老矿区的堡垒，在一堆堆未加工的石头中间往外走上通往山谷的小路。

"他在那边。"罗杰压低声音说。

就在老平巷入口的山坡上，那个头戴软帽子的人还坐在他们最后一次见到他的地方。

"他拿着一张地图。"提提说。

"也许就是那张地图。"桃乐茜说。

43

"不要让他发现我们看见他了。"约翰说。

他们镇定地继续往前走，直到南希再也忍不住了。

"谁系一下鞋带，"她说，"我们得看看他在干什么。"

提提立刻一瘸一拐，还跳了一两下，然后停下来解开鞋带，又系上。"他下来了。"她说。

其他人转过身来，好像在催促她快点。他们全都看见他了，一个穿着灰色法兰绒衣服的瘦高男子，正跌跌撞撞地穿过欧洲蕨往下走。

"他可能根本不是去矿场。"苏珊说。

但就在这时，他们看到他走到小路上，消失在那些大石堆里。

"他进去了。"桃乐茜说。

"现在他从石板瓦匠鲍勃那里打听不到什么了。"南希说。

"如果没带蜡烛，他会撞到头的。"罗杰说。

"他可能把蜡烛装在口袋里了。"迪克说。

"不会在口袋里，"苏珊说，"至少我不那样认为。"

"听我说，"南希说，"我们得去高岗上扎营。"

"妈妈绝不会同意的。"佩吉说，"她说过，只要她是唯一的大人，我们就得在贝克福特露营。等其他大人来的时候，大家就要开船到野猫岛去。"

"那时就太晚了，"南希说，"我们必须在弗林特船长回家之前找到金子。再说，不管怎样，我们不能让'软帽子'抢先到达找到它。"

"你觉得他听说过那个故事吗？"提提说。

"肯定听说了。"南希说，"看看他是从哪里过来的，翻过了峭壁顶，

他是从高岗来的。他已经开始勘探了，而我们还在闲逛……快点！等妈妈知道事情是多么紧急的时候……还有，反正那也是她的主意……快点！让我们看看多快可以回家。"

第四章

布莱克特太太谈条件

直到壁纸工和粉刷匠收工，跟布莱克特太太谈话才有用。那时，鸽子已经喂饱，苏珊和佩吉也在草坪旁的树林空地上生起了篝火。布莱克特太太要来和他们一起吃饭，一并享用下午茶和晚餐，厨师们打算展露手艺，他们加热了碎肉饼，从罐头里倒出很多青豆，还做了他们在菜园里挖出来的土豆。与此同时，南希和约翰在马厩院子里修补一辆旧手推车。这是一辆够好的手推车，除了一只轮子总是脱落、一只手柄已经折断。在迪克的建议下，他们卸下了好的轮子，这样就发现了另一只轮子的问题。手推车能派上用场了，他们在鹅卵石铺成的院子里推着它跑来跑去，以确保它不会再次散架。这时布莱克特太太听到了噪声，就过来看看发生了什么。

"我们明天必须开始徒步旅行，"南希坚定地说，"我们得把整座营地转移到高岗上去。"

"可是露丝，我是说南希，你这个野丫头，这到底是为什么？我以为都说好了，你们在这里扎营，然后去勘探金矿。你们不是找到了石板瓦匠鲍勃吗？"

"是的。"南希说，"金矿根本不在这边，它在高岗上。而且还有其他人也在寻找它。我们一分钟也不能浪费。今晚是来不及了，不过我们明天一早就要开始行动。"

"不行，"布莱克特太太说，"完全不可能！沃克太太可能不会那么介

意，但还有科勒姆夫妇呢。"

"那苏珊呢？"南希说，"她会照顾他们。不要马上就说'不行'，来吧，来看看其他人。嗨！约翰，快去告诉苏珊，我妈妈来了，一切都会没问题的。"

"我从没这么说过，"布莱克特太太说，"不要跟她说这种话。"

但约翰已经走了。这是南希和她妈妈之间的事，他不太好意思掺和，说他想搬出布莱克特太太的花园。他从屋子里溜走了，途中在弗林特船长的书房门口探头看了看。迪克在那里，正在看百科全书中有关金子的内容。桃乐茜坐在桌前，趁机给她在学校里没时间完成的故事《湖区逃犯》匆匆写下几个句子。提提在看狰狞的图片。

"走吧，"约翰说，"去营地。南希已经开始劝说布莱克特太太，她们马上就会到那里。"

说服布莱克特太太似乎要费很多口舌。他们焦躁不安地在草坪上的营地等待，只见南希和她妈妈都不急着加入他们。她们俩绕过房子的拐角，走进花园，但没有立即穿过草坪、来到这些白色的小帐篷前。相反，她们在没拉窗帘的窗户下走来走去。只言片语在花园里飘荡。布莱克特太太一遍又一遍地解释，尽管她不介意六个别人家的孩子在她的花园里扎营，但她完全不同意让他们到几千米外的山冈上扎营，在那里他们可能会碰上任何事，而她又不能去那里帮忙。而南希只要有机会就欢快又大声地劝说一番。

"就跟屋里一样安全……万一地震什么的，也安全得多。不管怎样，现在我们知道它就在那里，再去别的地方找就没意思了。而且您也知道，我们不可能每天晚上都回家，不可能从高岗回家。对待动物也不能那么残忍。我们整天都在路上，根本没有时间待在那里。再说，如果我们不在这里，反而会更好，您可以专心完成贴壁纸和粉刷的工作。我是指对厨娘更好。您知道的，您总是说能信任苏珊，因为她懂事……"

以上全是南希说的，可当她停下来喘口气的时候，布莱克特太太又开始了。"如果你们都是苏珊，那就太好了。你们八个人当中只有一个苏珊。我担心的是迪克、桃乐茜和罗杰……"

"我？"罗杰忿忿不平地小声说。

"住嘴！"提提说，"她们过来了。"

布莱克特太太突然转身离开小路，穿过草坪向帐篷走去。南希紧紧跟在她后面，眼睛一眨一眨的，好像知道胜利在握。

"苏珊呢？"布莱克特太太说，"哦，你在这里啊。"她转身走向营火，苏珊刚从火上提起烧沸的水壶。

"要想让我们家的冒失鬼明白事理是白费工夫。"布莱克特太太说，"告诉我，苏珊，你真的想去高岗上露营，而不是留在这里吗？"

"她当然想。"南希说。

"海盗们闭上嘴！"布莱克特太太说，"苏珊有足够的时间回答。"

"当然，这里非常好。"苏珊说。

布莱克特太太笑了。"那你真的想去吗？"

"只是为了金子。"苏珊说。

"我敢肯定这里的金子和其他地方一样多。"布莱克特太太说。

“石板瓦匠鲍勃说高岗上有，”苏珊说，“他还告诉我们应该去找什么……”

“说得好，苏珊。”南希说。

“不过，当然，可能还有其他地方。”

南希差点要发出叹息声。

“要是我弟弟在家就好了。”布莱克特太太说。

“可重中之重就是要在他回来前找到金子。”南希说。

“要给他一个惊喜。”桃乐茜说。

“或者你们只要等到你们的妈妈来这里，由她们亲自决定。”

“那他早回来了。”南希说。

“当她们来的时候，我们就该扬帆航行了。”约翰说。

“而且已经有其他人开始找它了。”提提说。

“不见得。”布莱克特太太说，“好了，苏珊，告诉我，到时你妈妈会怎么说。”

“她会说没事，只要罗杰按时睡觉。”

“她会跟我们讲澳大利亚开采金矿的事，”提提说，“她甚至可能也想一起来。”

“我敢说她会的。”布莱克特太大说，“但这恰好是我不能干的事情，房子还乱七八糟的呢。那你们呢？”她转向迪克和桃乐茜，补充道，“科勒姆太太会怎么说？”

“只要我们保证听苏珊的话，她就不会介意。”桃乐茜说。

“苏珊，你知道是怎么回事了吧。一切都取决于你。”

"它比岛上安全多了。"苏珊说，其他人都很感激地看着她，"没有夜间航行或类似的事情，即使我们想那样做都没机会。不会出什么差错。"

"要是路途不那么远就好了。"布莱克特太太说。

"您还有老爷车。"南希说。

"那每天的牛奶呢？不像在岛上，迪克逊太太就在湖湾对面。"

"阿特金森农场就在高岗附近，"南希说，"您可以在弗林特船长房间里的地图上看到它，就在邓代尔路的对面。"

"那水呢？"

"高岗上正好有一条小溪，我们打算在它边上扎营，那是烧炭工待过的地方。一定会很棒的。"

"哦，好吧。"布莱克特太太说，"不过不要以为我可以不断上去看你们。你们每天得有一个人跑下来，让我知道你们没有人摔断脖子、扭了脚什么的。"

"那鸽子是干什么用的？"南希欢快地说。

"但我不能整天在马厩院子里守着一只鸽子，我有成百上千件事要做，每个房间都有工人，我和厨娘两人的腿都快废掉了。"

南希狠狠地盯着迪克。

迪克不禁红了脸。"我认为这件事可行。"他说，"我想我可以让鸽子回家的时候把铃铛弄响。"

"那就没问题了。"南希说。

"不，还没解决，"布莱克特太太说，"得有人整天来听铃铛响。"

"它不会一响就停。"迪克说，"按照我的想法，它会一直响下去，直

到有人把它关掉。”

已经让步的布莱克特太太抓住了一根救命稻草。“如果你们能答应每天派一只鸽子带一封信回家，并让它把铃铛弄响，谁都能听到铃声的话……”

“迪克能做到的。”南希说，“那就是三天内每天一只鸽子，然后我们会有一个人回家把它们带回来。太棒了，妈妈！每天一只鸽子，远离原住民……当然，我们并不想离您远远的，这只是为了省去您的麻烦。”

“好吧，要是迪克真的能做到，”布莱克特太太将信将疑地说，“你们能在阿特金森农场弄到牛奶，还能找到一个有好水的地方……”

“她同意了，”南希大叫起来，“我的天哪！妈妈，我还以为您永远不会同意。”

“苏珊，我完全信任你。”布莱克特太太说，“约翰，还有你。”她又加了一句。约翰咧嘴笑了。她这么说真好，但他知道她不是那个意思。在牛奶、饮用水和让一等水手按时上床睡觉的问题上，苏珊是让原住民信赖的人。

“我们明天一早就出发。”南希说。

“不，不，不，”她妈妈说，“你不能那样。要派出开路先锋去找好地方。确定一下阿特金森农场的牛奶情况。他们可能会把牛奶卖光，没有剩余的，因为附近有那么多游客。还要确保有好水喝。你们知道溪水的情况，有可能阿特金森家自己还不够用呢。什么都没安排好，我不可能就这样放你们走。迪克还得教会鸽子把铃铛弄响，否则你们绝对不能走。”

"哦，好的，"南希说，"那也不会真的浪费时间。约翰和苏珊会亲自去看看，其他人可以去准备东西。得有人去里约买些锤子、手电筒，还有大量的物资。"

接下来，一晚上他们都在边吃饭边制定计划，时间很快就过去了。

"不是所有的矿区营地都有这么好的厨师。"布莱克特太太晚饭后坐在篝火旁说。

"如果加点碎洋葱的话，干肉饼会更好吃，"苏珊说，"但我没能及时想到。"

"我真希望我没有做错。"布莱克特太太最后离开他们的时候说，他们在黄昏中陪她穿过草坪，在花园门口和她道了晚安。

"您做得完全正确。"南希说。

"关于那些鸽子，我是说话算数的。"布莱克特太太几乎是满怀希望地说，"如果我同意你们去，它们就必须把铃铛弄响。"

"它们会的。"南希说。

"你们别太晚了。"

"篝火灭了，我们就去睡觉。"

他们慢慢地朝灌木丛后面的篝火走去，篝火的余烬闪闪发光。

"迪克，你真的认为你能做到吗？"南希说。

迪克从口袋里掏出手电筒，把它打开。"我这就去确认一下。"他说。

他们悄悄地走进马厩院子。迪克爬上鸽棚的梯子，探着身子用手电筒照亮鸽子的登陆点，还摸了摸那些摆动的铁丝。鸽棚里突然响起一阵阵扑腾声。

"嘘……嘘……嘘……"佩吉和提提安抚鸽子。

"我认为没问题。"迪克说,"铁丝都是独立的,不是吗?每三四根得串联在一起。"

"你们在做什么?"布莱克特太太从楼上的窗户大声问道。

"只是想确认一些事。"南希说,"晚安,妈妈。我们马上都去睡觉。"

荷马　　萨福　　索福克勒斯

55

鸽棚

第五章

开路先锋和留守人员

早在贝克福特苏醒之前，营地里就骚动起来了。南希蹑手蹑脚地从一顶帐篷走到另一顶帐篷，悄声下达命令，仿佛那座灰色的老屋长了耳朵似的。苏珊在灌木丛中的火堆上烧了一壶水。佩吉去马路上等着低地农场的那个男孩送来早餐牛奶。迪克、桃乐茜、提提和罗杰醒来发现火堆里冒出的烟正穿过晨雾往上升腾，苏珊、约翰和南希已经开始吃早饭，有早茶、鸡蛋、面包和黄油，另外锅里还煮着很多鸡蛋。佩吉切开面包，抹上黄油做成三明治，让开路先锋带上路。"别弄出动静，"南希小声说，"不要吵醒屋里的人。一转念往往更糟糕，你们不能指望原住民不会重新考虑。甚至连妈妈也一样。我们越早离开越好，要在她还有时间改变主意之前。嘿，佩吉，你是养鸽子的好手，我们吃饭的时候，你去把它们抓过来。"

其他人急急忙忙穿上衣服。

"听我说，迪克，"南希说，"所有的事情就靠你了。就因为你说的关于鸽子的那番话，她才放我们走的。她情愿我们每天晚上留在花园里休息呢。我们很容易就能找到一块营地，但如果你不能让鸽子们弄响铃铛，那说什么也没有用了。"

"你知道要去里约买什么东西吧，"约翰说，"几把锤子和一些新手电筒。"

"还有护目镜。"苏珊说，"摩托车护目镜就行。你要去凿石头，必须

有点防护。"

"别太早放飞第一只鸽子，"迪克说，"要到中午十二点以后才行。"

"你要发信息吗？"提提问。

"当然，"南希说，"这是个绝好的机会。"

"妈妈在到处走动了，"佩吉说，她把鸽子抓进笼子里，提着鸽笼回来了，"厨娘正在生火。罗杰，不能再等了。"

"真见鬼！"南希说，"我们应该加快速度。我们还要走不少路呢。"

他们没有冒险从马厩院子和大门走出去，而是排成一列穿过林间小道，爬过围墙，到达大路。其他人看着他们，直到他们从视野里消失。

开路先锋们上路之后，屋里响起了锣声。佩吉和提提在营地里收拾东西，把毯子和睡袋拿出来晾晒。罗杰在一旁帮她们，提醒她们还有哪些事没有做完。他们匆匆跑进屋子，发现布莱克特太太在拆掉的餐厅里将满满的一盘盘培根和蘑菇摆放在临时搭成的桌子上。

"早上好啊，"她欢快地说，"其他人呢？"

"迪克去马厩了，"桃乐茜说，"去看电铃了。"

"天哪，天哪，"布莱克特太太说，"他不会真的想改造它吧？不过约翰、苏珊和南希呢？"

"他们已经出发了。"提提说。

"先锋们正朝着目标前进。"桃乐茜说。

"他们没有吃早饭吧？"布莱克特太太说。

"已经吃过了。"罗杰说，他自己倒是饿坏了。

"他们走了？"布莱克特太太说，"我确实想见见南希。我一直在考虑你们要去山冈上露营的事，我有些话想跟她说。"

"她就担心这个呢。"罗杰说。

布莱克特太太张大了嘴巴，一时之间，她说不出话。罗杰刚用叉子整整齐齐地叉上蘑菇和吐司，没有注意她是怎么注视他的。然后，她突然大声笑了起来。

"是我的错，"她说，"我应该半夜起来，看住那个该死的丫头。我想说的是，我们为什么不能想点别的事，而不是去淘金，这样你们也不用去那么远的地方了。"

大家面面相觑。南希说得很对。

"妈妈，这本来就是您的主意。"佩吉说。

"犯了一个大错啊，"布莱克特太太说，"我做梦也没想到石板瓦匠鲍勃会让你们穿越大半个村子。"

"如果金子在那里，他也没办法啊。"提提说。

"好吧，"布莱克特太太说，"阿特金森家可能会把他们的牛奶都送到镇上，而且我也确实说过，除非那些鸽子能把铃铛弄响，否则你们就不能去，对吧？"

"它们一定会办到的。"佩吉说，就在这时，迪克走了进来。

"我可以用鸽棚下马厩里的电铃吗？"迪克说，"还有穿过院子的电线？"

布莱克特太太叹了口气。"如果我说不能，那就不公平了。好，你想怎么用都行。有一件事，"她满怀希望地补充道，"它已经失灵很多

年了。"

　　早餐过后不久，佩吉、提提、桃乐茜和罗杰驾驶亚马孙号帆船前往里约，留下迪克在那里揣摩有什么办法修理好电铃。他在老马厩的长凳上铺了一张报纸，电铃已经被他拆开，摊在了那张报纸上。佩吉在弗林特船长的工具柜里给他找到了一大捆绝缘线，它几乎是被故意放在那里的。迪克列了一张购物清单给桃乐茜，要四米长的皮线和一些薄铜片。"如果我也去，就永远弄不好这只电铃了。"他说。桃乐茜答应会尽力而为。迪克目送他们出发，佩吉脱掉鞋子，把亚马孙号拉到浅滩上。等她再跳上船时，亚马孙号已经在桃乐茜的带领下顺利起航，这时迪克离开了。提提回头看了看，只见他跑着消失在屋子的拐角处。如果东西没有及时准备好，那就不是迪克的错了。

　　他们在里约的一座码头停了下来，把亚马孙号交给一个友好的船夫看顾。佩吉花了两便士给车站打电话询问蒂莫西的情况，但没有任何野生动物到站。桃乐茜和罗杰去给迪克买东西，其他人则忙着按照布莱克特太太列出的食物清单进行采购。这份清单还是不错的，尽管布莱克特太太制定清单时以为营地离家的距离不会比到贝克福特草坪更远。他们在船上的时候，罗杰就浏览了一遍清单。有些人在制定这种清单时总是会忘记巧克力这样的东西，但布莱克特太太毕竟是弗林特船长的姐姐。清单里有巧克力，还有橙子、香蕉、几罐牛肉腰子派、几听沙丁鱼罐头、一大罐葡萄干夹心饼。显然这是一份好清单，罗杰对此无可挑剔。然后还得在药房买些新手电筒，还要买一只新的热水壶来代替罗杰那只坏掉的热水壶。后来，他们去五金店买了八把小锤子，在汽车修理厂买了八副护目镜。最后，提提冲进文具店，买了一大卷绳子。

"这是干什么用的？"桃乐茜问。

"就像昨天那样在隧道里探险，"提提说，"系住一头，展开另一头，这样就不会迷路。就算有一只蝙蝠撞灭了你的蜡烛，而你又没有火柴，你都可以摸着绳子走出去。"

四个人都有包裹要拿，背包里也塞满了罐头，回到码头之前，他们都感到身上很沉重，非常不舒服。他们把货物卸在码头上，再搬进亚马孙号，然后开始返航。

迪克正在努力工作，一上午很快过去了，快得惊人。在他看来，那只旧电铃除了结垢和生锈，没有任何问题。但是，他还是花了很长时间清洗电铃的每一个部件，除掉了铜锣上的锈迹和黄铜接线柱上的铜锈，还把鸽子抓过的铁丝表面磨平，并准备好新的铁丝，用打了结的崭新的铁丝换掉失灵的旧铁丝。现在，他开始把那些部件重新组装起来。他很肯定自己找到了一个办法，可以把鸽门的活动铁丝变成电铃按钮，但如果他没有一只会发声的铃铛，那就没有什么用了。他把铃盖拧到合适的位置，并调整它直到电铃上的小锤不会完全碰到它为止。但是它会振动起来吗？他端详了一番，然后从他的袖珍手电筒里取出干电池。他拿起两根短的绝缘线，一根接电池，一根接终端。他屏住呼吸，把它们连在一起。它会不会振动呢？电线一碰上就冒出微小的火花，电铃响了起来。

"叮铃铃铃铃铃……"

此时，后勤保障队刚把货物搬上岸，并运到了营地里，他们赶紧跑进院子。

"叮铃铃铃铃铃……"

"嘿，干得好，迪克。奏效了。"桃乐茜大叫道。

"真棒！"提提说，"不过你确定它的声音够响吗？"电铃当然是有效的，但那微弱的响声能让忙碌的原住民听见吗？

"它会比现在更响。"迪克说。

"应该就是正常的铃声。"佩吉说。

"好哇！"罗杰喊道，停了一会儿，从口袋里掏出他的新护目镜戴上，咧着嘴朝提提怪笑，然后就冲进屋去向布莱克特太太报告好消息。

很快他就回来了，神情平静。

"她怎么说？"佩吉问。

"她喜欢我的护目镜。"罗杰说。

"哦，"提提说，"关于电铃，她说了什么？"

"她说：'做得好，迪克。'然后她说：'迪克很聪明，能让这个旧东西发挥作用，但问题不在于迪克能否把它弄响。问题是，他能不能让鸽子把它弄响。'"

"你可以的，是吗，迪克？"桃乐茜说。

"我不确定，"迪克说，"试了才知道。你买好皮线了吧？还有薄铜片呢？必须很有弹性。"

桃乐茜把她的包裹递了过去，迪克看了看那一捆皮线，然后用手指小心翼翼地拭摸薄铜片，其他人都焦急地盯着他。

"没问题吧？"提提说。

"摸上去还好。"迪克说。

"你现在要试一试吗？"

"我得先看看鸽子飞回来时是什么情况。"迪克说，"到时就看它们掀起铁丝的高度了。"

屋里响起了开饭的锣声。

"吃饭啦！"罗杰说。

"天哪，"佩吉说，"已经开饭了。"

"我什么也不想吃。"迪克说。

"但你必须吃点。"桃乐茜说。

"第一只鸽子随时可能飞回来，我只要看看它是怎么进去的。"

"好吧，"佩吉说，"我们会把你的饭带过来。"

布莱克特太太似乎并不在意。桃乐茜给他带去了一盘冷牛肉配土豆和花椰菜，还有一杯海盗们常喝的格罗格酒，原住民不了解情况，称之为柠檬水。

"他想要那本关于采矿的红皮书。"她回来的时候说。

"他在哪儿？"布莱克特太太问。

"坐在鸽棚旁边的梯子上。"桃乐茜说，"鸽子不回来，他什么都不能做。他说南希让他尽可能多了解有关淘金的知识。"

"嗯，好吧，"布莱克特太太说，"只要他不介意这么辛苦。"

"他就喜欢那样。"桃乐茜说完就去弗林特船长的书房找《菲利普斯

论金属》，然后把书给了坐在院子台阶上的小"教授"。

她回来的时候，正好听见布莱克特太太说："一切都很好，佩吉，但你忘记了一件事。蒂莫西怎么办？谁来照顾它？如果那个东西来了，而你们都去了高岗，我该怎么办？你们甚至没有做完它的睡笼。"

"今天下午我们就把它做好。"佩吉说。

第六章

荒原来信

提提在鸽棚外面，迪克在鸽棚里面，一起等待第一只飞回的鸽子。迪克发现自己很难把心思放在金子上，他从来不能一心二用。他把《菲利普斯论金属》放到一边，又看了一眼鸽棚的前门。它是长方形的，带有一个滑动装置，可以关闭这一半门或另一半门。当滑动装置推到右边时，鸽子可以自由进出。当滑动装置推到左边时，它就留下一个开口，有一排铁丝挂在一根铁条上。门槛上有一根木条阻止它们向外摆动，但是飞进来的鸽子可以推开它们，一旦鸽子飞进去，它们就会落回原位。迪克用手指小心翼翼地抬了抬两三根可以活动的铁丝，鸽子就是推开它们进去的。它们非常轻。一切都将取决于鸽子的力气和迫切程度。它们是直接冲进去，还是胆怯地摸索着进去，以至于额外施加一点阻力都会让它们不想进去？提提在鸽棚外的台阶上，那是陡峭的木质台阶，一直从旧马厩院子延伸出来，她保持着高度警惕，时刻准备提醒迪克第一只鸽子的到来。她从那里可以望见低矮的建筑和建筑外面的灌木、小树，还有河另一边的山丘，以及远处的干城章嘉峰，棕色、蓝色、紫色的山体直指夏日耀眼的天空。就在那里的某个地方，在炙热的阳光下，约翰、苏珊和南希这几个开路先锋正代表"公司"进行探索。屋里传来油漆工和粉刷匠们干活发出的声响、搬动梯子和家具的声音，还有口哨声和笑声。但是锤子和锯子的响声不是来自屋里，而是来自花园里的营地，佩吉和罗杰正在那里抓紧完成蒂莫西的睡笼。桃乐茜时不时跑进院子，从

鸽棚下面的旧马厩里拿些钉子和螺丝，弗林特船长在那里有张木工台。

没等提提注意，荷马就飞进了院子。她的眼睛因为盯着天空太久几乎要瞎了。她用力盯着一个黑色的斑点，它越来越近、越来越大，最终变成了一只鸽子。但她始终没看清荷马是怎么飞来的。忽然间就传来翅膀的扑闪声，荷马已经飞进了院子，它犹犹豫豫地从屋顶飞向马厩的棚顶，也许是因为看见坐在台阶上的提提而感到疑惑。

"迪克。"提提轻柔地叫了一声。

没有人回答。

鸽子向鸽棚飞去。

"迪克，"提提不顾一切地喊道，"它来了！"

她听到一个低沉的声音："去告诉佩吉。"

接着，荷马在狭窄的架子上停了下来，伸展翅膀又收拢，从活动铁丝网下面飞进了鸽棚，铁丝网早已抬起好让鸽子通过。

提提滑下台阶，绕过屋子的拐角，朝绿色草坪上的营地跑去。

"佩吉，"她大喊道，"一只鸽子回来了！"

一把锯子插在半截锯开的木板上，那将是狗狲的房门。罗杰放下了锤子。

"迪克看清楚了吗？"桃乐茜问。

"一定是捎信回来了。"佩吉说。

"他们可能希望我们马上就过去。"罗杰说。

他们四个人都跑到马厩院子里。佩吉第一个赶到鸽棚的台阶上，其他人紧随其后。

"现在必须安静，"她说，"不要一起往里闯。有时抓住它们要费老大工夫。迪克呢？"

"在鸽棚里。"提提说。

佩吉轻手轻脚地打开门，溜了进去。其他人在台阶上等着。

荷马正在鸽棚里津津有味地吃东西，一只眼睛盯着迪克，眼圈红红的。迪克还在盯着那张活动铁丝网瞧，那只鸽子刚刚推开它飞了进去。

"应该很简单，"他说，"只要我们能确保铁丝网被推上去时有良好的接触……"

"呃，那是什么？"佩吉说，"你抓住它了吗？"

"还没有，"迪克说，"但它捎回了一封信，在左腿上。"

"咕……咕……"佩吉嘴里喃喃着，低声叫唤鸽子，"咻……咻……咻……咻。"

荷马喝了一口水。佩吉抓住它，从它左腿的橡胶环下取出一个小纸卷，又放开了它。荷马在饮水槽边安顿下来，佩吉小心地打开纸卷。

"我们能进去吗？"提提靠在外边说。

"来吧，"佩吉说，"现在没事了。"

其他人都挤进了鸽棚。佩吉大声地读着那张皱巴巴的小纸条，读着读着纸条又自己卷了起来：

> 阿特金森农场没有供给。
>
> 奸敌已占据领地。

签名是一个骷髅头，特别狰狞。

"祸不单行啊，"佩吉以南希的表达方式说道，"太糟糕了！除它之外唯一的农场就在山谷的底部。要走很长的路才能弄到牛奶。"

"嘿，听我说……"罗杰说。

"我们该放弃吗？"桃乐茜说。

"南希会有办法的。"提提说。

"好啦，"佩吉说，"我们把自己的事做完吧。不管我们去不去，都要给蒂莫西准备好睡笼。"

"怎么样了？"布莱克特太太说，她听到了大伙儿赶往马厩院子的嘈杂声，他们走下鸽棚时，她从后门探出头来。

"我们收到了他们的信。"提提说。

"我们没法从阿特金森农场弄到牛奶。"佩吉说。

"我就担心你们弄不到。"布莱克特太太说，但她看上去并不特别失望，"那只鸽子弄响电铃了吗？"

"我想下一只会的。"迪克说。

"即使能弄响，也可能没有用了。"桃乐茜说。

"你要我看着吗？"提提说。

"不用，现在没什么问题了。"迪克说，"我已经看到它们是怎么进去的了，我只需要为它们做一只电铃按钮。"

"快点，提提，"佩吉说，"还有一些油漆活儿要干。"

迪克只想着要让鸽子弄响电铃，不管它带来的消息多么令人沮丧，

71

现在他清楚地知道自己该做什么了。刚才荷马以鼓舞人心的方式穿过那些摆动的铁丝，这方面不会有什么困难。他得做一只小型摆动式触发器，当鸽子通过时，它会随着铁丝的摆动而移动，让两根铜片触碰在一起并产生足够的弹性夹住它，直到有人来松开它。经过两三次试错之后，他用一些硬铁丝、一只软木塞、一块废铅和桃乐茜从里约买来的铜片——毫无戒备的厨娘借给他剪刀剪开了铜片，做成了触发器。他尽力工作，为下一只鸽子的到来做好准备，但等他做好鸽子的电铃按钮并将它与马厩院子的旧电线连接好之后，下午已经结束，工人们也都收工离开了。

有意思的是，第二只鸽子没有来。不过，这是好事。他可能还有时间把电铃的另一端固定好。

院子里突然传来一阵叫喊声。

"啊嗬！"

"你怎么样？"

"还没有别的鸽子来吗？"

来自营地的小木匠们完成了他们的工作，正在台阶下面。迪克往下看，勉强能看到完工的犰狳睡笼，它有一扇可以开合的门，上面刷上了蒂莫西的名字。现在一秒钟也不能耽搁。

"快好了。"他说着跑下台阶，拿起铃铛和一捆皮线，冲进屋里。幸好房子电铃的电池紧靠厨房的门，他已经没有太多皮线了。他用颤抖的手接上了铃铛，并把它放在过道的一把椅子上。聊胜于无。现在他已经准备好了，不过他在马厩里看到了一只废弃的生锈茶盘。在他顺利完成计划之前，那个东西应该也可以利用起来。

"没有更多的消息吗？"布莱克特太太在院子里问道，"在这之前，他们肯定会放飞另一只鸽子。工人们都走了，这个地方完全属于我们了，这难道不是一种幸福吗？嗯，我必须说，你们做了一只非常漂亮的睡笼，还有门上的皮铰链……佩吉，你这个死小孩，你没有从你的蓝皮带上剪下几段吧？"

迪克开始穿过院子，可能还有时间修理那只茶盘。

"那条皮带太长了。"佩吉说。

布莱克特太太失望地摆了摆手，转向罗杰，他接替提提坐在台阶上，发现他的护目镜在向空中搜寻鸽子时非常有用。她刚想对他说点什么，他突然大喊道："它飞来了！"他差点从台阶上摔下去，因为忙着摘下护目镜，以便把一只俯冲到院子里的鸽子看得更清楚。

"别吓着它。"佩吉说。

但索福克勒斯只惊愕了片刻，就朝鸽棚飞去，它在窗台上等待，俯视着院子里的人群，然后就冲了进去，仿佛活动铁丝网并不存在。

"叮铃铃铃铃铃……"

就在鸽子飞下来的时候，迪克突然停住脚步，他慢慢地露出了幸福的微笑。成功了，索福克勒斯弄响了电铃。

"叮铃铃铃铃铃……"

"干得好，迪克！""怎么样，妈妈？""他成功了！"大家七嘴八舌地说起来。

"嘿，迪克，我必须承认你很聪明。"布莱克特太太说。

"它会一直响下去，除非您去鸽棚取鸽子捎回的信时关掉按钮。"迪克看着抖动不停的电铃说，它被随意地放在椅子上。

"不过我们吵吵闹闹地忙着其他事的时候，"布莱克特太太说，"你以为我们会听到铃声吗？"

"它的声音会比这个大很多。"迪克说。

"那我们可以去了吧。"罗杰迫不及待地说。

"要是他们弄不到牛奶……"

"快点，迪克，"佩吉说，"我抓索福克勒斯的时候，你关掉电铃。"

过了一会儿，她读起第二封信：

　　　　　正往家里赶，累死人了。饿着肚子，喉咙冒烟。请烧壶水。

"看来好像他们也没有找到好水源。"布莱克特太太说。

"这只不过是南希故意说些耸人听闻的话。"佩吉说，"走吧，我们快去为他们准备好茶水。"

"我可以借一下梯子吗？"迪克问道，他抬头看着走廊上方的一根横梁，那个位置最好不过了。

"随你便。"布莱克特太太说，然后跟其他人一起去了花园里的营地，而罗杰留下来给迪克帮忙，他现在来了兴致，因为铃铛真的起作用了。

那是一只很大的旧茶盘，你只要碰一下，就会发出噪声。迪克用锤子和钉子在它中间打了一个孔，把铃铛固定在那里。他又打了两个很大的孔，然后在罗杰的帮助下，把两颗螺丝穿过去装到了走廊上方的横梁上，他没有把它们拧紧，这样松动的茶盘就可以发出声音。接着，他再

次把电铃连接起来，把梯子放回大厅，粉刷匠们还要用它在那里干活，他还把工具拿回了木工台。

"我来试试，"迪克说，"他们到处都能听到的。"

"不要了吧，"罗杰说，"等到人们忘记它的时候再试。还有一只鸽子要来呢。"

他们来到营火旁，与其他人会合。桃乐茜看了看迪克。

"成功了？"她说。

"你等着瞧吧。"罗杰说着，咧嘴一笑。

林地里传来树枝折断的响声，还有脚踩在干树叶上的声音。

"他们来了。"提提喊道，不一会儿，开路先锋们拖着疲惫的步子走进营地。

"怎么样？"罗杰说，"你们还没找到金子吧？"

"茶水呢？"南希说，"我们口干舌燥，浑身都是灰。"

"水烧开了。"佩吉说，"给，苏珊，你最好自己放茶叶。"

"快，快，趁我们还没有晕倒。"南希说。

"不过一定要告诉我们情况怎么样。"桃乐茜说。

"又不是大戈壁，"南希说，"一滴水都没有。我们打算扎营的老矿坑边上的小溪也干了。我们还看到里面有一头死羊……就在那里躺着。秃鹰在头顶……"

"是一只游隼。"约翰说，他发现了迪克急切的眼神。

"那阿特金森农场呢？"布莱克特太太问。

"属于'软帽子'吗？"桃乐茜说。

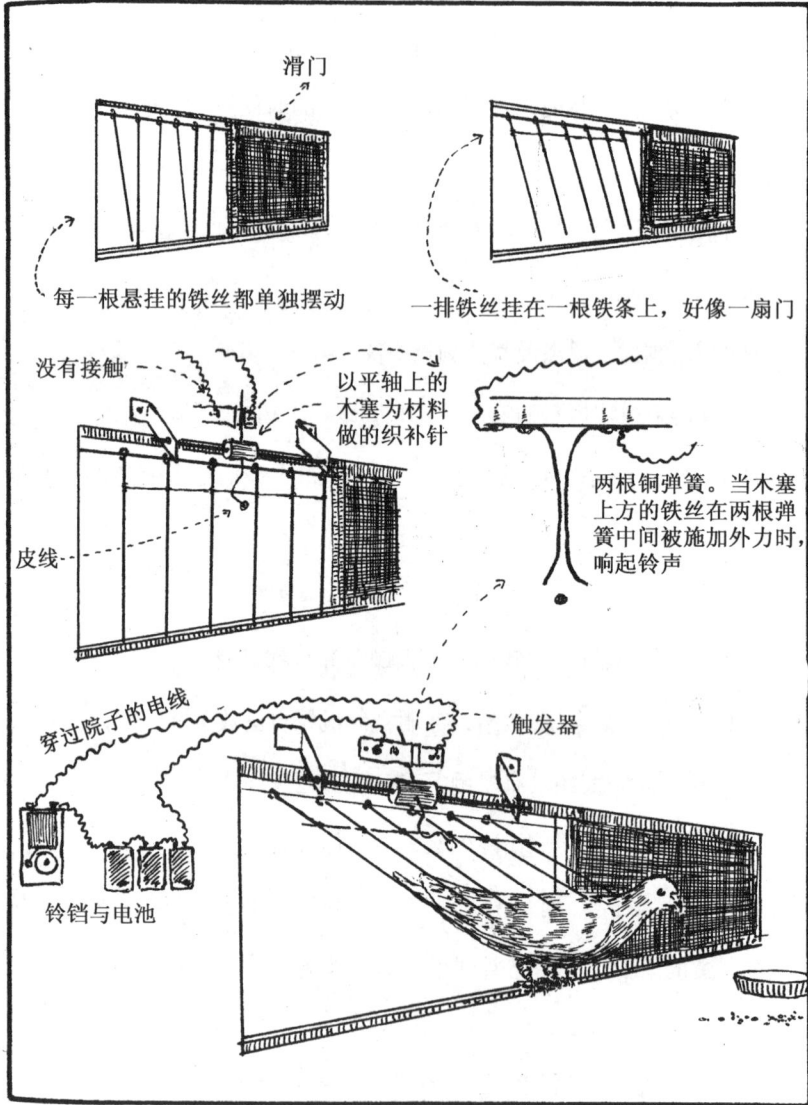

滑门

每一根悬挂的铁丝都单独摆动

一排铁丝挂在一根铁条上，好像一扇门

没有接触

以平轴上的木塞为材料做的织补针

两根铜弹簧。当木塞上方的铁丝在两根弹簧中间被施加外力时，响起铃声

皮线

穿过院子的电线

触发器

铃铛与电池

迪克如何让鸽子弄响铃铛

76

"没错，"南希说，"干得好，佩吉。哎哟，我忘了是开水……我也没吹一吹。"

"是'软帽子'。"她继续说，"他在阿特金森农场弄了几间房，所以他一定会发现我们正在做的每一件事情。我们必须远离他。听我说，我们知道他在探矿。阿特金森太太的窗台上有一份《矿业世界》。"

"上周的，"约翰说，"我看到了日期。"

"再倒点牛奶，"南希说，"然后我就可以喝了。"

"不过你要继续讲啊，"桃乐茜说，"你们在沙漠里干了什么？"

"就是走啊走。"苏珊说。

"勒紧我们的腰带，踉踉跄跄地往前走。"南希说，"没有适合扎营的水源地，高岗上没有，甚至高岗附近也没有。亚马孙河上游本身只是一条小溪流。"

"不要紧，"布莱克特太太说，"值得上去一趟，哪怕只是为了确定那个计划行不通。"

"行不通，"南希大叫道，溅出了一些茶水，"行不通！但是您没听说'软帽子'真的是矿工，而且住在阿特金森农场吗？我们不能让他独占高岗。想想看，如果'软帽子'找到了金子，吉姆舅舅会有多难受……我们当然要去。那些鸽子呢？"

"我们收到了你们的两封信。"提提说。

"荷马和索福克勒斯回来了。"桃乐茜说，"迪克已经弄好了铃铛。荷马回来的时候还没弄好，但索福克勒斯一回来，铃铛就拼命响。"

"不是很响。"布莱克特太太说。

"可是萨福呢?"南希说,"它是我们放飞的第二只鸽子,比索福克勒斯早很多。"

"它一定是迷路了。"提提说。

就在这时,房子里传来一阵长长的刺耳铃声,还有餐具摔碎的响声。

"叮铃铃铃铃……"

"这回怎么样?"罗杰说。

他们站起身来。

"到底是什么东西砸碎了?"布莱克特太太说。

南希看了看迪克。

"是萨福回来了。"他说。

"叮铃铃铃铃……"

尽管很累,但开路先锋们还是和留守人员跑着穿过了草坪。铃声越来越大。他们转身进了院子。厨娘正站在厨房门口,双手捂着耳朵。

"叮铃铃铃铃……"

"它在哪儿?!"南希大喊道。

"在走廊。"罗杰说。

当他们进去的时候,噪声震耳欲聋。在他们的头顶上,铃声呼呼作响,大茶盘像共鸣板那样颤动着。走廊地上一堆碎盘子。

"幸亏不是最好的盘子。"厨娘说,"那么响的噪声,我正好穿过走廊去餐具室……"

"天哪!"南希说,"我的天哪!"

"叮铃铃铃铃………"

"够响了吧？"佩吉说着，跟随迪克跑上鸽棚的台阶。

铃声突然停了下来。迪克从鸽棚里面把它关掉了。佩吉抓住正在闲逛萨福，拿着小纸条又走了下来。她的脸上露出忧郁的表情。

"大声读出来吧。"提提说。

"这其实是第二封信。"约翰说着，将信将疑地看了看布莱克特太太。

佩吉读了起来，而南希眨巴着眼睛注视着她。

水井干涸。尸骨散落沙漠。生命不能存活。

"好吧，这就结了。"布莱克特太太说。

"没有，不是的，"南希说，"我们在去泰森太太家之前发出了这封信。她说他们的水泵没问题，我们想要多少牛奶都能喝到。只是她想先见见您，谈谈我们要在哪里扎营。她为火灾的事心烦着呢。我们答应说您明天会去和她谈谈。"

"不过泰森太太就在山谷里，"布莱克特太太说，"你们还不如留在这里。"

"噢，妈妈，您怎么这样？"南希说，"泰森农场比这里近得多，又不像在矶鳕峭壁的背面……"

"天啊，天啊……"布莱克特太太说。

"那些锤子呢？"南希说。

"我们已经买到了。"提提说。

"还买了漂亮的护目镜。"罗杰说着戴上眼镜给她看。

"真不错，"南希说，"你们有没有给我买这样的一副？"

"我们有大量存货。"罗杰说。

"好老妈。"南希说，她满身灰尘，就给了她妈妈一个大大的拥抱。

"我们还做好了蒂莫西的睡笼。"佩吉说。

"太棒了！"南希说，"明天一早我们就出发。但愿我的嗓子不会干哑到喊不出话来。"

"但是南希……"

"来吧，妈妈，"南希说，"茶刚好凉了，可以喝了。"

"那些餐具怎么办？"布莱克特太太说，"要是你们的鸽子每天回家时都把厨娘吓得摔掉一托盘的东西，到周末我们连一只盘子或杯子都没有了。"

"从我们的零花钱里扣吧。"南希说。

"我们都来捐款赞助吧，"提提说，"再没有比这更好的了。"

第七章

长途跋涉前往泰森农场

早上，他们在河里洗澡。

"这是最后的机会了。"约翰说。

"只要有个人过来把鸽子带回去，"南希说，"每四天就得来一次。"

"可怜的人。"罗杰说。

"有一头单峰骆驼就行，"南希说，"而我们有两头。"

"单峰骆驼？"罗杰说。

"就是自行车。"南希说，"来吧，我载着你过河再回来。"

不过，虽然这是最后的机会，却没有人充分利用。南希、约翰和苏珊不停地回忆，不停地相互提醒，以免过后忘了什么；迪克想最后看一眼《大百科全书》中关于黄金的文章；佩吉想核实蒂莫西有没有在夜间到达，正准备给火车站打电话；桃乐茜有点担心，怕她和迪克不能像更有经验的探险家那样把他们的帐篷整齐地收拾好；提提抬头看了看群山，想到他们即将开始长途跋涉，很想快点上路；罗杰刚得到承诺，可以带上油壶去检查自行车的轮胎有没有充满气。大家在早晨的阳光下游泳或漂浮，好像没有其他心思——其实这是不可能的。

早餐结束才十分钟，营地里已经杂乱不堪。帐篷被卷起，帐篷桩子被收进袋子，帐篷绳也卷成一束束的，以便存放。苏珊从河里打来一壶壶水，浇灭灌木丛中的营火。

"我的天！"南希看着草坪说道，草坪上到处是帐篷桩子被拔掉之后

的坑坑洼洼，"幸亏姑奶奶没来看到这些。"

"比之前的雏菊还要糟糕呢。"罗杰说。

"没事，"布莱克特太太说，"等我们把房子收拾完了，它就自己修复了。不过，玛利亚姑妈现在看不见也许是件好事。"

他们本来希望能马上动身，但拆除营地只是准备工作的开始，还有上百件事要做。手推车和自行车一起在马厩院子里待命，但很快就发现远征队的行李多得无法转运，越来越多的东西加入了等待转运的队列。一只木制大鸽笼已经被抬上手推车，这只笼子前面有铁丝网，上面有倾斜的顶板，他们还从一大卷登山绳中拉出一头把它捆紧了。为鸽子准备的一袋袋蚕豆、玉米和枫豌豆就放在笼子下面。一箱箱罐头食品也和鸽笼放在一起。手推车看上去已经装不下更多东西了，而那一大堆行李碰都没碰到。每隔一会儿就有一个工人从屋里出来，向布莱克特太太问这问那。而布莱克特太太正和苏珊一起查看一份清单，不仅要回答工人们的问题，同时还得回答探矿者们的问题。

"我们的睡袋呢？"

"帐篷可以放在手推车上吗？"

"我们不能把做饭的东西挂在自行车上吗？"

"提提，你的帐篷防潮布呢？噢，提提去哪儿了？"

"她和迪克在弗林特船长的房间里。"

"佩吉的枕头呢？"

"听着，"布莱克特太太说，"你们不要一起七嘴八舌的。没必要带上不需要的东西。我要在你们装卸行李之前去见泰森太太，而且我可以用老爷车尽量多带些行李。"

南希犹豫了一下，然后做了决定。

"这会让事情容易很多。"她说，"其实，我们可以自己运行李，但那意味着要跑两趟，而我们时间很紧迫。这次并不像去北极或攀登干城章嘉峰或其他之类的事，这是一件严肃的事情，不是玩游戏。我们必须在弗林特船长回来之前找到金子，而他已经在路上了。"

他们把老爷车推到院子里，当他们把吃的、用的还有铺盖塞进车里，事情开始变得有点眉目，尽管还有很多东西需要用自行车运走。这时，上午已经过去三分之一，很明显，要等到午饭以后才可能出发。

南希冲到弗林特船长的房间，发现迪克正忙着把《大百科全书》中的段落抄到他的笔记本上。

"嘿，迪克……"她刚开口又停了下来。

"你真行，提提，"她说，"看上去真不错。"

提提觉得不等蒂莫西到来就离开，有点遗弃的意思，就急急忙忙编了一些金盏花的花环，还用红蓝色铅笔在一只旧鞋盒的盖子上写了"欢迎回家"的字样，她把字剪下来串在棉线上，与花环一起挂在犰狳睡笼的前面。

"嘿，迪克，"南希一边说一边环视她舅舅房间里的架子，"除了锤子，我们还需要别的什么东西来采矿？"

"我正在考虑这个问题。"迪克说，"如果我们真的找到金矿，就得把它碾碎，然后淘洗，我们会需要一套捣矿设备。他有一套，可是重得要命。"

他们看着一只大铁臼和一根大杵，铁杵的手柄上裹着布片。

南希先举起铁杵，然后又抬了抬铁臼。

"太重了，"她说，"但我们肯定会需要它们。"

它们被抬到院子里，并被塞进小推车上两只箱子之间。

"天哪！"罗杰看到它们时说，"那镐头呢？"

"借吧。"南希说，"但我敢打赌，除了我们不会有人带着捣矿设备。"

等到厨娘把他们叫到临时餐厅吃冷羊肉和沙拉时，事情似乎更有希望了。

"我们差不多准备好了。"佩吉说。

"我很高兴。"布莱克特太太说。

不久，他们分着吃完了一只米布丁，还吃了很多香蕉，然后出去最后看了一眼，看有没有遗忘什么，接着桃乐茜跑回屋里告诉布莱克特太太，远征队要出发了。

约翰第一个推车，他已经把它推到了马路上。提提和桃乐茜拉着拖绳的两头，帮忙拉动它。南希和佩吉分别扶着一辆满载货物的自行车。苏珊还在捆紧一些行李。迪克跑回书房去拿弗林特船长的《菲利普斯论金属》，他带着那本红皮书回来了。

"我会仔细保管它。"他对布莱克特太太说。

"好吧，"她说，"只要你让它保持干燥……看样子明年之前都不会下雨了。"她看看尘土飞扬的马路，又抬头看看晴朗的天空，补充说道。

"等一下，"南希说，"谁来扶一下我的自行车？我忘了拿蓝珠子了。"

她把自行车交给苏珊就走了。他们听到她冲上没铺地毯的楼梯。很快她又出来了，手里拿着两条小蓝玻璃珠子项链，她把它们分别挂在两辆自行车的灯架上。

"在东方，每头骆驼都戴着项链，"她说，"是为了辟邪。我们的单峰骆驼特别需要它们，以避免扎破轮胎。"

"我们怎么把它们弄上山啊？"罗杰看着那两辆挂满篮子和包袱的自行车问道。

"你们来拉。"南希说，"总要有一头小毛驴来拉大篷车。"

就在最后一刻，佩吉把她的"单峰骆驼"往墙上一靠，飞快地跑到鸽棚去拿一罐鸟食，那是给表现好的鸽子的一点点犒赏。

他们出发了。

"好吧，苏珊，"布莱克特太太说，"我就指望你来照顾他们……还有，南希，我也会尽快赶过去。不要急着催泰森太太，在我见到她并听取她的意见之前，你们不要打开行李。她可能会说她根本不想留你们……"

"没问题，妈妈……我们答应您。"

"那只电铃，"迪克说，"您知道在抓住鸽子以后怎么把它关掉吧？您瞧，如果不关掉，它就会不停地响，直到电池耗尽……"

"而且我们也会被逼疯。"布莱克特太太说，"噢，好吧，我不会忘记的。拉下摆件，把滑门推过去，直到第二天午饭时间。然后再把它拉回来，用棉花塞住耳朵等下一只鸽子弄响电铃……"

"其实您并不需要棉花，"迪克说，"不过，当然您可以用一块布或其他什么东西包住铃铛，声音就不会那么响……"

"不要紧，"布莱克特太太说，"我只是开玩笑。我还是想听听。"

"再见，妈妈。再见了，再见……"

大篷车队沿着马路往前走。当他们拐过冷杉遮掩的贝克福特大门时，他们最后回头看了看，布莱克特太太和厨娘正挥舞着手帕，她们在最后一刻跑出来目送他们离开。很快他们就看不见她们了。"燕子号、亚马孙号和迪克逊矿业公司"一行人顺利上路了。

"我不敢相信我们真的出发了。"提提说。

"如果不是苏珊，我们也出不来。"南希说，"苏珊和迪克……还有几只鸽子。"她看着荷马、索福克勒斯和萨福又补充道，手推车一路摇晃，它们都稳稳地站在大笼子里的栖木上。

最初的八百米路走起来很容易，但当他们到达湖泊尽头转弯上桥的地方时，情况变得艰难起来。他们沿着那座靠近干涸小河的山谷往上走，脚下的路又窄又崎岖。有时它几乎汇入河岸，又突然转弯，绕过一块隆起的岩石，然后在另一侧陡然下降，直到再次与小河相遇。约翰推着，苏珊扶着，桃乐茜和提提拽拉着，小推车在平地上好像很轻便，但一上坡就像蒸汽压路机那样重，一下坡又很容易失控。"单峰骆驼"也是同样的情况，迪克和罗杰这两头"毛驴"刚刚停止在前头拉它，就赶紧跑到后面拖住它。

尽管佩吉的"单峰骆驼"佩戴了蓝珠子项链，但还是扎破了前胎。大家都很开心，除了约翰和南希，因为他们不得不修理它。这意味着可以休息片刻，吃点巧克力，还可以把沾满灰尘的脚放进河床鹅卵石中间的浅水滩里划动几下。

轮胎补好后，他们继续前进。山谷变窄了，陡峭的林子延伸到马路左侧，他们经过了前年提提和烧炭工一起下山的地方，当时她骑在一根砍下来的木头上，由三匹大马拉着回家。

"我们上去看看棚屋还在不在那里。"罗杰说。

"不在了，"南希说，"至少烧炭工不在那里了。他们在湖的下游，好几千米远呢。"

右边是河，河的另一边是直插云霄的山冈，上面布满岩石和蕨类植物。

"格林班克斯。"南希说，"昨天我们去过。高岗一直延伸到那里。"

"难道我们不能穿过河直接爬上去吗？"罗杰说。

"得先去泰森农场。"佩吉说，"喂，往后拉一拉车。这个大家伙要往前冲了。"

过了格林班克斯，山谷变得开阔了一些，他们的左边是田地，看上去一片枯黄，几头奶牛正甩动尾巴赶走苍蝇。在他们的右边，山坡上林木茂盛，一直延伸到河边。

"还有多远？"罗杰问。

"还好你昨天没来。"苏珊说，"整段路我们走了两趟，甚至还要多，除了去高岗上探路，还去寻找了水源。"

现在他们一直在爬坡，快到山谷的尽头了。河那边有瀑布，尽管几乎没有水流下来。在他们前方，树林从一边延伸到另一边，仿佛用一道绿幕把谷地遮掩了起来。

在路上

"我们快到了，"约翰说，"坚持一下，提提。阿特金森农场在山顶，有一条路穿过那片树林。泰森农场在树林的这边，在山脚。"

"真难拉啊。"罗杰说。

"我们来唱首船歌吧。"约翰说，虽然提提已经喘不上气，但还是带头唱起了《爬上桅杆的约翰尼》，其余的人也一起合唱起来，还在路上跺起脚，顿时手推车和"单峰骆驼"都突然变轻了。

　　　　他们叫我爬上桅杆的约翰尼，

　　　　用力拉呀，小伙子们，用力拉。

　　　　他们说我是为了钱，

　　　　那就爬上来吧，小伙子们，爬上来。

　　　　起先我让妈妈吃了苦头，

　　　　用力拉呀，小伙子们，用力拉。

　　　　还有我的姐妹和兄弟，

　　　　那就爬上来吧，小伙子们，爬上来。

　　　　接着我又让外婆吃了苦头，

　　　　用力拉呀，小伙子们，用力拉。

　　　　我是如此精明，

　　　　那就爬上来吧，小伙子们，爬上来。

一股绳，一根梁，一架梯，

用力拉呀，小伙子们，用力拉。

我要让你们都知道我的厉害，

那就爬上来吧，小伙子们，爬上来。

后来他们试着唱《一个人、两个人，我们一起来割草》，但当他们唱到"九十个人和一百个人"的时候，又不唱了，而是再次唱起《爬上桅杆的约翰尼》。唱完第二遍的时候，提提发觉合唱声越来越小。南希已经不唱了，接着是约翰，然后是苏珊……她自己也不唱了。他们在看什么呢？是在看河对岸树林脚下的烟囱和房顶吗？

第八章

高　岗

"我们到了，"南希说，"那就是泰森农场。"

马路向右岔出一条狭窄的小路，经一座小石拱桥穿过几乎干涸的河床，延伸到一座白墙农舍铺着鹅卵石的庭院里。院子一侧是农舍，有低矮的窗户和门廊，门廊上爬满了铁线莲，还有一台配有浅水槽的旧水泵。院子另一侧是堵松散的石墙，上面有扇门，可以从果园里关上。果园和房子后面是一片树林，长满橡树、白桦和榛树，不时地还有一棵松树高耸入云。树林上方的某个地方就是高岗，还有很久以前老矿工们的矿内巷道，以及他们来寻找的贵金属。

手推车过桥的时候嘎嘎作响，穿过院子里坚硬的卵石路面。紧随其后的"单峰骆驼"要安静些，尽管罗杰觉得理应在奔跑中结束征程，而且他这个领头"毛驴"应当用响亮的欢呼来宣告大篷车队的到来。

就在南希把她的自行车往果园墙上靠的时候，泰森太太从门廊里出来了。她的手臂沾上了白面粉，一直到胳膊肘，因为她正忙着烘烤的活儿，看到院子里到处是探矿者不是推着小推车，就是扶着载满货物的自行车，她似乎并不高兴。

"你们来了，"她说，"布莱克特太太呢？天哪，你们人真多。昨天才三个人。我不知道该把你们安置在哪里。"

"我妈妈正在路上。"

"我说的关于火灾的事，你告诉过她了吧，"泰森太太说，"还有树林

里没有水，溪流也干了。"

"我什么都告诉她了。"南希说，"没问题。在没有一点水的地方生火是很危险的。而且我们不会拆开帐篷或别的什么行李，除非妈妈来了。噢，你好，罗宾……"一个年轻人从谷仓后面走了出来，手里拿着一根长杆，杆头上绑着一捆枯树枝。他把它和其他六根杆子一起靠在谷仓墙上。

"那是罗宾·泰森，泰森太太的儿子。"佩吉向桃乐茜解释道。

"有更多的灭火扫帚了。"罗杰说。

"我们可能会需要它们。"罗宾说。

"你有没有加入乔利斯中校的志愿队？"南希问。

"对我们没有用，"泰森太太说，"我们怎么能让他们知道是否发生了火灾呢？如果这里有什么东西着了火，我们必须自己去救。没等湖那头的中校得到我们失火的消息，山谷里什么都烧毁了，只剩灰和烟。"

"如果发生火灾，我们都会帮忙的。"南希说。

"只要你们不生火，我就会很高兴。"泰森太太说。

"我们不会那样做的。"罗杰忿忿不平地说。

"我差不多敢肯定，"泰森太太说，她抬头看着农场后方高大树林上方的蓝天，"一点下雨的迹象都没有，"她说，"现在已经好几个星期了，地面都要裂开了。噢，好了，"她又说，"我还有烘烤的活儿要干……而且布莱克特太太要来了。"

"她现在还不会来，"南希说，"至少我认为不会……除非油漆工和壁纸工走了。我们能不能先把东西放在这里，去高岗上看看啊？"

"今天不要动车了，"泰森太太说，"你们的东西不要放在路上，得搬到谷仓墙的那边。"

"你们得让鸽子避开阳光，"罗宾·泰森说，"最好把东西推到谷仓里。"

"非常感谢你。"提提说，刚才她扯出一小块防潮布盖在鸽笼上，就想给鸽子遮阴。

"把所有东西都扔掉，"南希说，"轻装上阵。到山顶的路有点难走。"

手推车被推进了谷仓，鸽笼还在上面。自行车靠在果园的墙上。背包也都被卸了下来，堆在一起。

"不需要带任何东西，"佩吉说，"只是冲到树林里去看一眼淘金的地方。"

"指南针。"约翰边说边从他背包的外口袋里掏出了一枚。

"我们最好再带上望远镜。"提提说。

"我们可能很需要它。"南希说。她已经离开院子，打开了通向树林的大门。

其他人也拥了出去。

"你们谁把门关上吧。"南希说。

"好的，遵命。"罗杰说。

在烈日下沿着山谷的小路长途跋涉之后，来到树林的荫凉里，真是令人愉快。空气中似乎少了些灰尘，分散各处的松树散发着清新的树脂味，它们高大粗壮的树干耸立在低矮的榛树、花楸和小橡树丛之间。一条小道蜿蜒向上穿过树林，大家都能看出来，很少有人走这条道了。小

道上到处是石头和去年的落叶碎片，石头上面还覆盖着干枯的苔藓。大松树下和靠近大松树的路面是松软呈褐色的，因为铺满了松针。小道不够宽，马车没法通过，大概只有从山上运欧洲蕨的雪橇才用过这条小道。

"这个宽度手推车能过去吗？"佩吉问苏珊，"没有太多空间了。"

"我们不会把它带上去。"苏珊说。

"除非下雨，小溪涨满水。"南希回过头来说。

"小溪在哪儿？"提提说，她想起了去年夏天她和罗杰一起探险时遇到的那条宜人的小溪，当时他们发现了燕子谷和以彼得·达克命名的山洞。可是在这片树林里并没有叮咚的流水声。

"我正要跨过去。"约翰说，不一会儿，只见一条鹅卵石小路横在小道上，旁边是一条深沟，显示这里曾经有过小溪。

"踏脚石。"罗杰说着，高高兴兴地走过去，踩上留在那里的大石头。当小溪流淌的时候，人们踩着石头过河就不会弄湿脚了。

"没有水。"桃乐茜说。

小道在树林里陡直向上延伸，有时远离小溪，有时又靠近它，然后弯向一边又拐回来，呈现一个大"之"字，就是为了让攀登更容易一点。但在这个干旱的八月，那已经不是一条小溪，而是它曾经流过的干枯河床。考察队攀登了很久都没遇到一滴水，这时，在曾经是瀑布的下方，他们看见了一个小水池。

"水！水！"罗杰大喊道。

"我们不能在这里扎营吗？"佩吉说。

"不好，"约翰说，"那不过是小鸟戏水的水盆。"

"而且是死水，"苏珊说，"或者说几乎是死水，不够用来洗漱或做饭。"

提提拨开榛树丛想仔细看看，这时一只叽叽喳喳的松鸦仓皇地飞过树林。

他们爬了上去。

"还有多远？"罗杰说，大家越往上爬，他的话就越少。

"大概一百六十千米吧。"提提说。

"坚持住，罗杰。"佩吉说，"我们快到顶了。"

约翰和南希快步走在前面，连苏珊也比之前走得快。迪克手里拿着锤子，眼睛盯着地面，正在她身后顽强地往上爬。

"请跟我们讲讲高岗到底是什么样子的吧。"桃乐茜说。

"你一两分钟后就能看到了。"佩吉说，"我已经很多年没去那里了。"

"提提，"桃乐茜小声地说，"那个'软帽子'，他真的也在勘探？还是南希为了让探险更刺激，故意那样说？"

"如果他知道金子的事，"提提上气不接下气地说，"那他肯定是在勘探。任何人都会……"

"可如果他不知道呢？"桃乐茜说。

"快一点！"

"我们正快着呢。"罗杰冷冷地说。

突然，小道一分为二，一条在灌木丛中向左急转弯，另一条继续前行。树林变得越来越稀疏。在他们面前，一块宽阔陡峭、长满石楠的岩石脚下有一丛荆棘。一条没有荆棘的草沟通向岩石的顶部。南希、约翰

和苏珊已经在上面了，迪克手拿锤子，就在他们下方。

"快点。"佩吉说。其余的勘探者气喘吁吁地跟在她身后，经过漫长的攀登，他们的心都怦怦直跳。他们绕过荆棘丛，飞快跑上绿色的山沟，不一会儿就爬上岩石顶，他们眺望着高岗上那片坑坑洼洼的荒凉湿地。

"好啦，你们觉得怎么样？"南希边说边挥舞她的手臂，仿佛她以某种方式将整个高岗变了出来。

提提起初几乎说不出话来。她从山谷开始爬了很长一段路，最后又冲刺跑到岩石上，已经上气不接下气了。她眼冒金星，尽管如此，她清楚自己眼前是克朗代克，是阿拉斯加，比他们在贝克福特营地上谈论淘金地时她所梦想的地方还要好。那边耸立着干城章嘉峰，一条巨臂从山体伸向他们刚刚离开的山谷，遮住了贝克福特和绵延至湖泊尽头的丘陵。一片山丘从他们前一年攀登过的山顶向南延伸。在山丘的半包围中有一片宽阔的高原，沟壑纵横，遍地都是石楠、欧洲蕨和短莛的枯草，其间布满嶙峋的岩石。高原向左边延展下去，一条带状马路从中穿过。勘探者们的身后就是泰森农场的树林，以及他们刚从那里攀爬出来的亚马孙深谷。

"那条土路是怎么回事？"提提刚能喘过气就问。

"它通往邓代尔路，"南希回过头来说，"就是我们来泰森农场时走的那条路。"

罗杰回头俯视着高岗边缘那光滑陡峭的岩面。

"真是个滑滑梯的好地方。"他说。

"正好滑到荆棘丛。"提提说。

"我可以自己停下来。"罗杰说。

"千万别,"苏珊急忙说,"谁来管管你啊?泰森太太可不像玛丽·斯温森。"

"好吧,如果我不能滑下去,"罗杰说,"是不是该轮到我用望远镜了?"

"把望远镜给他吧。"苏珊说。

"给你,"约翰说,"一次两分钟。大家都想看一看。"

"老巷道在哪儿?"迪克问。

"到处都是。"南希说,"你看到矶鳕峭壁了吧?从干城章嘉峰延伸下来的大山包。我们去见石板瓦匠鲍勃时就是从它里面过去的。我们经过的隧道应该从这一侧出来,但现在这个出口已经不安全了。沿着山脊的底部也就是高岗山脉的起点,还有很多隧道。在整个高岗,几乎每一座山谷和高地都有一条巷道。你知道的,就是一个洞和洞外一堆乱七八糟的碎石。从这里就能看见一个,在那边,那些岩石下面的黑点……"

"我们马上开始找吧。"

"嘿,南希船长,"苏珊说,"我们还不能开始。布莱克特太太要来了,而且我们要搭帐篷,还要做饭。我们应该马上下山。"

"那就作为明天的第一件事吧。"南希说。

"敌人在哪儿?"提提说。

"'软帽子'吗?他在另一座农场。其实就是我们应该去取牛奶的地方。它在路的另一边,就在穿过树林转弯处的下方。从这里很难看到它,

我希望你能看到。现在他也许就在那里。”

"不，他不在，"罗杰急忙说，"我正看着他呢。请保持安静。"

罗杰趴在地上，胳膊肘支在地面上，用两只手稳住小望远镜。他的一只脚在空中踢呀踢，意思是"大家都闭嘴"，但是没有人懂这个暗号，因为这只是罗杰本人刚刚发明的。

然而，每个人都能看到望远镜正指向什么地方。

"趴下！"约翰突然说，燕子号其他三名船员闻声都扑到了地上。

"趴下！"南希大叫，她和桃乐茜、佩吉也一起趴下了。

"趴下！趴下！"桃乐茜说，"嘿，迪克！"

迪克转过身，只见唯独自己还站着。他这才明白，于是蹲伏在桃乐茜旁边。

"确定是他？"约翰说。

"把望远镜给我们。"南希说，"就是他没错。"

大约一千多米外，一个灰色的身影坐在岩石上。

"他背对着我们，"南希说，"还真走运。听着，要是他转过身来，一定会看到我们，我们必须躲起来。走吧，佩吉。匍匐着往后退，你知道的。快点，扭动起来。别介意弄脏你的衣服，桃乐茜。反正在勘探的时候也会脏的……地上很干燥，掸一掸就没灰了。干得好，约翰。"

约翰以前练习过匍匐后退，刚看到远处那个坐着的人影，他就开始贴着地面往后退了。他已经滑到了岩壁边缘，正舒服地趴在那里，他可以向外看，也可以随时再下降几厘米，完全消失在视野中。又过了两分钟，探险队所有队员都躲了起来，有几个人像约翰那样趴在陡峭的岩面上边，另几个人蹲在狭窄的山沟里，高岗下来的老路就是从这里进入树林的。

"他在干什么？"罗杰说。

"就是在休息。"苏珊说。

"不管怎样，潜伏起来最安全。"南希说，"可他不只是在休息。看，看啊，他有一张地图。"

"那可能只是一份报纸。"

"不可能。"约翰说。

即使不用望远镜，他们也能看见那个人独自在高岗中间拿着一张白纸似的东西。现在那人站了起来，看了看手上的白纸，然后抬头望向群山。

"他在看指南针。"南希差点叫出声，"现在你们还不相信吗？接着看吧，拿起望远镜亲自看看。天哪，他正在勘探。"

他们一个接一个地用望远镜去看，首先看到的是，那人确实是"软帽子"，其次，看到他在一块岩石上放了什么东西，而且他一直在看地图，然后看群山，接着再看岩石上的东西，然后再看群山。

"怎么样？"南希说。

"看起来很像那么回事。"约翰说。

"哎呀，"提提几乎要呻吟起来，"你还认为他没有石板瓦匠鲍勃提到的那份地图。"

南希想了一下。

"不，"她最后说，"如果他有的话，就不会那么困惑了，他现在就在

挖金子了。他在这里至少待了三天。那天我们看见他去找石板瓦匠鲍勃，是从山脊另一边下来的。"

"他转身了。"桃乐茜低声说。

"软帽子"已经把他刚才看的地图或类似的什么东西折起来了。他拿起放在岩石上的东西装进口袋。他站了一会儿，望着干城章嘉峰，然后转身走上凹凸不平的地面。

"他朝这边走来了。"罗杰说。

"他看到我们了。"桃乐茜小声说。

"大家千万不要动。"南希说。

远处的人影在快速移动，一会儿穿过光秃秃的岩石，一会儿走进齐膝深的蕨丛，一会儿在石楠丛中的羊肠小道上前进。

"他什么也没看见。"约翰说。

"他要去邓代尔路。"南希说。

"是回阿特金森农场去吧。"佩吉说。

他们注视着他，直到他走上那条路，沿着路向左转，然后在路向下伸入树林的地方消失了。

"我们去跟踪他吧。"提提说。

"不行，"苏珊说，"布莱克特太太会在我们下山之前到达泰森农场。"

"算他走运，"南希说，"他的大本营就在这里……要是小溪里有一点水就好了……你们应该看看我打算扎营的地方……"

"在哪里?"提提说。

"这里，"南希说，"靠近高岗，甚至比阿特金森农场更好。过来看看。"

　　她匆匆忙忙走下岩石，绕过岩石底部的荆棘丛，一头扎进灌木丛中
往前走。

第九章

两种营地

南希和其他人一起从树丛里走出来，来到一块圆形空地上，这里距离刚才他们观察对手的那块陡峭岩石顶部只有二三十米远。

"真是个不错的地方！"提提说。

"确实不错，"南希说，"这就是我当时考虑的地方，离高岗很近，离阿特金森农场也近，去哪儿都不耽误时间，如果不是因为旱灾，就不会有任何死羊了，小溪的水也会很满，你们看到的那个水坑以前有瀑布，大池子足够一群河马戏水……"

"没有一群。"迪克将信将疑地说。

"反正两三头小家伙没问题。"南希说。

约翰和苏珊前一天已经见过这个地方，佩吉很久以前也见过，迪克、桃乐茜、提提和罗杰是第一次见它。它是一个圆形平台，大家都能看出那是被刻意削平的。它的一边是从下面建起来的，另一边是把山体陡坡的岩石和泥土铲平之后形成的。平台上一棵树也没有，但是树丛和灌木把它围了起来，所以从几米之外经过这里的人们都不知道它的存在。它的边缘有一些小灌木，还有一些老树桩在毛地黄的叶子中隐约可见，但平台几乎是光秃秃的，除了枯叶和苔藓，间或长着一簇稀疏的草。它的一侧初看起来像是一堆不整齐的落叶松杆。

"以前有人在这里扎过营，"桃乐茜说，"有可能是野蛮人。"

"非常好的那种野蛮人。"提提急切地说，"他们可能就是我们认识的

那些人。"

罗杰看着那些经过风化、长满苔藓的落叶松杆说："我敢打赌，从前这里是一座棚屋，就像我过夜的那座棚屋。不知道他们有没有也在里面养过一条蝰蛇。"

迪克和桃乐茜不解地看着他们。

"这是烧炭工的老窑场。"南希说。

"你们知道的，"佩吉说，"就是他们堆放木材，并把它们盖起来慢慢烧成木炭的地方。这些杆子是他们住过的棚屋剩下的东西。"

"我们认识的是比利一家，"罗杰说，"小比利大约一百岁了，老比利是他的父亲，甚至更老。"

"没有比他们更友好的野蛮人了。"提提说，"他们可能是专门为我们留下了这个地方。"

"其实并没有。"苏珊说，"这里很多年都没有人烧炭了。你看看那些杆子上的苔藓。"

"我知道他们没有，"提提说，"但还是有可能的。看看小比利给罗杰做拐杖时的样子。我的意思是，这是一个可爱的地方，你可以把它当作他们送给我们的礼物。"

"与世隔绝。"桃乐茜说。

"啊嗬！南希！"

约翰的声音从他们上方传来。他们抬起头来，只见约翰骑在一根树枝上，那是棵高大的老白蜡树，比空地边上的其他树都要高。

"我从这里可以看到阿特金森农场，"他朝下大喊着，"我能看到花

107

园、那些蜂箱，还有门……'软帽子'刚刚进去……换另一个方向，还能看到邓代尔路的绝大部分。"

"天哪，"南希说，"真是个好地方！还有为我们准备好的一个瞭望台呢。"

"也有地方放我们所有的帐篷。"提提说。

"而且没有失火的危险。"佩吉说。

"无论如何，我们就在这里扎营吧。"罗杰说。

"我们再也找不到更好的地方了。"提提说。

"不行，"苏珊说，"如果只是每天从山谷里取牛奶，我们完全能应付得来。但是我们根本不可能把水一滴一滴地运来啊。"

"我们可以不洗。"罗杰说，"我是说不必要的清洗。"他碰巧注意到了苏珊的眼神，就补充了一句。

"不管怎样，"苏珊说，"我们必须在泰森太太允许的地方扎营。"

"烧炭工在这里的时候，"南希说，"没有一年像这样。噢，旱灾真麻烦。好吧，你们知道我为什么想来这里。每天不得不从泰森农场爬到这里，这对我们来说难上加难。"

"晚上还要回去。"佩吉说。

"'软帽子'住在阿特金森家，就在我们的采金场边上……"

约翰从树上下来了。

"我要上去，"南希说，"很快就下来……"

"算了，走吧，南希，"苏珊说，"我们得下山去农场。一车行李要收拾，还有自行车，然后就是布莱克特太太为我们带来的所有东西。我们

将在别的地方建一座漂亮的营地……"

"不像这里。"罗杰说。

"那会是怎样的一座营地?"提提说。

"未遂的心愿。"桃乐茜附和道。

"'未遂之地',"南希说,"给营地取这个名字不错呢。好吧,没办法。往下走吧,把我们的帐篷支起来,我们要早点吃早饭,趁'软帽子'还在打哈欠揉眼睛,我们就要赶到这里。"

"走哪条路?"罗杰说。

"从这里穿过去。"南希说。

一条小路灌木丛生,它就是窑场平台通向他们爬出山谷的那条路,他们不得不拨开枝丫往前走。苏珊和约翰一回到小路上,就稳步慢跑下山。

"快点。"南希说着赶紧跟上他们。

这条小路蜿蜒曲折地穿过树林。

长途跋涉之后,他们把行李留在农场院子里,然后轻装上阵,攀登了很长时间,去看一看高岗的采金场。现在,下山的路似乎更长,尽管他们不是向上攀登,而是快步下山。眼下他们每走一步,就离他们要探索的区域更远。每走一步都意味着在每天的开始和结束上会浪费更多时间。对他们所有人来说,对手的出现改变了一切。他们已经看到他带着地图去了采金场中央。甚至连南希心中也有过疑问,觉得"软帽子"可能只是一个不速之客,不过是出于不切实际的好奇心才去找石板瓦匠鲍勃。阿特金森农场可能是被某个对探矿丝毫不感兴趣的人选择作为住宿地。但是现在还能有什么疑问？他们已经听见了石板瓦匠鲍勃说的话，也看见了"软帽子"一直等到他们离开之后才进入坑道跟老人谈话。而现在，他们每个人都已经看见，他就在他们希望探索的区域里，拿着一张地图瞎转悠。

"这就是一场谁先找到它的比赛。"桃乐茜说。

"就是这么回事。"提提说，她又小跑了几步，才说完要说的话，"因为住在那里，他就有了一个很好的开始。"

他们在蜿蜒的小路上颠簸着跑了很长一段时间，顺着笔直的路跑啊跑，遇到急转弯就放慢速度，小心翼翼，避免在晒干的苔藓上滑倒。每当他们走近小溪，或者更确切地说，走近那一片曾经从石头到石头、从瀑布到长满蕨类的水池、再从水池到瀑布，全都水花四溅的地方，如今干涸的河床就会让他们想到，以前那可能是一座完美的营地。

"旱灾真烦人。"罗杰说。

"你们可以看出，这里曾经有足够的水源。"迪克说，"看看这些蕨草有多绿，尽管没有一滴水流下来。"

"我们再不会有一座那么好的营地。"桃乐茜说。

"早上就去爬山，那太可怕了。"佩吉说。

他们继续小跑前进。

"那在中午赶回营地吃饭怎么样？"罗杰说。

"我们要随身带着饭，"佩吉说，"我和苏珊做早饭的同时也得把午饭准备好。"

在他们下方很远的树林里响起一声刺耳的哨声。

"那是大副的哨声。"提提说。

"来了。来了!"他们喊道。

他们发现其他人等在山脚附近。他们三个人靠得很近,刚刚发生了一场争执,约翰正在做总结。

"听我说,南希,苏珊是对的。想在没有一滴水的地方扎营,不是什么好事。即使我们没有做过保证也不行。"

"而且我们在下面也可能找到一个真正的好地方。"苏珊说。

他们一回到农场,就发现布莱克特太太已经来过了。有人在地上铺了一块防潮布,上面是一大堆被褥、床垫和卷起来的帐篷。

泰森太太正看着这一堆东西。不知为何,这一次她似乎更高兴见到他们。也许布莱克特太太已经告诉她,他们是一群小心谨慎的人,不会放火烧掉山冈。

"啊,你们来了。"她说,"布莱克特太太没有等你们,她说家里有很多事情要做,所以她又走了。不过,我们有一个很棒的地方让你们扎营。就在果园里,离房子很近,所以你们需要什么就很方便。我们已经把老母猪赶出去了,这样它就不会在夜里跑来把你们的帐篷弄翻。你们还可以用院子那边的水泵打到好水,虽然现在是旱季,水还是很充足的。你们在这里就和在自己家一样好,可能更好些,因为你们家还有工人上上下下贴壁纸、刷油漆。我估计你们可能马上就要搭帐篷了吧。布莱克特太太说过,你们会时不时地想生火。我不赞成生火,但是桥边的卵石滩上有一个地方，在那里不用担心着火。你们根本不知道，太干燥了，一定要小心。你们晚上就在房子附近，这样如果想要什么，只需喊一声，我就听见了……"

她滔滔不绝地说着，态度友好而亲切，让他们觉得像在自己家一样。然而她每说一个字，他们的情绪就越发低落。

要在房子主人听得见的范围内扎营，无论他们多么友好……从农场的水泵取水，而不是从湖里或小溪里取水……帐篷不是搭在森林、山冈，甚至不是在普通的田野上，而是在果园里，那里有一排排整齐的苹果树和西洋李子树……哎呀，泰森太太说得很对，他们差不多就像在贝克福特的花园里一样。

也许迪克和桃乐茜对此毫无感觉，因为他们这两个可怜的小家伙几乎不知道露营是怎么回事。但罗杰和提提互相看了看，然后又看了看约翰、南希、苏珊和佩吉，想看看他们的哥哥姐姐会怎么说。他们肯定会找到解决办法的。

然而没有。船长和大副们定了定神，不认识他们的人很容易以为他们非常高兴。他们跟着泰森太太走进果园，当她带他们看墙边那块可以搭帐篷的空地时，还貌似认真地说了一句"谢谢您"。

"走了那么多路，你们很累了吧？"泰森太太说，"等你们把帐篷搭好，我就准备好晚饭给你们送到客厅。每天早上八点吃早饭……六点半吃晚饭。"

"但是我们情愿自己做饭。"苏珊说，可泰森太太听不进她说的话。

"我已经把桌子摆好了，"她说，"水壶也在烧着。所以就像俗语说

的，我随时准备着，只要你们准备好了，我就准备好了。"

这也真是没办法了。泰森太太都是出于一片好意，连南希也不能对她说不。

"我还跟你们的妈妈说了，我每天都会让你们吃上三明治，还会给你们准备茶水，随你们去喜欢的地方野餐。好了，好了，"她突然停了下来，"你们去忙吧。你们可以在这堵墙边的任何地方搭帐篷。"

她往农舍走去。

探矿者们默默地等着，直到她离开。

"见鬼！"南希船长说，"不过这事还真棘手。"

蜂蛇

跟着泰森太太走进果园

第十章

探 矿

南希称这座新营地为"真可怕"，新营地沿着果园的墙搭起了一排帐篷，还有一台使用方便的水泵，一日三餐都是农舍里现成的。但毕竟比家里的花园更靠近高岗。从贝克福特出发的话，探矿是不可能的。从泰森太太的果园出发的话，还是可以做点事的。他们都明白，能得到许可来到这里已经是一件很不容易的事情了。他们都很累了，等搭好帐篷，分好被褥，在小河仅剩的一点水里泡泡澡，在农舍里吃完一顿美味热乎的下午茶，或者说是晚餐，他们倾向于认为如果不是在这里扎营，情况可能会更糟。他们睡得很好，因为已经习惯了有不规则的苹果疙瘩从树上掉下来，它们还未成熟就干瘪了。到了早晨，甚至连南希都喜欢在这个陌生地方醒来，尽管泰森太太叫他们去吃早饭，确实更像是文明在轻轻推着探矿者的胳膊肘。当然，农场院子里的水泵也是一种文明，但是一等水手迪克和罗杰并没有因此而不喜欢用水泵抽出的凉水向对方的头上浇。

准备出发去采金场时，麻烦开始了。

泰森太太给他们准备的早饭是粥、鸡蛋和培根，但他们吃饭的时候，农场客厅角落里的落地式大钟发出响亮的滴答声，提醒他们不能耽误时间。

"赶快，罗杰！"约翰说。

"我们动身吧！"南希说，"天哪，我们已经见过他了，我们又不是不知道他在那儿。天亮都好几个小时了，'软帽子'可能已经找到那个地

方，并确立了他的地界，而我们却坐在这里吃吃喝喝。"

于是，早在泰森太太为他们准备好随身带上路的三明治和茶水之前，探险队全体成员就已经在农场院子里等着动身了。

"要是我们自己做饭就好了。"苏珊说。但泰森太太不希望他们做的一件事就是做饭。她宁可为他们做饭，而且也这么说了，毕竟，她本来就很可能会跟布莱克特太太说，她还巴不得他们待在家里。他们焦急地等待着，想着他们那个"走狗屎运"的对手就住在离采金场只有一步之遥的地方。苏珊最后看了一眼燕子号船员的帐篷，只见所有的被褥都叠得整整齐齐，以防有陌生人过来。迪克坐在农场门廊的阴凉处，又看了一眼菲利普斯关于黄金形态的研究。南希和佩吉在厨房帮泰森太太给面包涂上黄油（没有她们，泰森太太可能做得更好）。其他人在自娱自乐，给鸽子荷马、索福克勒斯和萨福喂麻籽。其方法是，先舔湿一个手指尖，把一粒麻籽放在湿润的指尖上，再把指尖伸进铁丝网里保持不动，或尽量保持稳定，因为鸽子啄食的时候会让指尖很痒。

"谁来送第一封信？"罗杰说。

"萨福。"提提说。

"你为什么不把它放在笼子里？"约翰说。

"笼子都准备好了。"桃乐茜说。

"我来提着它。"罗杰说。

"它得和其他鸽子待在一起，直到最后一刻。"提提说，"嘿，她们来了。"

"每人拿一只水壶，"南希大声说道，"它们都放在门廊里。苏珊拿着三明治。走吧。那只鸽子在哪儿？谁是邮差？"

"我是。"罗杰说。

"那就给你吧，"她拿出一张薄纸片，"别弄丢了。如果我们不让它捎着信就回去，妈妈一定会以为我们是发出了呼救信号。好了，提提，你去抓住它，也让我们瞧瞧……噢，不行，最好不要在今天。我们已经太迟了。"

萨福已经在旅行笼里待了一会儿，它似乎并不介意南希紧紧抓着它不放。

"你们想好在信中说什么了吗？"桃乐茜问。

"找到了十吨重的纯金块。"罗杰说。

"如果我们找到了，那不是很棒吗？"

三明治和热水壶终于分发出去了。

"大家都拿到锤子了吗？"南希说。

"我们要在六点半回来喝下午茶。"苏珊说。

"唉，听着，"南希说，"这和在学校一样糟糕。"

"这是没办法的事。"苏珊说。

"我们出发吧。"约翰说。

他们稳稳地爬上了穿过树林的那条小路。它似乎比前一天还要长，路也陡峭，无法交谈。他们在树林顶部的大岩壁下停了下来。南希和约翰这两个侦察员爬上岩沟不见了，他们贴着地面匍匐前进。其他人在岩石下面的荆棘丛旁等着。迪克正在翻看他的笔记。几分钟过去了，什么也没发生。突然传来一声叫喊，南希出现了，她站在岩石顶上，这一刻，

他们都同意把这块岩石称作"长城"。

"解除警报！"她说，"来吧，高岗归我们了。"

这真是件有意思的事，刚才你还几乎觉得她很失望。

"也许他躲起来了。"桃乐茜满怀希望地说。

他们迅速爬上岩沟，望着连绵起伏的高岗，那里到处是石楠、欧洲蕨、岩石和短茬的枯草，然后望向雄伟的干城章嘉峰和那座庞大的支脉，石板瓦匠鲍勃肯定就在支脉内部的某个地方工作着。可以看见的唯一活物就是约翰，他已经飞快穿过了一百来米的开阔地带，爬上一条灰岩石的山脊。他向他们示意，让他们上去。

"没有他的人影。"当其他探矿者和他会合的时候，约翰说道。

"我们马上开始吧。"南希说，"是不是大家都知道要找什么？"

"金子。"罗杰说。

"哎呀，"佩吉说，"人人都知道这个。"

迪克掏出他的袖珍本子。

"读一下吧，'教授'。"

迪克找到那一页。

"有时黄金是以尘埃的形式被发现的，有时是块状，有时与其他矿物混在一起，尤其是石英。"

"为什么不是加仑①啊？"罗杰说，"两加仑一夸脱②。即使是品脱③也

① 加仑，英、美制计量体积或容积的单位，英制1加仑等于4.546升。
② 夸脱，英、美计量体积的单位。英制1夸脱约等于1.137升。
③ 品脱，英、美计量体积或容积的单位。英制1品脱等于0.5683升。

不赖。”

"闭嘴。"约翰说。

"我查过石英的资料,"迪克严肃地说,"它是一种白色、半透明的晶体物质。"

"人们热衷于用它建造假山。"南希说,"附近有很多这样的东西。"

"我们首先要找的,"约翰说,"是一个老矿坑。石板瓦匠鲍勃说过,金子是在老矿坑旁的一处凹陷的地方发现的,我们会辨认出来的,因为岩石裂缝里长有石楠。"

"有几十个矿坑呢。"南希说,"有些只是地穴,有些是山洞,有些曾经是山洞,现在已经被堵住了。有些就只能通过外面的一堆东西去判断是老矿工们扔掉的垃圾,尽管上面还长满草皮。"

"很容易错过正确的那个。"约翰说,"高岗是个很大的地方。"

他们眺望着连绵起伏的山冈,全是灰色的岩石、土褐色的枯草和积满尘土的欧洲蕨,零星点缀着一片紫色的石楠。

"我们排成一条长线来回作业。"南希说。

"不要相隔太远。"约翰说。

"横穿高岗,一直到灰石堆脚下,然后再返回,一条一条地搜寻。"

"就像修剪草坪一样。"提提说。

他们分散开来,间距二三十米,这样八个人并排前进,就可以搜索大概两百米宽的条状地带。如果地面是平坦的,那就很容易了。但事实并非如此。有的人发现自己正慢慢走过岩石和石楠丛,在这种地方,随时都可能发现点什么。其他人顶着八月的酷暑,在干枯的草梗和开裂的

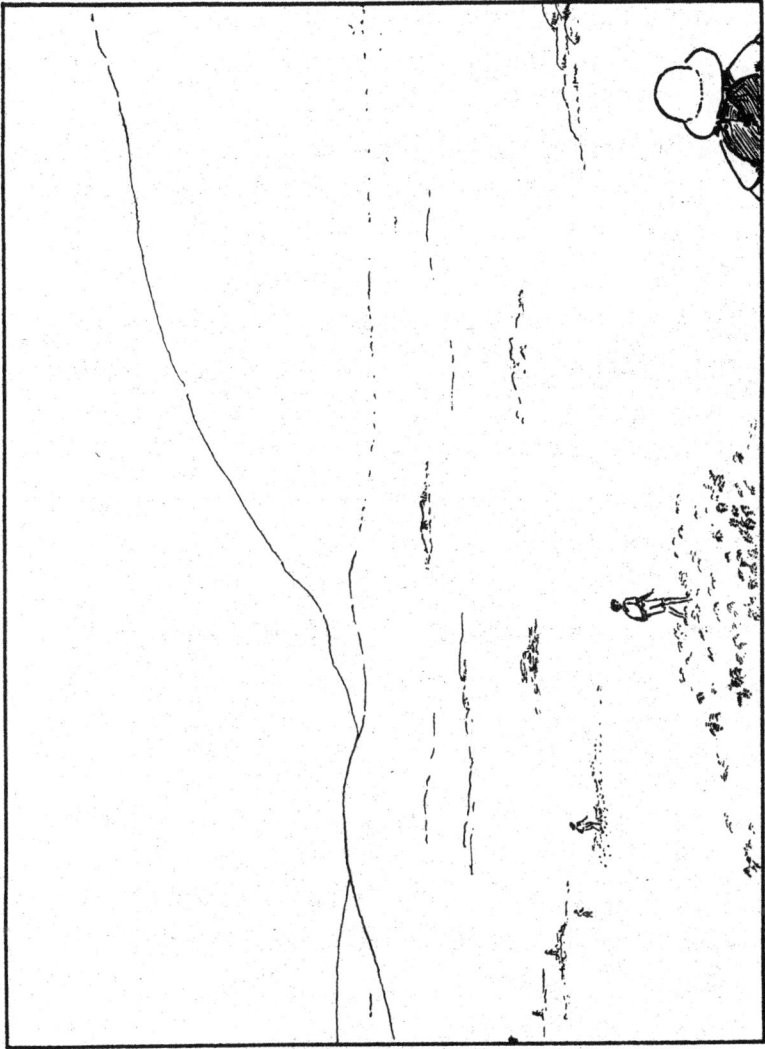

攀登高岗

泥土上向前飞奔。直线队伍连两分钟都维持不了。没有人喜欢听到别人用锤子在石头上敲打，而他们自己也可能正走在矿区上。

位于队伍中间的佩吉第一个发现了一个老矿坑。那一定非常古老，或许是伊丽莎白女王时期来到这片湖区的荒原上开采铜矿的德国人留下来的。它不高，人在里面都站不直。那仅仅是一个吸引狐狸的窄洞。其他人都围过来看。

"附近没有石楠。"约翰说。

他们再次散开，很快队伍最北边的南希发出一声叫喊，大家闻声都跑过去。她也发现了一个矿坑，这次是一个相当大的山洞。这里也没有石楠，但这个山洞太棒了，不能错过。大家都走进去，借着袖珍手电筒的光，在粗糙破损的墙壁上摸索着。他们甚至还用上了提提带去的线团，其实没有必要，因为石板瓦匠鲍勃说过，发现金子的矿坑并不深，而且无论如何就在离入口不远的地方。接着，他们继续往前走，来到一条又长又矮的山脊面前，上面耸立着岩石，寸草不生，手拿锤子的人都想试一试。每个人都戴上护目镜，简单敲了敲石头，而迪克身为这支队伍的地质学家，被一个又一个勘探者喊过去评估这块或那块石头是不是有价值的矿石。起初，大家倾向于保留标本，以防万一。随着时间的推移，口袋和背包变得越来越重，然后随着希望的减弱又越变越轻，经评估没有价值的标本就沿路扔掉了。

最后，苏珊和佩吉交谈了几句，就用她的大副专属口哨吹了三声。

大家都知道这是什么意思，几分钟后，那条长线合拢了，勘探者们卸下背包，瘫在干燥炙热的地上，打开热水壶和泰森太太准备的几包三

明治。

"嘿,"提提一边小心翼翼地把鸽笼放到地上一边说,"我们忘了带喝的给萨福。它不喜欢喝茶,但它会跟大家一样口渴。"

"我们现在就送它走吧,"佩吉说,"它直接飞回家的话,还有希望能喝上水。"

"我该说什么呢?"罗杰说着掏出一小张纸。

"一切都好。"南希开始说,"勘探开始了。仇人没有出现。妈妈听到这个消息一定会很高兴。你们也知道,她有点焦虑,就怕会打起来。"

罗杰认真写了下来,尽可能地把字写小。

"加塞一个海盗标志,"南希说,"要不让我来画。我知道他们是怎么利用空间画上去的。"

骷髅头和交叉腿骨被恰如其分地加了上去。纸片卷得比一根火柴还要小。

提提和罗杰正忙着放飞鸽子的事。

"不要用一只手握着它不放。"

"我抓到它了,"罗杰说,"快把信绑好。它讨厌保持不动。"

字条被推到了橡皮筋下面。一切准备就绪。

"让它漂亮地起飞。"佩吉说,"去吧,飞上天去吧……"

"它飞走了……"

"来自沙漠的消息。"桃乐茜喃喃自语。

"它为什么不飞走啊?"罗杰说。

"它已经飞走了……"

他们就那样盯着耀眼的天空看鸽子，它在他们头顶转了一圈又一圈，越升越高，直到他们的眼睛开始隐隐作痛。突然，鸽子朝亚马孙河谷飞去，但飞得很高，没过多久，甚至连罗杰都无法说服自己能看见它。

"不知道厨娘会不会摔掉一只托盘。"佩吉笑着说。

"可惜我们不能同时出现在两个地方，"南希说，"我想听一听铃声。"

萨福一路飞回贝克福特的鸽棚喝凉水、享用鸽食，他们也坐下来吃午饭。

"不知道的人很可能以为我们是在野餐。"佩吉说。

"傻瓜，"南希说，"怎么会有人有别的想法呢？没有真正的营地，没有真正的烹煮，苏珊的绞肉机也荒废着。三明治包在纸里，有的标着'牛肉'，有的标着'果酱'。当然是一次野餐。"

"这些三明治还算不错。"罗杰说。

"让我想起了在燕子谷吃的干肉饼。"佩吉说。

"还有我们在野猫岛吃的鲨鱼排。"提提说。

"这该死的旱灾！"南希说，"要是我们能用上烧炭工的营地，彻底摆脱原住民，那该有多好。"

"有一件事，"苏珊说，"没有看见'软帽子'。如果他不是在探矿，我们就不会这么着急。"

五分钟后，她本人第一个看到了他。

他们吃完了三明治，喝完了热水壶里的茶，尽管茶是热的，在大热天里却是最提神的饮料。佩吉从自己的私房货里拿出一份巧克力分给大家，让大家颇为吃惊……正如罗杰所说，"来得真及时"，因为裹在纸里

的巧克力即将融化流淌出来。是时候继续搜索了。南希跳了起来，想让其他人为自己的懒惰感到羞愧。罗杰假装睡着了。迪克在眺望干城章嘉峰，想着岩石断层、地质层和可能有矿藏的地方。提提和桃乐茜正把三明治的包装纸塞进背包的外口袋。苏珊已经背上背包，正从高岗望向"长城"和泰森农场的树林，这时她看见蕨丛里有东西在移动。有人正从邓代尔路向采金场走来。

第十一章

击退敌人

"快躲起来！"苏珊说。

南希像挨了一棍那样倒下去。

"迪克！"桃乐茜说，"趴下！"

"是'软帽子'！"提提低声说。

"哦，好吧。"迪克说着倒下身子，而南希像蛇那样扭动着靠向一大片杂草丛。其他人也都趴到了地上。

"他从阿特金森农场那里过来了。"佩吉说。

"没错，是他。"约翰说。

"我们现在要怎么办？"桃乐茜焦急地看着扭来扭去的南希，问道。

"尽可能躲起来。"提提说。

"他可能已经观察我们一整天了。"罗杰说。

南希在草丛的掩护下，一寸一寸地抬起头往外看。

"我们不能让他到这里来。"她说。

"我们没法阻止他。"约翰说。

"我们当然可以。"南希说，"如果他是在寻找我们的金子，他就不会希望我们看到他在找它。他甚至不想我们看到他正在什么地方搜寻。他不会去任何他看见有我们在的地方，至少，如果他是在寻找金子，他就不会。如果他不是，那也就无所谓了。我们得走遍这个地方。很快就会知道他是不是在探矿。"

"他正在打开地图，"苏珊说，只有她一个人一直没有动，"他坐下来了。"

"背对我们，"南希说，"真幸运啊。大家散开。我们不能聚在一起。走吧，尽量走到他身边，但别让他发现。散开去做点什么，任何事都行。去寻找白石楠，没有也没关系。寻找鸟儿……"

"或者蜥蜴。"迪克说。

"为什么不是毛毛虫？"罗杰说。

"毛毛虫不错，"南希说，"石楠上就有那些柔软的大家伙。"

"我该做点什么？"桃乐茜说。

"你和提提可以去走走，"南希说，"但是要走对路，而且你们出发之前要离我们其他人远一点。"

"你们不能让他认为我们是故意的，"苏珊说，"他可能根本就不是敌人。假如他跟你说话，罗杰，你要记住，现在是假期，他不是什么老师……"

"我不懂你是什么意思。"罗杰说。

"噢，你懂的。"约翰说，"你守不住秘密。这就是她的意思，你很清楚这一点。"

"大家都要彬彬有礼。"佩吉说。

"能忍住就别说话。"苏珊说。

"别磨蹭了，"南希说，"我要走了。你们尽快离开……分散开来……这样一来，不管他走哪条路，都会有人在……"

"走吧，桃乐茜。"提提说。

"我们的背包怎么办？"

"我的背包里还有一只橘子，等会儿再吃。"罗杰说。

"最好都带上。"苏珊说，"我来拿这只空鸽笼。"

约翰走一条路，南希走另一条路，后面跟着佩吉。苏珊弯着腰，直接向山脊爬去，"软帽子"就在那里背对她坐着看他的地图。南希的计划很好，但"软帽子"是个陌生人，如果有什么要谈的，她宁愿自己去谈。提提或罗杰可能会跟他说一些难以解释的事情。迪克和罗杰并肩跑向一大片齐腰深的石楠，他们盯着敌人，只要他有转身的迹象，他们就随时准备停下来寻找毛毛虫。只剩桃乐茜和提提了。

"如果我们沿着岩石后面悄悄爬过去，就不会有事。"桃乐茜说，"一旦进入蕨丛，我们就能随心所欲地往前爬了。"

她们出发了。约翰、苏珊、罗杰和迪克全都消失不见了。她们时不时能瞥见南希和佩吉的红帽子。

"她们总是忘记帽子，"提提说，"谁都能在几千米外看到她们。"

但很快她们就进入高高的蕨丛，根本看不见任何人了。她们弯着腰缓慢行进，任何看见这些欧洲蕨的人都会以为有一头羊正从摇曳的叶子下面钻过。

"确定我们走对了路吗？"桃乐茜说。

"没错，"提提说，"看看干城章嘉峰。我们不会走错，或者至少不会错得离谱，只要我们一直让它在我们右后方。"

她们没法快速移动，而且都觉得很热，还气喘吁吁，这时提提突然在蕨丛里停了下来。

"我要站起来看一看。"她说。

"我也可以吗？"桃乐茜说。

"半秒钟。"提提说。

她小心翼翼地抬起头。她们是在一条覆盖着欧洲蕨的低矮山脊上，她可以看到"软帽子"就在几百米远的地方。

"现在你的机会来了，"她低声说，"他正在看另一边！"

"软帽子"又高又瘦，弯腰驼背，又在看他的地图。他站在石楠丛中隆起的一堆岩石上。从那个不算高的地方，他越过高岗望向那片往下延伸到亚马孙河谷的树林。提提和桃乐茜也朝那边看了看，心想不知道迪克、罗杰、约翰和苏珊现在怎么样了。

"软帽子"慢慢转过身来。她们在高高的蕨丛中跪了下去。

"我要再看看，"提提终于说出口，"我必须站起来，有一根老蕨梗扎到我的膝盖上了……嘿，他走了。他随时会碰到他们其中一个。"

桃乐茜也站了起来。

"软帽子"手里拿着叠好的地图，正迈着大长腿穿过石楠丛。

"快看，那是苏珊。"

不知怎么回事，苏珊就那样突然冒了出来。她站在石楠丛中，背对"软帽子"，那一刻没人能猜到她其实知道他在那里。

"他看到她了。"

"问心有愧，"提提说，"我想也是。他在寻找金子，不想让我们知道。"

"软帽子"马上停了下来，改变路线，向右转去。她们看见他时不时地瞥一眼苏珊，而她本人却若无其事似的在石楠丛中大步流星地走着。

"他要绕过她。"桃乐茜说。

她们观察了几分钟，却像几个小时那么漫长。

突然，"软帽子"又停下脚步。

"他看到了其他人。"提提说，"好，很好。我还担心没有人能及时赶到那里呢。但我看不见那人是谁。"

"在那块岩石上面，"桃乐茜说，"有东西在移动。"

就在那一瞬间，远远地，她们看见约翰在远处的岩石群中通过望远镜观察干城章嘉峰。

"软帽子"犹犹豫豫地转过身来，往回走。他正好从苏珊左边错开，然后，似乎是碰巧，他又改变路线，在提提、桃乐茜观察他的那片高高的蕨丛和苏珊之间，向高岗上走去。

"我们要不要走那条路把他吓跑？"桃乐茜问。

"也许应该这么做。"提提说，"要不我们去一个人。我去吧。应该留一个人在这里，以防他走这条路。"

她犹豫了一会儿，然后庆幸自己没有动身。

突然，就在石楠丛右边，"软帽子"正走着的那条小路上，她们看见一个小男孩，同时听到一声急切的叫嚷。

"嗨！迪克，我抓到了一条漂亮的毛毛虫！"那是罗杰在喊。

"是枯叶蛾的幼虫吗？"接着传来了迪克的回答。她们看到了他眼镜反射的阳光。

"软帽子"再次改变路线，差点直接朝提提和桃乐茜走过去。他摘

下他的软帽子，用手帕擦了擦脸。然后他又戴上帽子，沿着那条被人踩平的羊肠小道稳稳当当地前进。他用折好的地图给自己扇风，看上去很烦躁。

他离她们很近，以至于她们听见了他的自言自语。"真奇怪，"他在说，"从来没想到……到处都是孩子……噢，对不起。"他突然看见桃乐茜和提提就在一两米远的地方穿过蕨丛。

他又继续沿着高岗边缘往前走，距离他来时走过的邓代尔路不远了。然后，他似乎觉得情况好多了，就再一次向右拐，好像是要进入荒原的中心地带。但就在他走着的路上，一个手拿红帽子的女孩突然出现在他眼前，她把她的红帽子当作捕蝶网，很好地上演了追赶一只白蝴蝶无果的戏码。离"昆虫学家"很远的地方，她们看见了另一顶红帽子。南希在做什么，她们看不清。但是她就在那里，因为几分钟后，她们看见"软帽子"再次拐弯，这次他似乎已经下定决心，不管他想做什么，周围都有太多人，于是他靠右沿着高岗边缘一直走，等爬上灰石堆较矮的斜坡时，才再次向北走去。

勘探者们一个接一个地再次聚到了一起。

"各位干得漂亮。"南希说，"而且你们也看到了他退缩的样子，谁都能看出他不怀好意。"

"他现在在做什么？"罗杰说。

没有人能够看清楚，即使用望远镜也做不到。"软帽子"似乎在高岗对面的灰石堆上忙着什么。通过望远镜，他们可以看到他正在岩石间攀爬，但他好像在一个地方待了很久，有一两次，他们还以为自己听到了远处微弱的咔嗒咔嗒的锤子敲击声。

"我打赌他爬到上面只是为了看我们在哪里勘探。"南希说。

"好吧，没有必要让他看到。"约翰说。

"他不会一直待在上面的。"南希说。

但"软帽子"似乎并不着急。勘探者们躲在石楠丛里观察着他们的对手，下午悄悄过去了。他们又看了另外两个老矿坑，那里是最不可能发现金矿的，因为周围没有石楠。他们还做了不少敲击石头的工作，但没发现任何迪克认为可能是黄金颜色的东西。然而由于"软帽子"就在他们上方的山坡上，他们没有再对荒原进行常规的搜索。

最后，他们看到他往回走。他没有直接穿过高岗，而是从原路往下走，这清楚表明，他一直盯着监视他的那八个人。他走到邓代尔路，然后迈着大步沿这条路稳稳地前进。

"要回阿特金森农场。"南希说。

"去喝下午茶。"罗杰说，接着苏珊看了看手表。

"我们要迟到了。"她说。

"噢，听我说，"南希说，"现在是我们的机会。我们再散开吧，搜索另一条地带。别婆婆妈妈的。"

"我们已经晚了。"苏珊说。

约翰和苏珊的意见一致。

"不管怎么说，我们今天已经击败了他。"提提说。

"但我们自己几乎什么事也没做啊。"南希说，"当他在阿特金森农场的时候，我们根本做不了什么，因为那里离高岗很近，而我们却在山谷

的底部。如果小溪不断流，我们还能在这里扎营，然后就可以在他上山之前去寻找金子，也可以等他回去吃饭之后行动。"

他们慢慢穿过高岗回到"长城"和泰森农场的树林。他们走下山沟，路过荆棘丛，他们没有直接走小路，而是穿过灌木丛，再去看了看烧炭工的旧棚子，连苏珊也没有反对他们这么做。没有人能想到还有比这里更好的露营点了，一片空旷的平地，烧炭工曾在那里生火，周围的树木为他们遮阴，那棵老白蜡树可能是专门为放哨人种植的，放哨人可以爬到树顶，越过其他树木，看看敌人在邓代尔路那边的农场里做什么。

"要是有点水就好了。"佩吉说。

"可是没有，"约翰说，"一点希望都没有。"

"好了，"南希最后说，"走吧，下山去泰森农场。在客厅吃晚饭，在宿舍睡觉。那座该死的果园，你还能把它叫作别的什么吗？"

他们回到家的时候，泰森太太正在等他们。

"这可不行，南希小姐，"她说，"你们迟到了一个多小时，我给你们做的排骨都快变成炭渣了。"

第十二章

油漆罐

第二天，他们还在吃早饭，伴随着一阵嘎吱的刹车声和车轮突然刮擦石头的响声，一辆汽车停在了农场院子里。

"是妈妈！"南希说着跳了起来，"我敢打赌，蒂莫西到车站了。"

他们跑到院子里，但布莱克特太太并不是来这里宣布犰狳到达的消息。

"早上好！"她说，"不，什么都没来。但是听着，南希，你得处理一下你们的邮局。投递时间……太不正常了……对大家来说，天刚亮就被吵醒是不公平的……"

"天刚亮？"

"今天早上五点，迪克那个可怕的发明开始发了疯地闹腾。我们尽了最大努力睡觉，但做不到。最后，我不得不起床去鸽棚那边。早晨那个时候去户外是让人很愉悦，但我还是宁愿睡大觉。"

"可我们很早就把鸽子放走了啊。"罗杰说。

"电铃是今天早上五点开始响的。"

"都怪那只可恶的萨福！"南希说。

"也许我们给它吃得太多了。"佩吉说。

"我给它吃过一些麻籽。"提提说。

"麻籽！"南希说，"决不能在飞行前给它们吃麻籽。不过，我估计不管怎样它都会磨磨蹭蹭的。"

"噢，萨福！萨福！"提提说，她正看着布莱克特太太带来的笼子。

"萨福，就是它。"布莱克特太太说，"无所事事，然后五点把大家叫醒。"

"好啊，"罗杰说，"您把它带回来了，这样我们手头就有三只鸽子。"

"两只半，"布莱克特大大说，"我认为不应该算上萨福。"

"它总是不靠谱。"南希说。

"好吧，没必要就别用它。另外两只总是表现得更好，不是吗？啊，您好，泰森太太。希望他们没给您带来太多的麻烦……"

"只要不发生火灾，我就没什么好说的。我最担心的就是火灾，因为小溪都没有水流了，到处都像火种一样干燥。不过，如果他们晚上能更准时一点就好了……农场还有很多事，我不能一直等着准备随时上饭……"说着，泰森太太在门口把布莱克特太太让了进去，她们进农舍去说悄悄话了，把气冲冲的勘探者们留在了院子里。

"你们听到了吗？"南希说，"我们又没点着什么，大副们甚至没有机会烧开一壶水。只要她能让我们自己做饭，不管我们回来得多晚对她来说都无所谓了。"

"这太不公平了。"罗杰说。

"嘿，妈妈，"等布莱克特太太再走出来的时候，南希说，"您就不能说服她让我们做饭吗？我们还没准备好，就要匆匆动身回家，这真是太糟糕了。"

但布莱克特太太甚至不愿去试一试。"要是其他地方有水，"她说，"那就很好办。可是没有呀，而且泰森太太很可能会说她根本不想让你们来这里。如果她这样说，我也不会怪她。至于说很早就要动身回家，只要想一想，如果你们不得不大老远赶回贝克福特的家里，那你们得提前多久动身呢？不行，恐怕你们只能尽力而为了。求你们了，尽量赶上吃饭的时间。"

"如果下雨，高岗上的小溪又涨满水，我们就可以在那里扎营了。"

"我认为可以，"布莱克特太太说，"但是看起来不像要下雨。好吧，祝你们好运。我很高兴你们没有看到你们的对手……"

"其实我们看到了，几乎就在我们放飞萨福的同时。他到处乱转悠。不过我们把他赶跑了……"

"噢，南希！"她的母亲说道，并看了看苏珊。

"完全没问题，"提提说，"他自己走了。"

"我很高兴听到这话。"布莱克特太太说，"但是不要去惹陌生人，最好离他远一点。"

她已经坐上驾驶座，发动了引擎。"好了，"她说，"现在我得赶快回到我的粉刷匠和油漆工那里。你们今天不用放飞鸽子了。但我希望明天会飞来一只鸽子，荷马或索福克勒斯，请你们不要派萨福。"老爷车猛地向前驶去。布莱克特太太挥了挥手，接着又用这只手紧紧握住方向盘开走了，刚才差一点就撞到门柱上。

"荷马和索福克勒斯应该和萨福谈谈。"桃乐茜说。

"它们今天会有机会的。"提提说着打开鸽笼的门，让萨福进入了大笼，与其他鸽子会合。

也许过了两个小时，但是对躲在阿特金森院子大门正对面路边蕨丛中的罗杰来说，更像是四个多小时。探险队分成了两个支队。"如果我们不知道他在哪里，"南希说，"就无法避开他。"等了很长时间，他们才拿到三明治和热水壶，当他们终于爬上山林、来到"长城"上方的高岗时，他们并没有见到他们的对手。约翰指出，他可能已经走了另一条路，于是他们决定由佩吉带领一支侦察队，而约翰、苏珊、南希和迪克继续在高岗进行搜索。大家都知道，迪克太心不在焉了，不适合做侦察，而作为一名地质学家，他是被勘探队所需要的。南希本来想亲自去阿特金森农场那里侦察，但佩吉是唯一一个较有经验且没有去过阿特金森农场的侦察员，当时探路先锋们去了农场，得知"软帽子"就住在那里。如果阿特金森太太认出他们，并且告诉"软帽子"他们的来历，这事就绝对办不成了。于是，佩吉把带着哨子的桃乐茜安排在邓代尔路上方的一个好地方，把提提安排在这条路深入树林下方的位置，把罗杰安排在阿特金森农场大门的对面，而她自己悄悄穿过树林来到阿特金森家的花园，看见"软帽子"正在抽着早餐后的烟斗。她回来后把这个消息传给罗杰，罗杰又传给提提，提提再传给桃乐茜。桃乐茜吹响哨子吸引他们的注意后，比画了一个字母 Q，让勘探者们知道他们可以安心地工作了，因为敌人安安稳稳地待在他的地盘上。然后佩吉再一次穿过树林进入敌人的地盘，而罗杰一直趴在蕨梗之间望着对面的马路，就那样趴了很长时间。虽然蕨叶遮住了他的头，太阳却炙烤着他的背，两只苍蝇似乎轮流在他的鼻子上落脚。它们又黑又小，不过他认为相比它们的小个子，它们其实很有头脑。他一次又一次地把手举起来，准备等它们落脚时用手拍打。

一次又一次，他的手刚落下，苍蝇就飞走了，而他只打中了自己的鼻子。天气太热了，而拍打鼻子让他更热。此外，他应该保持不动，所以他改变了计划，让苍蝇自生自灭，表现得像一个印第安人那样，当一只苍蝇用它凉凉的、黏黏的、小小的脚在他鼻子上面上下移动、绕着鼻尖转圈、然后又从一边慢慢爬上来的时候，他岿然不动。他眯着眼睛差不多能看到它，虽然看不清楚，但它就在他的眼睛下方，比实际尺寸要大。

佩吉来到跟前有多久了？该死的苍蝇。一条车道穿过树林通往阿特金森农场，沿车道过去很远的地方有一棵巨大的老橡树。罗杰可以看到它粗壮的树干，车道就在那里拐弯不见了。他可以发誓，就在刚才，那里还没有一个人。然而……他眯着眼睛看那只苍蝇看了多久？现在，他可以很清楚地看到佩吉，她背对着大树，面向他，伸出一只手，另一只手抬起来，正好指向两点钟方向。那是代表"软帽子"的字母Q……接着……没错……她放下左手，抬起右手……直接举过头顶。D……代表危险。"软帽子"一定是要离开农场了，他肯定就在附近。佩吉在那棵老橡树前卧倒在地，匍匐后退回到灌木丛中。她离开了。

罗杰把苍蝇忘得一干二净，转过身，像蛇那样离开蕨丛的掩护，来到冬青丛中，在那后面可以安全地站直。他从那里望向树林边上的马路。提提是不是也在找他？没错。这一点你是可以指望她的。Q.D.……罗杰看到她重复传递了他的这个信号，然后就躲起来给桃乐茜传递信号了。没过多久，他就听到远处传来桃乐茜微弱的哨声。远在高岗上的勘探者们没等"软帽子"离开阿特金森的树林，就知道他要动身了。干得很漂亮，真的很漂亮，连印第安人都不可能把消息传递得更快。罗杰又爬回

他在蕨丛中的哨岗，继续观察动静。

没错，他就在那里。罗杰透过蕨梗间的空隙看着对面的马路，看见他走上了阿特金森家的车道。长腿，瘦高个，"软帽子"正在车辙之间大摇大摆地走着。他快走到马路上了，他走来了，离蕨丛中那个默默的侦查员只有几十厘米远。他的脚步声真响亮。罗杰想，他穿着一双钉靴。燕子号和亚马孙号的所有船员穿的都是橡胶底鞋，因为约翰在他比罗杰现在的年龄还小的时候就说过："你永远不知道什么时候就会有机会登上别人的船。"橡胶底鞋也有利于侦察。咚，咚，咚，鞋钉在坚硬的路上响个不停，还间杂着铁头手杖的尖锐敲击声。"软帽子"似乎并不在意他发出了多少噪声。为了看得更清楚，罗杰稍微挪了挪身子。他另一只手上拿着什么？一只牛奶罐？他的一边肩膀上还背着帆布包。罗杰心想，包背在一侧晃来晃去，是不是和包背在背上上下颠簸一样好？还有他的锤子，就挂在他背包一侧的环上。任何人都能看出他是个探矿者。更别提他戴的那顶软帽子了！罗杰从没见过比那更软的帽子。

佩吉又在哪里？罗杰再次顺着车道望向阿特金森农场的树林。为什么她没有过来？敌人走后就没什么好等待的了。罗杰希望看到她从树林里走出来，然而没有她的影子。"软帽子"马上就会消失在视野中。他迈着轻松的大步子，一点不着急，但在平地上走得很快。罗杰心想，他上坡也会很快……接下来会发生什么？突然，他猛地吸了一口气，差点变成一声尖叫。

有人还是有什么东西攥住了他的脚踝。

"闭嘴！"佩吉小声说，"你会暴露我们。只有我一个，你这个幸运的笨蛋。"

"但我根本没看见你过马路啊。"罗杰说,"你是怎么过来的?"

"走过来啊,"佩吉说,"我往下走了一点,以便接近大门下方的马路。然后我只要等到听见那个软帽子老家伙铿锵铿锵上山的声音。接着我就悄悄穿过马路,沿着这一侧潜伏,只是为了练练身手。"

"我不在乎,真的。"罗杰说。

"幸运的是他没有听到你的声音。"佩吉说,"嘿,你有没有看见他拿着什么东西?"

"牛奶罐。"罗杰说。

"不是的,"佩吉说,"那是最离奇的东西。我在墙头上仔细看了看,当时他在等阿特金森太太把他的三明治拿出来。那是一罐白漆。"

"干什么用的?"

"我也不知道。走吧,去向南希报告。我们顺路叫上其他人。看看我们能不能溜到提提身边而不被她发现。走吧。关键是不要碰任何能发出声音的东西。我在前面,你紧跟在后面,只要看到我停下来,你就立刻停下不动……"

高岗上的探矿者们一直在努力干活,尽管四个人的队伍比不上八个人的队伍能搜寻那么宽的区域。他们已经进入了两三个老矿坑,但并没有发现看上去像老矿工描述的那个地方。当桃乐茜的哨声响起、工作结束时,他们正身处荒野。他们回头望向泰森家的树林。她就在那里,信号不会有错。不一会儿,她消失不见了。

"她做得很棒。"南希自言自语，并向其他人招招手。

他们四个人聚集在一座小山丘上等待着。似乎过了很久，他们才看到"软帽子"沿着邓代尔路走过来。

"确定是他吗？"约翰说。

"当然是的，"南希说，"没有人像他那样走路，完全就是一只鸵鸟。"

"我看不见桃乐茜，"迪克说，"也看不见其他任何一个人。"

"他们一定是在像蛇那样蜿蜒潜行。"南希说。

"有一点，"苏珊最后说，"如果我们看不见他们，我想他也看不见。"

南希看了看约翰，两人脸上都露出一丝不易察觉的微笑。困扰苏珊的并不是对勘探对手的恐惧，而是一种近乎天生的恐惧，她生怕这个成年的陌生人猜到他被提提和罗杰当作侦察练习的对象。她没有那么担心佩吉和桃乐茜，毕竟她们的妈妈也许不会介意。但她了解自己远在南方、和患百日咳的布里奇特在一起的妈妈，宁愿提提和罗杰摔倒、感冒或者浑身脏兮兮，也不愿意让别人认为他们不受管教。约翰看了看南希，而南希也看了看约翰，他们都非常了解苏珊。

"他们在那里。"苏珊说，"他现在能不能看见他们，都没有关系。"

侦察员们很好地利用了每一个掩体，所以他们已经到达高岗，远离了邓代尔路。南希向他们挥手，于是他们一路小跑过来。"软帽子"并没有试图进入昨天被成功拦截的那片区域，他始终沿着那条路走。他时不时在路的下坡处消失，直到他走到高岗另一边才离开那条路，这时他们看见他沿着灰石堆的陡坡往上爬。

热得要命的侦察员们喘着粗气，躺倒在勘探者们旁边的地上。

"他带了一罐油漆。"佩吉说。

"他没有看见我们任何人。"罗杰说。

"白漆，"提提说，"还是只新罐子。他经过时，我离马路只有两米远。"

"噢，胡说，"南希说，"也许是喝的东西。"

"我认为它可能是一只牛奶罐。"罗杰说。

"是油漆，"佩吉说，"我看到了上面的标签。"

"他一定在搞什么鬼。"南希说。

"也许他根本不是在探矿。"苏珊满怀希望地说。

"他有锤子。"罗杰说。

"不管怎样，"南希说，"只要他到了山上，我们就能看到他。没有意外的危险了。我们还是继续干活吧。"

"我们的背包怎么办？"罗杰说，"食物在里面，背起来不就更容易吗？"

"是在里面啊，"苏珊说，"每只背包里都有三明治和热水壶。"

"我是说在我们的肚子里。"罗杰说。

"这倒不是一个坏主意，"南希说，"然后我们就可以轻装上路，回家的路上再来拿行李。"

整个下午，勘探者们排成长长的队伍在高岗上工作，然后又往回再搜索一遍，以确保他们在这片荒野的两条宽阔地带上没有遗漏任何东西。整个下午，"软帽子"都在灰石堆的陡坡上缓慢走动。有很长一段时间，

甚至连南希都开始怀疑他是不是真的在勘探。既然金子就在高岗的某个地方，为什么"软帽子"要在那些岩石坡上爬来爬去？但是下午晚些时候，他们听到了他的动静。当时他们在看完一个旧矿坑之后聚集在一起，也许是因为暂时没有人说话，他们听到了远处传来一阵非常微弱的咔嗒声。

"听！""听！""嘘！"每个人都在要求其他人保持安静。他们又听到了咔嗒声。响声从远处陡峭的山坡上沿着凝滞的空气传来。

迪克举起望远镜。

"我可以看到他在敲打。"他说，"听着，下次再看见他敲打，我会放下手……现在……"他的手放下了，不一会儿，所有人都听见了那微弱的金属敲击声。

"好吧，他是在勘探。"南希说。

"不过他到底要白漆干什么？"约翰说。

时间一分一秒地过去了，苏珊想起了早上听到的那些话，开始担心回泰森太太家的事。他们走到之前放背包的小山丘，然后慢慢地朝"长城"和泰森家的树林走去。

"今晚我们必须及时赶回去。"苏珊说。

"只要他还在那里逛来逛去，我们就不能走。"南希说。

"他要下来了。"约翰说。

这时，罗杰突然大叫一声，正轮到他用望远镜，而他一开始并没有发现"软帽子"。

"我们告诉过你们那是白漆。我们跟你们说过那是白漆。瞧瞧他干了什么！"

望远镜从一个人手中传到另一个人手中。"软帽子"确实在快步下山，但是他已经在他下午待过的地方留下了标记。当他知道去哪里寻找时，每个人也都可以看到……灰色的岩石中间有一块耀眼的白斑。

"但这是为了什么？"

"可能只是一个诡计，"南希说，"为了让我们认为他在那里有什么事，其实他是在别的地方忙活。"

苏珊看了看那个白斑，它就像一只靶子被画在不可能的地方，又看了看"软帽子"，那位"画匠"正匆匆忙忙朝路上走去，连她也忘记了泰森太太和回去的时间。

"也许他现在要下山了，因为他看见我们正在撤离。"佩吉说。

"我们别走了。"提提说。

"我们假装走吧。"南希说。"如果有人爬到老矿坑旁的那棵树上，就能看看他是不是回家了。天哪，回到泰森农场，把整个高岗留给他一个人，想想都可怕。"

他们顺着岩石中间的沟壑往下走，经过荆棘丛，来到烧炭工留下的空地上。它看上去甚至比前一天还要好。约翰爬上老白蜡树顶部的树枝，他从那里可以看见阿特金森农场和长长的邓代尔路。

"你能看到他吗？"南希说。

"他走得真快。"约翰说。

"走吧，"苏珊说，"我们已经晚了。"

"我们必须确保他是在回家。"南希说。

"走吧，"约翰在树顶上说，"我会赶上你们的。"苏珊开始慢慢往前走，但又停了下来。比别人先回去又有什么用呢？

每隔一段时间，当"软帽子"走到凹地消失在视野里，这边就会一阵紧张，如果他们离开了，他偷偷转身又走上高岗怎么办？但他还是稳稳地走了过来，终于，瞭望员宣布看见他回到了阿特金森农场。瞭望员现在有点羞愧，从树上滑下来，急忙追赶苏珊。

"如果不确定的话，我们根本没法离开。"南希说。

他们沿着小路拼命地跑着。愤怒的铃声在下方的山谷里响起。

"迪克呢？"桃乐茜突然叫起来。

"迪克！"约翰大喊道。

"来了！"他的声音从远处传来。他们稍稍放慢脚步等他，尽管那铃声还在响着。

"快点！"桃乐茜叫道。

他在树林尽头追上了他们。他手上拿着一片草叶一样的东西，在他们跑进大门时，他把它扔掉了。

泰森太太站在农场门廊外，手里还拿着铃铛。

"我一再给你们热饭，这样不太好啊。"她说。

"我们非常抱歉，"苏珊说，"我们真的努力……"

"又不止一次了，"泰森太太说，"每天都这样……"

罗杰想说，他们来这里才两天，但他认为最好还是不要说。

勘探者们垂头丧气地坐下来吃起了晚饭。

第十三章

难道没人会探测水源吗？

那顿令人沮丧的晚餐最后端上桌的是米饭和炖梅干，就在他们快吃完的时候，迪克说出了一句让人惊讶的话。

"你们知道吗？"他说，"我相信那上面有水。"

"小溪里吗？"南希说，"但小溪已经干了啊。"

"就在烧炭工生火的那个地方后面。"迪克说。

大家都盯着他看。

"他的话不能当真。"提提难过地说。

"但他是认真的，"桃乐茜说，"是吗，迪克？"

"嗯，我发现了很多绿色的灯芯草，"迪克说，"就是你把它剥开后里面像肥皂泡的那种。上学期来我们学校寻找水源的人说那些灯芯草是有水的最可靠的信号……"

"什么？"南希说，"探水者？真希望我们也有一个。村子里曾经有一个，很久以前他为贝克福特找到了水。那是在我们出生之前。但他现在已经离开了。"

"来学校的那个男人自称是个占水师。"迪克说，"操场上缺水，他就找到了一处泉水。不过他可能早知道泉水就在那里。"

"你看到他找泉水了吗？"约翰说。

南希急切地向前靠了靠，不耐烦地推开她的盘子。"你看到他都做了什么？"她问。

"他有一根分叉的木棒，"迪克说，"榛木的。他两只手各握住一头，然后走来走去，直到那根木棒开始扭动。至少他说是那样。接着他们就在那里找到了水。他们只挖了几十厘米深，水就冒出来了。"

"他是怎么握住木棒的？"

南希的声音里透着某种东西，提提正举起勺子要喝最后一口西梅汁，闻声停了下来。她立刻知道南希又有了一些新想法。

"像这样，"迪克说，"用两只手。他让我握住它，但什么也没发生。他让我们轮流握住它。"

"那你们中有人碰到那种情况了吗？"

"有一个人说碰上了，但我不明白它是怎么发生的。"

"好吧，"南希说，"再过一个小时天也不会黑。你说的榛木吧，树林尽头就有很多。天啊，既然他能成功，我们为什么不能？我敢打赌会成功的。来吧，佩吉。打起精神来，燕子号的船员们。罗杰不再来一份了？"

"不，谢谢你。"苏珊朝罗杰看的时候，他说。

提提咽下了那最后一勺果汁。

他们挤进过道，走出农场大门。就在通往树林的大门旁边，南希找到了想要的东西。

"这个怎么样？"她说着从榛树上割下一根分叉的树枝，并把上面的小枝条削去。

"分叉的树枝没有那么长。"迪克说。

"好吧，再削一削就是了。"南希一边说一边拿着小刀忙活起来，"这

153

样行吗？"

"就是这个样子。"

"好的，"南希说，"我怎么握着它呢？"

"不对，"迪克说，"那个人把指关节放在下面，指头在上面，木棒两头从他的拇指和其他手指之间伸出去。"

"哪里有水？"南希说，"我们应该去我们知道的真正有水的地方试试。"

"小溪里根本没有水。"佩吉说。

"水泵那边呢？"约翰说，"它附近一定有一个泉眼，可以让它在干旱的情况下继续出水。"

"会发生什么呢？"罗杰说。

"占卜水源。"提提说。

南希在院子里慢慢向谷仓旁的水泵走去。她握着那根分叉的榛树枝，两手各拿一头，低下脑袋盯着树枝，缓慢地向前移动，脚几乎没有离开地面。迪克走在她身边，约翰也走在她身边，佩吉倒退着走在她前面，桃乐茜盯着迪克看。

"它应该做什么？"南希说。

"占水师说，每次他靠近水源，它就会向下倾斜。"

"你感到它倾斜了吗？"佩吉说。

"还没有，你这个笨蛋，"南希说，"距离水泵还远着呢。"

她稍微加快了脚步。

"如果绕着水泵走，我一定会找到泉水。"

她来到水泵旁，从水泵和旧谷仓的墙壁之间挤过去，绕着它走了一圈。

"也许它只对流动的水起作用。"她说，"谁来抽一下，让水动起来。"

约翰抬起手柄再压下，一股水流从喷嘴涌出，溅到下面的水槽里。

南希又绕了一圈。

"它没有动静。"南希说，"来吧，约翰，你来试试。大家都要试一下。只要我们中有一个人能做到，我们就能找到我们自己的水井，然后去我们想去的地方扎营。"

"要是地下有水就好了。"迪克说。

南希朝"教授"吐了吐舌头，然后把树枝递给约翰。她开始抽水。

"别太用力，"苏珊说，"泰森太太说，即使井里也没有多余的水了。"

"你完全拿错了。"南希说，"过来，提提，你来抽水。约翰，把你的手指放在上面。"

提提轻轻地抬起嘎吱作响的水泵手柄，再轻轻地压下，只有滴滴答答的水从喷嘴流出来。

在迪克和南希的指导下，约翰握住那根树枝，绕着水泵转圈。那根木棒没有任何移动的迹象。

"来吧，苏珊，轮到你了。"南希说。

"那只果酱罐是干什么用的？"提提问，但罗杰已经拿着它朝果园的大门走去。其他人都没有注意到他。

苏珊试过了，在她之后是佩吉，然后是迪克，尽管他说他并不真的相信。然后是桃乐茜，她强烈地希望自己能成功，但结果并没有。

罗杰正等着轮到他。他让迪克给他演示了三四次占水师握住树枝的方法。

"我相信它会奏效。"他说，他绕着水泵飞快地跑了几圈。

"怎么样？"南希说。

罗杰正横穿过院子。

"你要去哪里？"南希说。

"它好像在告诉我要去哪里。"罗杰说着，走得更快了一点。

"不要自作聪明，罗杰。"约翰说。

"好的，好的，长官。"罗杰一边说一边朝大门匆匆跑去。

"嘿！"南希船长说，"把它拿回来，那边没有水……"

"不，那边有，"罗杰大喊道，"瞧瞧它，正在剧烈摇晃。"

罗杰把木棒举在果园大门旁那片茂密的酸模叶子上面，它就像水泵手柄那样上下摆动，又像狗尾巴那样左右摇晃。

南希伸手去抓他。他躲开了她，扔掉木棒，弯下腰举起那只装满水的破果酱罐，他事先把它藏在了叶子下面。

"谁说没有水？"他笑了，飞快地跑到南希够不着的地方。

"我要扒了你的皮。"南希虽然失望，但还是笑着说，"好吧，如果它不管用就算了。"

"提提还没有试。"佩吉说。

"给，"南希说，"不要像罗杰那样胡闹。只要它在我们中的一个人手上起作用，那就万事大吉了。"

提提接过木棒。南希把她的双手放到正确的位置。其他人已经失去

了兴趣。甚至连刚才希望她试试的佩吉，也没有等着看结果，而是开始和苏珊说起用牛奶罐运水上山的事。"我们需要的水太多了，"提提听见苏珊说，"洗衣服、洗漱、做饭、刷牙，还有……总之，我们不被允许……"

"继续，"南希说，她的声音里仍带着希望，"靠近水泵……"

就在这时，提提差点绊倒……不可能是木棒本身压住了她大拇指根部的软肉。提提定了定神，像那样被吓一跳就太傻了，而且不管怎样，不可能发生什么事。哎呀，迪克自己也说了不会发生什么事。

"等一等，"南希船长急切地说，"刚才它是不是猛地抖动了一下？"

提提可怜兮兮地看了看四周。"这不可能。"她说。

"再来一次。"南希说，"听着，退回来一两米，再走过去。"

现在每个人都很警觉，都在观察。

"发生了什么？"罗杰说，"我没看见。"

"慢一点……"南希说。

提提的眼睛有点发花，她好像透过一层薄雾看着脚下的地面。正在发生一件她爱莫能助的怪事。她手中的木棒不仅仅是一根树枝了，它活过来了。她要是能扔下它、摆脱它就好了。但是南希船长说话的声音就近在耳旁，却又很远。"继续走，提提。加油，一等水手。难不成只是你的手在发抖？"突然，在距离水泵一米多远的地方，疑虑消失了。木棒的末端正在顶起她的大拇指。她竭尽全力应对，试图让它不动，但是树枝的分叉不断地倾斜、倾斜，没有什么可以阻止。她的双手不由自主地转动起来。"提提！提提！"他们不约而同地都在跟她说话。不一会儿，木棒就从她手中脱落了。它躺在地上，不过是一根分叉的榛树枝，南希用刀削过的树皮露出了绿色而已。提提这个探水者被吓得不轻，哭得浑身发抖，赶紧冲进了树林里。

她身后响起了脚步声。

"没事的，提提，"苏珊说，"不要紧。无论如何，现在已经结束了。"

"对不起，"提提啜泣着说，"非常抱歉，我不是故意的……"

"好了，提提……没事的……冷静冷静。"

她必须想方设法停止这种傻里傻气的颤抖，她可是一个一等水手、一位探险家、一名勘探者。她站住了，看都没看就抓住一根树枝。突然，她看到它是一根榛树枝，于是赶紧放手，仿佛它灼伤了她。

"来吧，提提。"苏珊拍着她的肩膀。

"再过一两分钟，"提提哽咽着说，"我就恢复了……但是……噢，苏珊……不要再这样做了。"

"不了，不了，"苏珊说，"他们甚至问都不会问你。"

苏珊说对了。一开始他们见到提提哭泣都非常惊恐，然后就一直七嘴八舌地说着话。他们拿着榛树枝进行了更多的试验，但它在他们手中没有任何动静。不过，至少他们中的一些人确信自己看到了发生的那件事。后来，约翰开始追赶提提，又突然停了下来，他想到最好还是把她交给苏珊，然后他和南希私下里谈了谈。

"天啊，真希望这事发生在我身上。"南希说。

"我们的探险队里有一位地质学家，"当提提和苏珊从树林里走出来的时候，佩吉正在说，"现在我们又有了自己的占水师……至少……"

"闭嘴!"提提听见南希说。

迪克握着那根榛树枝,看了看分叉的两端。"我看不出它为什么会那样,"他说,"没有什么能让它扭动啊。真的不可能。她一定是出现了幻觉。"

"嘿,"南希突然大声说,"到河里留下的小水池去泡泡澡怎么样?我们得快点,不然天就黑了,找不到水最多的地方了。"

五分钟之后,提提和南希并排躺在河里的一摊水中。河里的水位已经很低,她们无法完全浸入水中。

"水太浅了。"南希一边说一边用手和脚拨水,假装没有搁浅。

"很难给一条鲦鱼找个空地啊。"提提感激地说。

没有人跟她说起她拿着榛树枝时发生的事情。

第十四章

绝望生机

虽然没有人对提提说起占水的事，但是第二天早上，当大家还在整理帐篷时，她注意到南希不见了。

"南希船长呢？"她问。

"走了。"佩吉说，就在这时，他们听到一种很响亮但很拙劣的叫声从高高的树林里传来，那是南希模仿猫头鹰发出的叫声，她已经爬到那里去了。

"我已经准备好了，"提提说，"除了食物。"

"我也是。"迪克说。

"南希忘了带她的锤子，"佩吉说，"她也不等拿上食物就走了。"

"我去拿吧。"提提说。

"谁准备好了，最好就出发吧，"苏珊说，"我们会赶上你们的。去吧，提提，待会儿你就不用急急忙忙的了。罗杰，你的牙刷已经很干了……"

"嗯，我正准备用呢。"罗杰说。

"我得写完日记。"桃乐茜说。

"走吧，迪克。"提提说。

"把你们的热水壶留下，"苏珊说，"我们要等泰森太太准备好茶水才能灌进去。"

迪克和提提匆匆走进树林。

起初他们爬得很快，希望追上南希。他们叫了她一两次，但没有得到回应。即使在树荫下，也非常热，在通往高岗的蜿蜒小道上，他们还没走到一半就气喘吁吁了。他们经过小道和干枯河床交汇的地方时，提提突然停了下来。

"我们休息一会儿吧，"她说，"最好不要认为我们能追上她。"

"我们去看看水坑吧。"迪克说。

他们穿过树林拐到那个不断缩小的水坑旁，往年，溪流从高岗向下方的山谷飞落成一个又一个瀑布，而这个水坑是溪流中的一个小深潭。现在水坑很小，而且是死水，不过在炎热的日子里，即使看一眼水坑，也比什么都没有要好，挂在水坑上的蕨类植物绿莹莹的，看着就很凉爽。

"自从我们来了以后，它的水位有点下降了。"提提说，"有人一直喝这里的水，可能是原住民……"

"是动物，"迪克说，"非常小的动物。你看看脚印。"

他扑倒在地，通过眼镜看着白色石头上那些模糊的泥印。某个小动物在水坑里弄湿了脚，带着湿漉漉的泥巴，在石头上留下了脚印。泥巴马上就风干了。一阵微风就会把这个小小的泥印永久地抹掉。

"它是什么？"提提说，"这里可没有蒂莫西那样的犰狳。"

"不可能是白鼬或黄鼠狼，"迪克说，"脚趾靠得太近了。我有一本书，上面列举了很多脚印，白鼬的脚趾张得很开，不像这些。我希望我能看出它去了哪里。但是地上这么干燥，看不到任何脚印……"

"甚至连南希船长的脚印也看不到了。"提提说。就这样他们离开了小水坑，匆匆忙忙沿着小道往上走，去追赶探险队的首领。

"这里有一个。"迪克突然停下来说。

"有什么？"提提问。

"动物的脚印啊，"迪克说，"你可以看出有人走过这条路，还砍了树枝。"他指了指地上几根新砍的枝条。

"她可能摆了一个图案，"提提说，"你知道，就是为了表示她走的是哪条路。不过这些枝条没有交叉摆放。"

"这里还有一些，"迪克说，"她只是边走边砍。"

"我们跟踪她，"提提说，"就当作练习吧。"

他们一路往上爬，盯着地上。

"嘿！她把一整根树枝丢在了这里。"迪克拾起一根大约三十厘米长的树枝。提提找到了另一根和它差不多的树枝，末端有刀削的痕迹。

他们继续往前走。

"现在她又去砍别的树枝了。"提提说。薄薄的树皮、零碎的枝条和削下来的树叶散落在路上。

"在做箭？"迪克说，"她曾经做过，不是吗？"

"那是去年，"提提说，"为了传递消息。今年我们都在一起，她不可能是想射杀'软帽子'吧。"

"听着。"迪克说。

他们快到树林的顶部了。在这条蜿蜒的小路上再转一个弯，他们就会来到烧炭工走过的那条小路，小路从那里拐入灌木丛中。

"我听不见她的动静。"提提说。

"要我喊一声吗？"迪克说。

"我们跟踪她的时候不能喊，"提提说，"我们应该像猫那样蹑手蹑脚地前进。"

他们听见下方很远的树林里传来欢快的叫喊声。

"其他人过来了。"迪克低声说。

"她在'未遂之地'，"提提说，"可能爬上了那棵瞭望树。"

他们悄悄地穿过灌木丛，一路来到那棵高大的白蜡树下，然而他们的头顶上并没有哨兵。他们来到老矿坑的边上，那里也没有人。然后，他们突然瞥见她正在矿坑和"长城"之间的树下。他们默默地靠近，绕过空地边缘。南希垂着头，看着地面，正在来回走动。

"我知道她在做什么，"迪克突然说，"她在……"但他没有把话说完，"有什么问题吗？"他盯着提提的脸问道。

现在他们俩都能看到南希。

她慢慢地走着，双手握着一根分叉的榛树枝。她低头弯腰，先朝一个方向走，然后又换了一个方向，她弯着腰，让面前的叉尖悬在一丛丛低矮的绿色灯芯草上方。

"但它在她手上不起作用，"迪克说，"只有你……如果它真的有效的话。它是真的有效，还是仅仅因为……"

"别提了！"提提急不可待地说。

就在这时，他们看见南希突然挺直身子，把榛木棒扔到了灌木丛里，彻底放弃了占水的希望。她把双手拢在嘴上，发出一种猫头鹰的叫声，这叫声太欢快了，一点都不像猫头鹰。不一会儿，她就消失不见了，他们可以听见她正在爬"长城"。又传来了猫头鹰的叫声。

"我知道她在做什么。"

166

迪克试图回应。

"喂!"南希的声音从树林里传来,"你们在哪儿?过来吧。"

树林里响起了其他人模仿猫头鹰的叫声,有像的也有不像的。

"他们都来了。"迪克一边往前走一边说。

"不要提她刚才做的事。"提提急忙说。

"好吧。"迪克说。然后他们穿过树林,沿着荆棘丛边缘爬上岩石中的沟壑,发现南希正用手半遮着眼睛,望着高岗。

"嗯,"南希说,"他还没来。从底下爬上来挺辛苦的,不是吗?"

他们扑倒在岩石上,那里已经被晒得很烫了。很快,迪克就忘记了占水、探矿和其他的一切,他看着一条棕色的小蜥蜴沿石头上的一条裂缝钻进钻出。

提提还是忘不掉。她还在回忆她所见到的事情,这时,矿业公司的其他人从岩石下方的树林里走了出来。约翰、苏珊、佩吉、桃乐茜……

"快点,罗杰!"苏珊喊道。

落在其他人后头的罗杰拎着鸽笼现身了,提提感觉比之前更难受了。

"对不起,罗杰。"她大声说,"本来轮到我带鸽子过来的。我忘得一干二净了。嘿,你带对了吧?今天应该是索福克勒斯。"

"它比荷马重两吨呢。"罗杰说。

"让我来拿吧。"提提说着跑下岩沟,接过鸽笼,"噢,罗杰,我非常抱歉。"

"没关系的。"罗杰说。

但是,对提提来说,那天所有事都不顺。她无法将占水的事抛诸脑后。万一他们失败了怎么办？万一到了该离开的时候，他们什么也没找到，不是认为至少他们已经尽了最大努力，而是认为只要提提稍微有点不同，探险队就可能不会被局限在泰森家的水泵附近，那又该怎么办？她实在不忍心去看其他人。没有人拿这件事来烦她，但这让事情更糟糕。她真希望从来没有人想过用一根榛树枝做试验。

对每个人来说，这个试验在某种程度上改变了很多事情。在果园围墙下的一排沉闷的帐篷里睡觉，及时赶回农场吃饭，如果这是最好的安排，那也没什么关系。但现在的情况是，好像有人打开了一扇门又当面把门关上了。

"能看到'软帽子'吗？"她听见约翰在问。

"没有，"南希说，"但是他可能在山脊或什么的后面。"

甚至连南希的声音都失去了欢快的调子。她模仿猫头鹰的叫声听起来够欢快的，但猫头鹰的叫声不同于说话。最欢快的人能发出忧郁的猫头鹰叫声，最忧郁的人也能发出正常的猫头鹰叫声，仿佛一切都很好的样子。

侦察员已经被派到阿特金森农场，但不知什么原因，侦察活动也不像以前那样了。勘探工作进行得很不顺畅。接近中午的时候，有人看见"软帽子"出现在高高的灰石堆上面，但没有人看见他往那边走，他很可能整个上午都在那里。桃乐茜没有弄明白南希召回侦察员的信号，最后约翰又回到高岗上跟她解释了一番，而且不得不下山去阿特金森农场的树林里找佩吉，她在花园的墙边找到了一个很好的观察点，她还以为"软帽子"是在房子里。

"他一定是在我们派出侦察员之前很早就出发了。"南希说。提提知道，大家都在想如果他们能够在靠近高岗边缘的老烧炭工的矿坑上扎营，这样的事情根本就不会发生。

索福克勒斯捎来了一条枯燥的消息……"一切都好。爱您。"南希甚至没有心思在上面画海盗标志。

只有一次，有什么东西搅动了这沉闷的一天，那是在这一天快结束的时候。

"他又画了一个白点。"罗杰突然说，当时探矿者们已经开始动身回家了。

灰色岩石上有一大片白漆，比上一次位置略低。

"好吧，我们今晚什么都做不了。"苏珊说。

"明天早上也不行，"南希说，"如果他在我们起床之前就到那里的话。"

"不能自己做饭太糟糕了。"苏珊说，"我们甚至要一直等到泰森太太让我们吃了早饭才能动身。"

他们几乎默不作声地走回了家。

今晚没有人愿意转过身去再看一眼这个老矿坑。提提经过时，看向了另一边。她眼前浮现的仍然是南希船长拿着那根分叉的树枝拼命地走来走去，最后把它扔到灌木丛中的情景。她知道南希一直希望那根占卜棒最终会在她手上起作用，就像它似乎在提提手上起作用……如果它真的起作用的话。提提自己已经开始怀疑这一点，不过每当想起它的时候，她几乎能感觉到树枝的两端在她的手中扭动。如果不得不在一个不能称之为营地的地方——至少不像燕子谷和野猫岛那样的营地——扎营，而使得整个探险行动陷入停顿，结果一无所获，那该怎么办？连贝克福特的花园都比这儿好。如果弗林特船长回来了怎么办？"那么你们都在忙些什么呀？"他会问。然后他们只好回答："没干什么。"没找到金块……什么都没有。接着他将听到一个完全陌生的人是如何抢在他们之前闯了进来……提提想到这里就再也无法忍受了。这里是"未遂之地"，一个完美的扎营地点，有空地让他们搭帐篷，有"长城"可以眺望高岗，还有那棵瞭望树，甚至更加便于哨兵监视阿特金森农场。要是溪水没有枯竭就好了。假设迪克关于那些深绿色灯芯草的说法没错；假设水一直在那里，只需要找到它；假设榛树枝在她手上能起作用，而只要她愿意试一试，就可以找到；假设探险队有自己的占水师，而占水师在真正需要的时刻拒绝帮助他们。

提提走得更快了一些。

勘探者们第一次及时回到泰森农场吃晚饭。

"这就对了，"泰森太太说，"对大家都好。南希小姐，如果可以的话，继续保持吧。我想你们今天过得很好，早早回来也是为了今天有个好结尾。"

吃饭的时候，大家谈起了别的假期，谈起了航海，谈起了海上和陆地上的战斗，谈起了在诺福克一艘旧船的船舱里借着灯火编造的故事，谈起了那年夏天溪水涨满，他们钓鲑鱼的事。但谁也没有心思谈论采矿。没有人能猜到这是一群淘金者的晚餐。

"怎么了，提提？"苏珊注意到整个晚餐期间提提都没有说一句话，

于是私下问了一句。

"我很好。"提提说。

晚饭后，她悄悄地溜了出去。

"提提在哪儿？"不一会儿就有人问。

"可能是在给鸽子喂新鲜的水吧。"另一个人说。

但是，提提紧抿嘴唇，又一次爬上了泰森家树林里的陡峭山路。

第十五章

提提下定决心

阳光充足，树林却在阴影之中，树下几乎是一片昏暗。提提弯腰前倾，嘴唇紧抿，急匆匆地爬上陡峭的小路，尽可能走得安静又迅速，她还一直听着下方农场是否有人叫她。她很清楚自己要做什么，但不想让别人猜到。她必须再试一次……但不想让任何人看到。如果别人都盯着看，而最后一刻她又不敢去碰那根树枝，那就太可怕了。所以在最初的十分钟里，她爬得很快，但又尽可能放轻脚步，并且竖着耳朵听，仿佛她是一个在逃的囚犯。

如果带上桃乐茜，或罗杰，或迪克，只是为了逃跑而不是为了她非做不可的工作，那会很有趣。但为了那件事，她不想带上他们中的任何一个人。到时候无论发生什么，她会发现，如果她是独自一人的话，要容易得多。

爬了十分钟后，她停下来喘口气。好在当天没有什么常规的勘探，也好在晚上很凉爽。她竖着耳朵听，远处的山谷中传来一头母牛哞哞的叫声，一条牧羊犬在吠叫，母鸡在泰森家的农场院子里瞎忙活，动静很大。她勉强能看到下方远处的一小部分灰色石板屋顶。但是没有人呼唤"提提"。没关系，她又出发了。

天色很快就变暗了。燕子谷和山谷另一边山冈上空的晚霞越升越高，东边的群山随之被暮色笼罩。有那么一瞬间，独自一人在昏暗的树林中，感觉有点奇怪。这时树叶上突然出现一阵骚动，随后传来一只猫头鹰长

长的叫声。提提心想，这是真正的猫头鹰，不是模仿猫头鹰的叫声。她想起一个夜晚，自己一个人在野猫岛上，有一只猫头鹰就是像这样叫的，然后就在事情好像都不顺的时候，一切都变好了。这是个好兆头。

她经过了当天早上走过的那个地方，她和迪克在那里发现干涸小溪留下的小水坑周围有一些小脚印。现在天太黑了，看不清还能不能通过南希扔下的榛树枝条来找到她走过的那条路。提提的两只手张开又合拢，不知道自己到底能否把南希的榛树杈握在手上。

她必须这样做，必须如此。

"稳住。"她对自己说，"不要当个笨蛋。喘气是没有意义的。"一想到南希的榛树杈，她几乎要跑起来。她又放慢了脚步。

她已经走到树林顶上，转弯走进了通往烧炭工老矿坑的灌木丛，这时她听见干树叶和树枝在沙沙作响，有个小东西正迎着她往下走。她掏出手电筒，但没有打开。不管那是什么东西，它就在她上方的小路上。她站着一动不动。它就在那里。一只兔子？不是。她现在知道了，它就是在半山腰的水池边留下泥印的那个东西。黄昏中，一只刺猬稳稳当当地在小路上跑着，时不时抬起头来嗅嗅。它似乎知道周围有异常情况，但它只是寻找和自己身高相当的东西，始终没看到高高在上的提提。它急匆匆地从她脚边经过，一路往下跑，满不在乎，动静还很大，仿佛这片树林是属于它的。

"它也要水，"提提自言自语，"而且它必须下山去找水，就像我们一样。如果我在山顶附近找到水，它会很高兴的。"为了不惊动刺猬，她等它在她下方走远了，才继续向可能扎营的那个地方走去。在烧炭工清理出来的空地上光线更亮了。提提知道南希早上把分叉的木棒扔到了哪里。南希一定会砍下最合适的树枝，最好用它来试试，不必去找另一根。

她马上找到了那根树枝，捏住分叉的尖端把它捡起来，直到最后一刻才把那树枝的两头握在手里。但是，无论如何，也许它不会起效。

提提咽了一两次口水。没有人在这里盯着看。最终也没有人知道她能否鼓起勇气去做这件事。

"噢，来吧，"她自言自语，"你必须试一试。最好快点完成。"

她把树枝转过来，握住两端，一手握一头，就像南希在泰森太太家的水泵旁向她演示的那样。她发现自己呼吸急促。

"笨蛋，"她坚定地说，"你想扔就直接扔掉它。"

她开始在老窑场的平台上来回走动。什么也没发生。

"白痴，"她说，"反正不会是这里。"

她离开平台，走进树林中，在昏暗的光线下寻找迪克说的绿色灯芯草。她发现了一丛。还是什么都没发生。

"没关系，"她对自己说，"你干不了。那天晚上只是个意外。反正也没什么好怕的。而且你已经试过了，所以这并不是你的错……"

然后，她差点丢下树枝。就是这样，痒痒的。有点眩晕。不像泰森家那晚，但都是一样的，树枝正蠢蠢欲动。

她在原地站了很久，不知为何不敢动弹。后来她走了一两步，那根木棒又像先前那样一动不动了。

"这太傻了。"她说着退回到原来的地方，顿时感觉木棒像上次那样压在她的大拇指指肚上。

"好了，它又不会咬你。"提提说着，迫使自己在树林边缘的灌木丛和矮树中来回走动，就像刚才在"未遂之地"的露天平台上一样。

那根树枝又开始动了，然后停了下来，接着又一次在她的手指之间扭动。

"这里有水，"提提自言自语，"肯定有。除非一切都是胡说八道，就像迪克想的那样。"

她慢慢地走着。树枝越拉越用力，她想扔下它，但是不知怎的，完全出乎意料的是，她并不像第一次那样感到害怕。首先是因为现在没有人在看她。当她再次握住树枝的那一刻，她就已经赢得了战斗。现在，她几乎迫不及待地去感受树枝的拉扯。当拉力减弱，她就向后退，直到她感到拉力加强。然后她又继续往前走。这就像在寻找东西的时候有一个人知道它在哪里，当她接近或远离藏匿地点时，那个人喊出"热"或"冷"来暗示她。

突然，当她走近"长城"时，树枝扭动得更加剧烈了。这里的两块岩石之间有一个浅坑，没错，在它的底部有另一丛灯芯草。她走到岩石之间，情况就跟在泰森农场院子里一样。那根木棒似乎在她手中跳跃。它的两端压在她的拇指上，同时分叉的尖端使劲向地面倾斜，几乎把树枝掰弯，她的双手跟着扭来扭去，最后树枝差点从她的手指中间蹦出去。

"就在这里，"提提说，"我找到它了。"她不再有任何疑虑。迪克错了。这完全不是她的想象，没有任何想象能让榛树枝把她的双手拧痛。她不再害怕了。这是她和树枝之间的一个秘密。无论是什么原因，这东西都是有效的。她确信那里有水，就在她站立的地方，就像她确信天色已晚，如果睡觉时间她还不回泰森家，苏珊会非常生她的气。她把榛树枝放在她站着的地面上，然后出发穿过树林。她来到了烧炭工的平台上。

"'未遂之地'，"她对自己说，"最终还是遂了愿。"

天色变得更加黑暗，她不时发现自己偏离了小路。她竖起耳朵听刺猬的动静，却没有听到。她试图找到她和迪克拐弯的地方，从那里走过去就是干涸小溪留下的小水坑。但她在黑暗中错过了它，她也不敢往回走了。好吧，也许明天吧，晚上刺猬不会为了喝水而跑得这么远。她打开手电筒，匆匆走下小路。

"提提！啊嗬！"

下方的树林里传来南希的声音。

"来了，"她回喊道，"啊嗬！"

苏珊和约翰在桥上谈事情。罗杰和他们在一起，他把小石子和栏杆上的几片干苔藓轻轻抛向河床的石头。当小石子碰巧落在有一点水的地方时，就会时不时溅起微弱的水花。这就像抛硬币，有水花算作"正面"，没水花意味着"反面"。罗杰正试图连续三次溅起水花。桥下不远处的一个浅水池是他们能找到的最好的戏水地，佩吉、迪克和桃乐茜划水，或者说在水里踢脚，在高地的荒原上勘探了一整天之后，这对疲惫的双脚来说是很好的抚慰。

南希在上方的树林里呼叫着。

"提提……啊嗬！"

提提莫名其妙地消失了，南希觉得自己看见她穿过大门走进了树林，

就去找她。

约翰和苏珊听见了。

"一切都很好。"约翰说,"南希假装她并不是真的在乎。如果是佩吉可以占水而又不愿意那样做,我们也会假装不在乎。如果是你或者我,而不是可怜的提提,那就好了。"

"没有用的,"苏珊说,"你知道提提是个什么样的人,她总是容易被一些事弄得很激动。昨晚我以为她要生病了。"

"我知道,"约翰说,"但是,当牵扯到我们中一个人的时候,事情就显得如此可怕,而且整个探险就因为不能在高岗上扎营被搞砸了。"

"如果我们能做到的话,一切都会不同。"苏珊说,"可是我们不能要求提提再试一次。"

"连续三次溅起水花。"罗杰说。

可船长和大副都没有在听。

"亚马孙号的船员会认为我们让她们失望了。"约翰说。

"我们也无能为力。"苏珊说,"就算她真的去试,很可能还是找不到水。"

"不尝试才是最可怕的。"约翰说。

"连续三次溅起水花。"罗杰说,"难道你们没听见?三次水花飞溅。有好事要发生。"

"她在那边。"苏珊说。

"啊嗬!"一声回答穿过薄暮从树林远处传来。然后他们又听到南希喊道:"啊嗬,啊嗬……嗬。"

"她去山上做什么？"苏珊说。

"就为了躲避我们所有人吧，"约翰说，"我打赌她自己也很难过。"

"好吧，"苏珊说，"我们把帐篷里的灯都点亮吧，现在是人们睡觉的时间了……"

五分钟后，帐篷在暮色中发出了微弱的光亮。不时有手电筒闪烁，那是南希和提提正穿过树林走下来。

"啊嗬，"佩吉喊道，她不喜欢独自睡在她和南希共用的帐篷里，"快点呀！"

接着突然传来奔跑的脚步声，南希飞快跑进农场院子，穿过果园大门，回到那群勘探者中间，他们正准备脱掉衣服、钻进睡袋。

"燕子号万岁！"她大喊，"提提成功啦！全靠她一个人。她终于做到了……"

"不过做到了什么……什么啊？"每个人都在问。

"什么？"南希大声说，"当然是唯一重要的那件事。她一直在占水，她刚才又爬上树林去了'未遂之地'。她已经找到了一处泉水，就在迪克说的灯芯草旁，正是我们想要的地方……"

提提在她后面走进了果园，她突然感到很累。

约翰用一只手抓住她，另一只手拍着她的肩膀。天太黑了，看不清他的脸，但她知道他是多么高兴。

"干得好，提提，"他说，"干得好！实在太好了。"

"你是怎么做到的？"佩吉说。

"你看到水了吗？"桃乐茜说。

"当然没看到。"南希说。

"我们可能没法弄到它。"约翰说。

"该死的，"南希说，"如果那里有水，我们就能弄到它，哪怕得一直挖到澳大利亚。"

事情的来龙去脉一点一点弄明白了，早上南希是如何砍了一根分叉的树枝却徒劳无功，她是如何被迪克和提提看到的，提提是如何在晚饭后爬上树林，如何在靠近矿坑后面的地方用南希砍下的木棒试了一下，那根木棒又是如何在迪克注意到的那些灯芯草附近再次扭动的。

"是不是很可怕？"桃乐茜说。

"也还好，"提提坦白道，"刚开始会害怕，但后来就不会了。"

"它真的是自己在扭动吗？"迪克说。

"当然是的。"南希说，"干得好，提提。为一等水手欢呼吧。你已经挽救了一切。我们甚至会比'软帽子'更接近高岗。每天有一个人下山取牛奶，其余时间我们所有人都会拼命勘探……"

黑暗笼罩了整座山谷，沿着果园墙边排开的帐篷在灯光的映照下越发明亮。

南希、佩吉和约翰正热切地谈论着挖井需要什么样的镐头和铲子。在一顶帐篷里，一个影子先是拱起身子，然后伸直了。一盏灯被吹灭了。

"安静，"苏珊说，"提提已经睡了。"

"我没睡。"提提刚想说，可话到嘴边又咽了回去，不久她就真的睡着了。

其他人都安定下来准备入睡。谈话结束了，灯也一盏接一盏熄灭了，果园里一片漆黑。农场的底楼没有灯光，一支蜡烛在卧室窗户后面闪烁着。然后它像营地的灯一样熄灭了。

勘探者们隔着帐篷依次道"晚安"，声音很轻，以免吵醒熟睡中的占水师，但语气都很欢快，比离开贝克福特以来的任何一个夜晚都要欢快得多。

突然，罗杰想起了什么。

"我不是告诉过你们吗？"他叫了起来，"在我连续三次激起水花的时候，我不是说过会有好事发生吗？"

没有人回答。

"都是猪。"罗杰说，然后就睡着了。

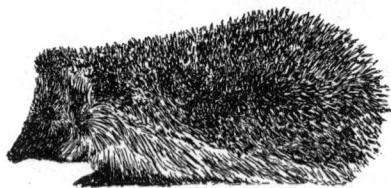

第十六章

挖　井

清晨，疑云再起。提提醒来就听到有人在她的帐篷外说话。

"你知道那可能只是提提的幻想，"苏珊说，"如果我们带着铁锹上去，结果发现那里什么都没有，她会不高兴的。"

"呃，"那是南希的声音，"我跟你们打赌，她昨晚就试过了。难道你们看不出来她有多紧张吗？"

后来，当他们吃完早饭，就要出发的时候，约翰走到提提身边，悄悄问她："我说，提提，带上铁锹怎么样？我们可不想白白把它们运上去。"

"我要带铁锹。"提提说。

"不管怎样，她认为自己成功了。"约翰对南希说，当时他们去找泰森太太，看能借到什么工具。

"铁锹？"泰森太太说，"你们不是要在果园里挖东西吧，是吗？"

"噢，不是的。"南希说。

"是去山上的树林。"约翰说。

"最好看看罗宾能帮你们做什么。"泰森太太说。

罗宾·泰森是泰森太太已成年的儿子，负责管理农场，他给他们找来了几把铁锹。他也不希望他们在果园里开挖，当听说他们是要在树林里挖东西时，他笑了。

"我想你们用铁锹也干不了什么。"他说，"你们需要的是撬棍。你们

会发现石头比土还多。"

"我们能带一根撬棍吗?"约翰问。

"有点重。"罗宾·泰森说,"最好让我帮你们把它运到山上。"

"噢,不用了。"南希说,"我们没问题的,两个人一起搬。不过还是非常感谢你。"他们最不希望看到的就是原住民插手帮忙,尤其是挖井这样的事,毕竟可能没有水。

最后,他们拿了两把普通的铁锹、一把泰森太太的小园艺铲——是在蜂房后面的侧棚里找到的,还有一根巨型撬棍,约翰和南希一起抬着它。

"带哪只鸽子?"罗杰说。

"我们信得过的那只,"南希说,"这次可能会有重大消息。"

"我要带上荷马。"提提说,然后就背上背包,肩上扛着小铁锹,用空着的手拎着装有荷马的鸽笼出发了。到底会不会有重大消息呢?在院子里再等一分钟她都受不了。

桃乐茜在她后面奔跑,追上了她。她们一起爬上了陡峭的蜿蜒小路。

"如果你找到了泉水,那就太好了。"桃乐茜说。

"但如果我没有找到呢?"提提说,"在他们试过之前,我们还不能下判断。"

"我打算把它写进一个故事里,"桃乐茜说,"当然不会一样。我会把你写成一个男孩,你是自己一个人拿着木棒做成那件事的,而且你还带着一把铁锹,自己就开挖了。那是在晚上,月亮从云层中升起,突然间,你已经挖得足够深了,水在月光下喷涌而出……"

"继续讲，"提提说，"接下来发生了什么？"

"我还没太有思路。"桃乐茜说。

勘探者们又热又喘，终于来到了小路分岔的地方。他们在高大的白蜡树下杂草丛生的小路上奋力往前走，来到了烧炭工的露天窑场。

"那根木棒在哪儿？"南希说。

提提匆匆忙忙穿过空地，其他人都紧跟在她身后，她走进灌木丛和小树中间，这些树木生长在空地和陡峭的岩壁之间，那块岩壁标志着高岗的边缘。

"它就在这里的某个地方，"她说，"这里有两块岩石，还有一丛生长在低洼处的灯芯草。"

"这里有一丛灯芯草。"迪克说。

"不是那些草，"提提说，"那是我第一次尝试的地方，但什么都没发生。"

不知为什么，今天提提对这根榛树枝的感觉完全不同了。她第一次拿着它的时候，受了很大惊吓。第二次，她独自一人在黄昏时分经过一番激烈的思想斗争才下定决心去尝试。但现在已经做过试验了，她准备好再试一次。她想说服那些心存疑惑的人，也想确定自己的努力不是徒劳。现在他们必须找到水，必须找到。

"木棒在那边。"她大叫道，"没问题了。它还在我昨天放的地方。至少我是这么认为的。"

南希把它捡起来，用占水的方式拿着它。

"来吧，提提，"她说，"再试一次。它在我手上不动。"

约翰和苏珊惊讶地看到提提几乎迫不及待地接过了木棒。迪克在观察她的手指到底是怎样握住它的。桃乐茜盯着她的脸。佩吉和罗杰看着地面，好像希望看到水喷涌而出。

"我先从一边开始，"提提说，"昨晚我在这里试了没发生什么……当我开始靠近那些灯芯草时……它就开始动了……它正在拉。"

"听着，提提，是你自己在让它动吧。"

"我没有。"提提说。

"保持安静。"约翰说。

"它在往下拉……你们看。"佩吉说。

"疼不疼?"桃乐茜问。

"不要打扰她。"南希说。

"就是这里，"提提说，"我再也握不住它了。"就在她说话的时候，那根分叉的木棒蹦了出来，差点砸在她脚上。

"在这个地方做上标记。"南希说，"用撬棍。来吧，约翰。噢，好吧，铁锹也行。我们开始干吧。"她扔下背包，抓起一把大铁锹，没等约翰和佩吉在提提和木棍四周做好一圈标记，她就把铁锹狠狠地插进地里。铁锹才挖下去四厘米，就被一块石头硬生生地挡住了。

"幸亏我们带了撬棍。"约翰说，"大家当心自己的脚。"

撬棍的末端磨得很锋利，约翰一下子把它插进了地里。他一次又一次把它插下去，松动泥土和小石子。

"谁拿着小铲子?"南希说，"趁着约翰继续撬挖更多地方的时候，我们把那一片清理出来吧。"

"我来吧。"罗杰说着就把第一铲松动的土石举了起来。

地面很干，很难铲破，因为里面全是石头。为了让铲子更容易工作，约翰用撬棍到处撬。然后南希接过了撬棍，佩吉赶紧跳到一旁，保护自己的脚趾。

"小心。"佩吉说。

"对不起，"南希说，"我不是故意走得这么近的。"

不一会儿，撬棍碰到了什么东西，听起来和感觉上都像一块坚硬的岩石。

"我们完蛋了。"南希说。

"没有钻机，我们就无法穿透岩石。"迪克说。

"让我们再戳一次。"约翰说。

他把撬棍的尖头一会儿在这里戳一戳，一会儿在那里撬一撬。最后，它比以往戳得更深，而且没有发出撞击岩石的尖锐响声。

"我已经找到了它的边缘。"约翰说。

他开始在撬棍戳出的洞里扭动撬棍。

"这不是坚固的岩石。"他说，"我可以感觉到它在移动。"

经过几分钟的艰苦工作，他们用铲子和手指把一块巨石上面的泥土清除掉了。约翰在那块巨石的一侧插入撬棍，使出浑身力气向两边摇动。南希也上去帮他。

"它在动！它在动！"

"把铁锹插进去，固定住它。"约翰说。

铁锹都插了进去。撬棍移到了另一个地方，再一次插进去。

"好了！"南希说。

"用力！"罗杰大叫道。

石头在移动。再来一次猛烈的摇晃，它就彻底松动了。它的一头竖了起来，六只手一下抓住它，过了一会儿，他们就把它从又深又滑的坑里拔了出来，它塞在那里已经很久了。

"土是湿的。"迪克说。

"水！终于有水了！"桃乐茜大喊道。

没有水出来，但每个人都能看到，他们把石头拔出来之后的那个洞底又暗又湿。南希跪在地上，伸手去摸。

"她真的找到了水！"她大叫道，"占水师好样的！干得漂亮，提提！来吧，我们只要挖得足够深就可以。其他都不重要！今天不去勘探了……"

然后，他们想起了"软帽子"，这是那天第一次想起他。罗杰和佩吉被派到岩石顶上，他们从岩沟爬了上去。他们可以看到远处的灰石堆上，岩石间被泼上的白漆，但没有对手的踪影。约翰把撬棍交给南希，爬上老白蜡树的瞭望枝，报告说"软帽子"正在阿特金森家的花园里来回踱步，还抽着烟。

"最好有人到下面去放哨。"南希说，"去的人可以不用挖地了。"

"桃乐茜。"佩吉说。

"我也去。"提提说，当看到南希惊讶的眼神时，她又补充道，"我很想去，真的。我一会儿再回来。"

"好吧，"南希说，"铁锹不够用了，你去那里更有用。"

提提和桃乐茜背上各自的背包，沿着树林边缘往下走到罗杰的藏身点，就在大门对面的蕨丛中，这里是个岔路口，一边是通往阿特金森家的马车道，一边是邓代尔路。

"我告诉你呀，"桃乐茜说，"我的背包里有《湖区逃犯》，我会给你读一读，让你不再想挖井的事。"

于是，提提趴在蕨丛中望着对面的马路和树林中的马车道，观察"软帽子"的动向，而桃乐茜就趴在她身旁，支着胳膊肘，捧着她的笔记本，用略高于耳语的音量读起"湖区逃犯"如何躲在芦苇丛中，在敌人的眼皮底下顺着河逃走。

"芦苇颤抖着分开了……逃犯的小船悄悄驶入月光下的河道……一路畅通，但是就在这时……"

提提有时听一半，有时听四分之三，当桃乐茜的声音在颤抖，表明她即将进入激动人心的时刻，提提就全神贯注地听起来。但她发现很难忘记在泰森家森林上部的树下正如火如荼进行着的挖掘行动。上面发生了什么？他们挖了多深？他们被坚硬的岩石顶住了吗？她亲眼看到了潮湿的泥土。会不会就那样了？如果挖到地表下面，说不定到处都是潮湿的。或许他们真的会找到水？那个最最友好的原住民是怎么讲的？在大旱之年，牧场里的羊成千上万地死掉，澳大利亚丛林里的黑衣人用魔法找到了水。这里也有过一头死羊，而荆棘丛中的刺猬不得不一直往下走到接近山谷的地方，从干涸的小溪留下的死水坑里喝水。

上午即将结束的时候，她们看见"软帽子"沿马车道走来，朗诵戛然而止。但他并不是去勘探。他拐到了马路上，没有朝高岗上走去。她们看着他从视野里消失。

"我们应该让他们知道。"提提说，"我们也应该留一个人守在这里，以防他回来。听着，桃乐茜，你介不介意我去？我只是要去看看他们挖了多深。"

桃乐茜毫不介意。"没问题，"她说，"有一部分需要重写，我会把它写好的，这样在你回来的时候就可以读到了。当脑子里的东西还没成形、还要改来改去的时候，大声读出来是没有用的。"

提提沿着高岗边缘走回来了。那几个挖井的人似乎出奇地安静。她指望听到撬棍碰在石头上的响声，但是没有任何声音。他们甚至没在说话。有那么可怕的一瞬间，她以为占水终究还是失败了。她从岩沟走下来，穿过岩石下方的树林。他们在一起到底在干什么？一大堆石头和泥土表明他们在放弃之前已经挖了很深。难道他们做的这一切都白费了？

"嘿，提提！"南希大叫道，"过来看看。你干得很漂亮。"

"我们已经取到了第一杯水。"佩吉说，"很黏稠，但正在沉淀。迪克丢了一颗白石子进去，你可以看见了。"

"它是一口泉眼，"约翰说，"是你发现的。来吧，南希，我们只需要继续挖。把石头分离开，我们一会儿会用上它们的。"

"让她看看吧。"南希说。

他们给她腾出了地方，提提盯着杯子，看到了一种棕色的液体，再

取到了第一杯水

凑近一看，只见上面一厘米几乎是透明的。

最奇怪的是，她发现自己正用力咬着嘴唇，同时感到眼眶奇热。她汇报了她那边的情况。

"很好，"南希说，"他正在浪费他最后的机会。明天我们就要在这里扎营了。天啊，不过要是他发现我们在高岗的时候，一会儿在他前面，一会儿在他后面，每时每刻都在，他不会讨厌我们吗？"

南希犹豫了一下，但只是片刻。

"你认为泰森太太会让我们走吗？"苏珊说。

"那只鸽子呢？"她说，"我们马上放飞它。"

"你打算怎么说？"罗杰一边问一边掏出铅笔和一张剪成合适尺寸的小纸条。

南希把纸放在一块石头上，用嘴吸了吸铅笔头，写了起来：

> 一切顺利。提提在高岗附近找到了水。明天转移营地。请过来和泰森太太谈谈，带上鸽子。燕子号、亚马孙号船员和迪克逊家姐弟。

"怎么样？"她一边说一边把纸条递出去传阅。大家都赞同。当提提沿着高岗去找桃乐茜时，荷马从岩石顶上被抛向了天空，带着那个消息飞向贝克福特。

"太好了！"桃乐茜说，因为提提走进蕨丛，来到她身旁，把他们找到水或至少泥浆的事情告诉了她，"我就知道一切都会好起来的。我已经把最后一章完全改了，我得从我上次结束的地方前面一点开始读。你不会介意吧？"

"苏珊说该吃东西了。"提提说。

"好吧，"桃乐茜说，"我们会读完它。如果总是不得不停下来，会破坏整个故事的。"

下午的时间在文学评论中悄然而过。没有哪位小说家遇到过这么开心的听众。"这真是一个了不起的故事。"提提说，当时桃乐茜读到了笔记本的末尾，并解释了接下来的内容，还回顾了第一章，提醒提提注意那些后来会变得很重要的小细节。

等到"软帽子"回来的时候，天色已晚，他在路上走得很慢，似乎脚有点痛，看到他拐弯进了阿特金森家，侦察员们就一起回去了。

"我正要派罗杰去找你们。"苏珊说。

"你们觉得怎么样？"约翰说，"底部是坚硬的岩石，我们不可能再挖得更深了。"

挖出来的杂乱东西全都消失了，辛苦掘出的一堆石头已砌成一堵矮墙，从三面保护着水井。在第四面，他们用三块大石头垒成台阶，以便大家可以舒服地走下去把水壶或水桶灌满。

"噢，提提！"桃乐茜说，"看看这水。"

"嘿，"提提说，"比我想象的要好得多。"

"你的水井！"南希说，"它会出现在地图上。如果说有谁能在地图上赢得一席之地的话，那就是你。'提提之井'。人们将永远感激你，至少

他们应该这样。也要感谢我们的挖掘，可流了不少汗呢。"

迪克在一根木棍上切出刻度，用来测量岩洞的水深。

"就像以前一样深。"他说，"为了清除泥浆，我们还丢弃了很多水。"

"一直在冒泡。"罗杰说。

"非常好的水。"南希说，她喝了一小口水，那杯水已经沉淀了整个下午，"比家里的好。这水值得喝。"

其他人在苏珊的劝阻下，把他们的第一口品尝推迟到明天。

"开始下山怎么样？"她说，"我们也不能做什么了，要等它沉淀下来。"

"也不想再做什么了。"南希说，"哎呀，我浑身都僵硬了。"

"我也是。"约翰说。

"迪克，"提提说，"不知道那只刺猬今天晚上会不会过来喝水。"

"那我们就等着瞧吧。"桃乐茜说。

"现在它随时会跑过来。"迪克说。

但是，这一次，南希同意苏珊的意见。

"走吧，"她说，"我们最好快点。我们必须让泰森太太有个好情绪。"

他们匆匆下山回到农场，轮流在水泵下洗了洗，正好赶上泰森太太的晚饭时间。趁着泰森太太分发大盘奶酪通心粉的时候，南希择机宣布了消息。

"我们明天搬走。"她说，"我们已经在树林顶部找到了水。您再也不必为我们做饭了。"

泰森太太不相信她。

"那上面除了干枯的小溪，没有一滴水。"

"我们有了自己的泉水。"南希说。

"你一定是开玩笑，南希小姐。"泰森太太说。

"不是开玩笑，"南希说，"那是一口像样的井。我妈妈明天早上会特意过来看看它。"

"呃，"泰森太太说，"我很高兴你妈妈要来。她会讲道理。但你没有必要让她白跑一趟山谷，她还在忙着贴壁纸和刷油漆，房子里挤满了水电工什么的，你舅舅也要回来了，说到底一天只有二十四小时。"

晚饭吃得很开心，吃完后不久，大家都很高兴能早点睡觉。

"最后一晚睡宿舍！"南希在道晚安的时候兴高采烈地叫道。

"万一布莱克特太太不同意呢？"那是约翰的声音。

"我妈妈看到那样的井是绝不会不同意的。"

已经钻进睡袋的提提紧紧握着自己的手，仿佛要再次感受榛树枝奇特的拉力。她的努力值得吗？非常非常值。现在她弄不明白自己当初究竟为什么会害怕。

第十七章

转移营地

泰森太太叫他们进去吃早饭的时候，果园"宿舍"里已经没有一顶帐篷了。靠近墙下的地面上有一排颜色较浅的小斑块，显示他们曾在那里扎过营。一些帐篷已经折起来装上了手推车，还有一些他们正跪在上面，以便让它们变得更平整。约翰在检查登山绳。苏珊在清点到目前为止还没有机会使用的储备品。背包都被塞得满满的。

"你们怎么了，南希小姐？"泰森太太说，"你们不要把这些东西运到树林上又运下来。因为你们肯定会把它们再运下来的。我不能让你们去上面，没有水，也不能做饭。如果你们弄出一点火星，荒原就会像头发碰到蜡烛那样燃烧起来。哎呀，我真不知道，大热天的，你们去上面做什么？你们最好就在下面玩玩……没有比我们的果园更凉快的地方了，外面还有奶牛场。"

"现在我们在上面有了充足的水。"南希说。

"你得跟我说一个比这更好的理由。"泰森太太说，"你不会在你妈妈来之前就上林子里去吧？"

但这正是南希心里所想的。

早饭一结束，最后一顶帐篷就装上了手推车。大鸽笼被安置在顶上，还用绳子拴住了，笼子里只有那只不可靠的萨福。手推车上放不下的背包都被挂在车子下面。苏珊和佩吉推着车，约翰和南希的肩上套着绳子从车前面拉。营地开始转移了。

"我们尽量在我妈妈到之前赶回来。"南希对四个一等水手说道，他们正在等候布莱克特太太，"不过我们必须把一些帐篷搭起来，让它看起来像一座营地。别让她和泰森太太谈话，然后匆忙做决定。不管发生什么事，都不要让她没等我们回去就离开。戳破她的车胎……你们想怎么做都行……一定要把她留在这里。如果她没有看到那口井，也不知道营地有多么美，是很容易做出错误决定的。"

手推车摇摇晃晃地出了大门。一等水手们跟在后面，看着他们的前辈推拉着小车在通往树林的陡峭小路上绕过第一个急弯。

"刚好通过呢。"迪克说。

"大毛驴们真棒。"罗杰说。

"你才是毛驴。"佩吉回过头来说，"你们就等着把'单峰骆驼'拉上来吧。"

一等水手们回到果园，整理好剩下的一切，为下一趟路程做准备。他们把自行车推出谷仓，靠在墙上，还把一捆捆睡袋挂在车座和载重架上。

"没有背包，我们也做不了什么了。"迪克说。

"那我们去迎接她吧。"桃乐茜说。

他们离开果园，穿过农场院子，走过小桥，沿着干涸的亚马孙河上方的路缓缓地走着。他们脱下鞋子，赤脚踩进水刚漫过他们脚踝的地方，那里曾经是一个深水池。他们的心思都在别处。南希看上去相当自信，但万一布莱克特太太固执己见怎么办？万一那口井已经干了怎么办？万一泰森太太拒不听劝又怎么办？

"听。"最后提提说，并开始穿鞋。

他们可以听见山谷远处传来老爷车的咔嗒响声。

"是布莱克特太太。"桃乐茜说。

他们刚好来得及穿上鞋，爬上马路。

"她来了。"罗杰说，拐弯处开来了那辆老爷车。布莱克特太太猛踩刹车，随着车轮在路面刮擦，车嘎吱一声停了下来。

"你们好啊，"她说，"其他人呢？你们要是能找到空，就到车上来吧。把鸽笼放在膝盖上……把脚搁在那些箱子上。我给你们带来了三打姜汁汽水。不过南希去哪儿了？"

"他们都去了新营地。"桃乐茜说。

"你们还没有真的找到水，是吗？"

"到现在可能已经干了。"提提说。

"昨天有很多水。"桃乐茜说。

"蒂莫西来了吗？"罗杰问。

"没有。"布莱克特太太说，"我昨天才去车站问过。也没有我兄弟的信。真有意思。他现在可能快到家了，而我们甚至不知道他的船的名字。大家抓紧一点。对不起，这家伙一发动就会这样颠簸一下。"

随着齿轮突然发出的碰撞声，老爷车猛地往前一跃，每个人都向后撞去。

"也许您慢慢松开它们会好一点。"迪克说。

"如果我那样做，它总是会停下来。我不信我操作不了它。"

她继续往前开，过了狭窄的桥后就向右急转弯，停进了农场院子里。

"趁我还在车上，最好调个头。"他们爬出去的时候，她说道。她发动车在铺满鹅卵石的院子里来回一连串地急刹转弯，迪克、罗杰、提提和桃乐茜一直看着，大喊着提醒她别撞上什么东西。

"哦，好了。"她关掉引擎，下来绕着车看了一圈说，"前挡泥板已经撞坏了好几次，后面的也总是不走运。没有造成真正的损坏。"

"在他们回来之前，不要进去见她。"提提迫不及待地说。

"南希随时会回来。"桃乐茜说。

但是泰森太太就在门廊里，布莱克特太太也看到了她，她们一起走进了农场。

"他们刚好回来了，"罗杰说，"我能听到手推车正在往下冲。"

但是已经太晚了，原住民的碰头会已经开始了。当船长和大副们带着手推车冲进院子时，只看见老爷车和四个一等水手。

"天哪！"南希说，"你们还没让她进去吧。"

"我们尽力阻止她了。"桃乐茜说。

但就在这时，布莱克特太太走了出来，他们听见泰森太太在跟她说话："当然，布莱克特太太，由您去说吧。"很好。噢，非常好。什么都还没有定下来。

"这是怎么回事，你们这些野孩子？"布莱克特太太一边亲吻南希和佩吉一边说，"要把你们的营地搬去高岗？泰森太太说你们在这里很舒服。"

"我们……我们，"南希一边说一边走到她妈妈和门廊之间，"太舒服了。"她眼睛圆睁，用低沉的声音补充道，"但这不是全部。我们必须靠近我们的工作地点。您说过，只要有水，我们就可以的。等您看到提提的水井就知道了。而且我们也不会给泰森太太添麻烦了。苏珊也迫不及待想做饭了。是吧，苏珊？而且……噢，总之……一起去看看吧……"

"在哪儿？"

"在老矿坑边上。就在我们想去的地方，在高岗边缘。"

"直接爬上去吗？"布莱克特太太说，"半路我就会累死的……"

"噢，您不会的。"南希说，"看，我们有手推车。我们大家一起拉，很容易就能把您拉上去。"

"如果我必须去，我就去吧，"她妈妈说，"但不是坐手推车，谢谢你。你得让我按照自己的节奏走过去。"

"我们不会走得很快。"佩吉说，"我们还有一批东西要运上去。"

"她带来了好几箱格罗格酒。"罗杰说。

"做得好，妈妈！"南希说。

"你们千万不要把那些瓶子全部带上去又全部带下来。"布莱克特太太说得几乎和泰森太太一样。

"我们不必把它们带下来。"南希说，"除非喝完了。等您看完营地再说吧。"

布莱克特太太一行人穿过灌木丛，来到烧炭工留下的旧空地上，两辆自行车满载行李，前头都有一个人用绳子拉着，还有装着几箱姜汁汽水、剩余行李和物品的手推车，荷马和索福克勒斯待在旅行鸽笼里，用绳子拴在手推车上。看到他们在这里做了这么多事情，提提自己也很惊

上山

讶。她上次看到它还只是林子顶部树丛中一个光秃秃的平台,现在它成了一座营地。苏珊在矿坑中间堆起了她拿手的石头火炉,五顶帐篷已经搭好,都朝向火炉,并且有树木遮荫。

"好吧,我必须说,这里相当不错。"布莱克特太太说,她爬了这么长一段路,已经气喘吁吁了。

"你们为鸽子找了一个凉爽的地方。"她补充说。

"这里简直比那座果园好得多。"南希说,"在那边根本就不像一座营地。这是我们有史以来最好的营地,除了野猫岛。"

"不过你们的水在哪里?"她妈妈说。

"来看看。"南希说着在前面带路穿过营地后面的树林,这时提提又吃了一惊。

石头砌成的井壁看上去已经很古老了。有人已经在石缝之间塞了很多苔藓,还把它弄湿,让它能够生长。在这样炎热的天气里,只要看到绿油油的苔藓就很清爽,至于水井本身……泥浆已经沉淀,小池子里的水清澈见底,闪闪放光。

"你们是说这是你们挖的吗?"布莱克特太太说。

"用了昨天一整天时间。"苏珊说。

"以前这里什么都没有吗?"

"就是遍地的石头。"罗杰说。

"提提用占卜棒找到水的?"

布莱克特太太并没有要求看看是如何找到水的。也许,在她往树林上爬的时候,她从南希那里听到了一些关于第一次在泰森家的水泵旁做

试验的事情。

"噢，提提，"她说，"如果你愿意的话，你就会发财，为那些需要的人从旱地上变出井来。"

"这就是'长城'。"南希说，她正带着大家走过荆棘丛，来到岩石底下，"我们爬上这条隐秘的岩沟……对您就不保密了……然后我们就可以俯瞰高岗了。"

"真有意思，"布莱克特太太说着望向那片荒凉的土地，望着另一边耸立的干城章嘉峰，望着从北面包围过来的这座大山的弯曲山脊，望着向南边和西边延伸的连绵山冈，"有意思。我上次来这里已经有一百年了……"

迪克十分怀疑地看着她。

"是的，"她说，"我上次来的时候，还没有这样的东西。老爷车之类的东西还没被发明出来。"

她正向南望去，那里有一小段邓代尔路爬向山冈，看上去白白的，尘土飞扬。一辆汽车停在那里，路边一些带颜色的小斑点正是车上的人在焦枯的草地上休息。小斑点消失了，他们上了汽车，汽车很快就开走了。

"阿特金森农庄就在那个拐角的地方，不是吗?"布莱克特太太说，"你们从那里取牛奶近得多。"

"但是我们不能，"南希说，"那里有一个人……"

"哦，是的，"布莱克特太太笑着说，"你们讨厌的敌人。我希望是个没有恶意的游客。我想他并不知道你们给他安排的角色……"

"您要是看到他在高岗上捣乱的样子，就不会这么说了。"南希说，"他还在碎石堆上漆了白斑。"

"哦，好吧，"她妈妈说，"如果他在上面忙活，你们就不会妨碍对方了。不过别去对他耍什么花招。记住，他不是那位长期忍耐你们的舅舅。"

他们在"长城"顶上待了大约十分钟，还在石楠丛里为布莱克特太太找了个舒适的座位，这时，迪克开始望向远方，本来他一直在寻找蜥蜴，但又觉得在这么多人的情况下，蜥蜴是不会出来的，所以他希望能看到一只老鹰或秃鹰。他突然问道："嘿，提提，你拿望远镜了吗？"

"我有。"约翰说。

"那辆汽车经过的地方，沿着邓代尔路，"迪克说，"是在冒烟吗？"

"你虽然戴眼镜，但眼神非常好，"布莱克特太太说，"如果你能看见那边的东西的话。"

"我戴着眼镜就能看得很清楚，只有不戴眼镜或镜片变潮湿的时候，"迪克说，"我才看不清。"

"他说对了。"约翰说，"看看吧，南希。"

"有个蠢蛋游客在乱扔火柴。"南希说。

"我和你赛跑看谁先过去。"

她把望远镜往她母亲腿上一放就跑了。约翰跟在她后面跑。

"我可以看一看吗？"罗杰说着拿起了望远镜。

"约翰正在追赶她。"提提说。

"南希还是领先。"桃乐茜说。

"我能很清楚地看见烟。"罗杰说。

布莱克特太太一下子跳了起来。"难怪所有的农场主都很紧张。"她说，"你们知道那就是泰森太太想把你们留在她眼皮底下的真正原因吧。这种天气，他们都害怕发生火灾。现在那么容易着火。如果迪克没有碰巧朝那个方向看的话……"

"他们已经到那里了，"罗杰说，"正在上面跳来跳去……"

"我能看看吗？"桃乐茜说。

每个人都轮流看了看。再也看不见冒烟了，但约翰和南希紧挨着，在地上直跺脚。最后，他们开始往回走，还不时回头看看，生怕他们没有注意到的火星可能还在干草皮中间。

"你发现得真及时。"当他们回到岩石旁时，约翰说。

"你们两个都做得很好。"布莱克特太太说，"我会在回家的路上把这事告诉泰森太太。谁知道刚才的火灾会蔓延到哪里才结束？我会跟她说，有你们在这里盯着，防止发生这样的事，她可以睡得更踏实了。只是，不管你们做什么，都不要在自己的地方放火。"

"妈妈，"南希忿忿地说，"我们做过那样的事吗？"

"没有，我必须承认，你们没有。而且这个旧矿坑是座相当安全的营地。要是每个人造的火炉都像苏珊的一样好，我们就能度过旱季，不至于让乔利斯中校有救火的机会。"

"他会非常失望的。"佩吉说。

"我想他会的，"她妈妈说，"但其他人会非常高兴。你们不知道一场火灾会有什么后果。我还记得小时候看见湖对岸的山丘燃烧了起来。你们知道去年冬天你们搭冰屋的那个地方吧……火灾就是从那里开始的，沿途十一千米的每棵树都被烧死了，还烧毁了三座农舍。难怪泰森太太会紧张。人们侥幸逃了出来。"

"都告诉我们吧。"桃乐茜说。

他们带着布莱克特太太走到林子的半山腰。

她不让他们再走远了。

"你们还要收拾营地，而且你们来回走了两趟。不，不要了，你们快回去。我会在泰森太太那里为你们说好话的。"

"我从没想到她会同意。"当他们走回空地时，苏珊说。

"要不是因为提提的水井，她不会同意的。"南希说。

"还有救火的事。"提提说。

"这都有用。"南希说，"她会用它们去安抚泰森太太。"

"我们自己做一些灭火扫帚怎么样？"约翰说。

"好呀。"南希说，"如果这都不能讨好泰森太太，那就没有什么可以了。"

那天没有进行勘探。约翰立马开始做灭火扫帚，而且，正如南希所说，没有人能在一两分钟内建好一座营地。在果园宿舍度过了那些糟糕的、被文明束缚的夜晚，他们想把这座营地建成一座好营地。他们把罗杰和提提的帐篷搭了起来，它们和其他的帐篷都在空地边缘，还把储物帐篷挂在了几棵小松树之间。他们在一棵老灌木下面为姜汁汽水做了一个凉爽的地窖。他们建了一只高出地面的架子来放鸽笼。苏珊和佩吉如愿以偿地再次成为厨师，她们需要柴火，于是所有人都开始收集掉落的

树枝，把它们带回营地，就地折断，堆成一垛。约翰和南希做了一些大扫帚，用绳子把它们绑在结实的小白蜡树枝上。苏珊在空地中央建成了她有生以来最好的火炉，它远离悬垂的树木，灭火扫帚也立刻派上了用场，火炉周围地上的枯叶被清理得干干净净，那些枯叶可能很容易被偶尔进出的火星点燃。

"这些灭火扫帚比泰森家的更好。"提提说。

"让我们在草地上找个地方点火……只要一点点火……看看我们多快能把它扑灭。"罗杰说。

"等下了雨再说吧。"约翰说，他刚才也一直想着同样的事，"这么干燥的天气，只要一颗火星，我们就可能烧毁整个高岗。"

"像在泰森农场那样把它们堆起来吧。"南希说，于是八把灭火扫帚被堆到了一起，柄在地上，八把扫帚在顶上会合。

"就像一只鹳鸟巢。"桃乐茜说。

"下面还有八条腿。"迪克说。

中午，他们吃了泰森太太的三明治，感到很高兴，但快到晚上了，苏珊在新的火炉里点燃了营火，约翰和南希为了决定派谁下山去泰森农场取牛奶而正准备抛硬币的时候，小路上响起了沉重的脚步声，罗宾·泰森踏着步子来到空地上。泰森太太已经听布莱克特太太说了提提的水井，并同意让他们在那里扎营，但她还是派罗宾到林子上面来看看。他带了一罐牛奶。

"我妈妈说，你们想要什么，只管要就行。"

"非常感谢你。"苏珊说。

　　罗宾·泰森好奇地打量着四周。

　　"你们的水在哪儿?"他说。

　　"就在这里。"南希说,"来吧,来看看。"

　　罗宾·泰森跟着她走出营地,进入老矿坑和"长城"之间的树林。她给他看了提提的水井,当时佩吉正在那里用大水壶装水。

　　罗宾·泰森把手指浸入井里,然后舔了舔。

　　"不会吧,这很奇怪,"他说,"还是好水。这些年来,我一直都不知道这里有水。"

　　"可是以前没有。"南希说。

　　罗宾看了看她,又看了看罗杰、佩吉、桃乐茜和约翰,他们都是来听听他有什么看法的。

　　"按理说,它原本就在那里。"他说。

　　"嗯,当然了,"南希说,"但我们不得不把它挖出来。提提用一根榛树枝占水,找到了这个地方。"

　　罗宾看上去好像觉得没有必要跟南希争辩。

　　"嗯,这是好水。"他说,"我妈妈担心你们去那边的小溪找水喝。小溪不干净,要等到下雨和发大水之后才能喝。"

　　他用手指蘸了一下水,又尝了一口。

　　"祝你们晚安。"他说完就走了。在很长一段时间里,他们都能听见他沉重的靴子踩在树林里石头小路上的响声。

　　回到营地后,炉火烧得正旺。一口平底锅在火炉一侧嘶嘶作响。苏珊和佩吉把黑色大水壶挂在横杆上,小心翼翼往下放进火焰中。

"第一晚就吃普通干肉饼。"苏珊说。

"什么时候?"罗杰说。

"等到水烧开了才行。"

"哦。"罗杰说。

"是不是宁愿住在泰森农场?"南希说。

"当然不是。"罗杰说,"嘿,已经好久没有人去监视'软帽子'了。"

"这样倒好,"南希说,"不过我上次看的时候,他不在那里。"

一支侦察队爬上高岗边缘。罗杰第一个爬上那条岩沟,眺望对面的灰石堆。

"他肯定去过那里。"他大喊道。

"你怎么知道?"南希说,"噢,天哪!他到底要干什么?"

黄昏渐渐降临,但即使在暮色中,他们也能看见"软帽子"又到灰石堆上干活了。之前有两个那样的白色标记,现在有三个了。

"吃晚饭吧。"罗杰说,"我们马上出发。"

"太晚了,"约翰说,"我们必须带着一盏灯,几千米外都能看到我们。"

"现在你们知道在这里扎营的好处了吧,"南希说,"明天不用等泰森太太了。我们天一亮就出发去灰石堆,看看'软帽子'干了什么,然后再下来,那时他一定还在舒舒服服的床上睡大觉。"

他们回到了新营地,黄昏里,篝火越烧越旺。

"茶快好了。"苏珊说。

"大副,"南希说,"那个'软帽子'又去画了一个标记。我们得去看

211

看到底是怎么回事。我和约翰天一亮就出发，我们还得带上迪克，看看'软帽子'敲打了什么东西。我不相信他有什么发现，但我们最好确认一下。"

"迪克得早点睡觉。"苏珊说。

"我们都要早点。"南希说。

但这是假期中他们第一次在荒野露营，这是他们自己的营地，甚至还摆脱了最友好的原住民。吃完普通干肉饼，再吃面包抹橘子酱和苹果，这些也许没有泰森太太的农场晚餐那么美味，但无论如何，这些似乎更值得吃，同时还能喝上苏珊用他们自己的井水冲泡的茶。"唱唱歌怎么样？"南希一边说一边把她的最后一只苹果核扔进火里。他们唱起了他们最喜爱的老歌《西班牙女郎》和《爬上桅杆的约翰尼》以及其他十几首歌曲，而火光在树干和围成半圈的白色帐篷上闪烁。唱完了歌，他们继续坐着，听下面的山谷里一只猫头鹰鸣叫，听他们的营火发出噼啪声，看轻烟升上头顶，飘向繁星点点的天空。不管有没有白色标记，决心下得再好也是徒劳。真的已经很晚了，他们终于钻进睡袋，熄了灯，准备过夜。

第十八章

白色漆块

确实不早了，他们还没醒来，太阳已经照在了帐篷上。来不及在早餐之前出发了。约翰连忙跑下山去泰森家取早餐牛奶，因为他比其他人都跑得快。他们迅速吃完了早饭。"软帽子"随时有可能出现，当约翰、南希和迪克匆匆忙忙穿过高岗的时候，一支侦察队已经被派去监视阿特金森农场，敌人一有动静，他们就会发出警报。

"但这是为什么？"南希说。

他们正看着灰石堆陡坡上一块岩石表面的一大块白漆，完全摸不着头绪。这里只有难以攀爬的陡峭山坡，没有任何旧矿坑的影子。他们所在的地方比高岗还高。他们刚才离开的那片土地像一幅地图在他们下方展开。他们甚至可以看见远处的湖泊，以及更远的山丘和格陵兰高地，圣诞节假期里迪克在那里救了一头困在悬崖的羊。但他们爬得这么高不是为了看风景。约翰用手指甲刮了刮白漆。

"这只是普通的油漆。"他说。

"走吧，"南希说，"我们继续去看看另一块。"

他们往上爬，有时在岩石上手脚并用，有时绕过一小段峭壁，因为太陡了，无法攀爬。他们气喘吁吁地来到第二块白漆面前。站在它旁边，他们可以看见更高的那一块。

"好吧，我被打败了。"南希说。

"发现什么了吗，'教授'？"约翰说。迪克正用刀子挖着什么，看上去很担心。

"他一直在敲打这个东西，"他说，"但我想不出原因。"

在那块又大又圆的白漆上方一点的地方，有一条宽大的石缝，里面全是褐色、红色和黑色的东西，看起来像铁锈和灰烬。这里有锤子的痕迹，而其他地方都没有，旁边还散落着一些碎屑。看上去似乎有人试图清理石缝。

"那是什么？"约翰说。

"我认为是铁，"迪克说，"还生了锈，但我也不太肯定。"他从背包里拿出那本矿物学的书，却发现没什么帮助。

约翰和南希用他们的锤子敲打那些东西。

"就是土。"南希说。

"不可能。"约翰说，"我们上去看看顶上那块。"

他们又往上爬，来到第一块也是最高的那块白漆前面。而这里也同样让人摸不着头绪，在靠近这块白漆的地方也有一条看起来像是旧裂缝的东西——十五厘米左右宽，里面满是同样的红土。

"他在这个地方敲敲打打了很久。"约翰说。

"他是想打井。"南希笑着说，她把她的锤子柄插进土里的一个深洞。洞周围有灰色岩石碎片，好像有人在这里用过锤子和凿子。到处散落着红土的细屑。

"我们再去下面看看最底下那块附近有没有类似的东西。"约翰说。

"好，"南希说，"那样就解决了。不过，我说，'教授'啊，你对这东西有把握吗？"

"真没有把握，"迪克说，"但它看起来像铁锈。而且不管怎样，它不是黄金。"

他们飞奔下山，一会儿跳，一会儿跑，一会儿滑行，有时又突然停住，在最陡峭的路段小心翼翼地侧着身子往下走，一路来到最底下的那块白漆跟前。

"就是这里，"约翰说，"和上面的一样。"

他们看到的是另一条石缝，里面满是红土，和先前看到的东西一模一样。这里也有"软帽子"用锤子和凿子留下的痕迹。迪克把一块又一块碎片捡了起来。

"我不相信它们有任何价值。"他说。

"嘿，他的油漆罐在这里。"南希说。

他们仨仔细地看了看那只油漆罐，仿佛它能回答问题似的。但它什么也没有回答。这是一只普通的油漆罐，有一个铁丝把手便于携带，还有一只压入式盖子。它的标签上写着"家用油漆，白色，供室内或室外使用"。

"不知道这是不是同一条裂缝，一直延伸到山上。"迪克说，"每一块都指向相同的方向，都有很多杂草和松散的石头。如果我们能把杂物清除掉，也许就会发现它们是同一条裂缝。"

在那一刻，迪克已经非常接近真相了，但他们都不知道，而迪克很快就抛开了这个想法，他还在看从石缝中剥落的红色碎片。"他不可能真的对这些垃圾感兴趣。"

"知道了，"南希说，"我们是傻瓜、笨蛋，脑子进水的笨蛋。他当然不是，他只是在假装。他已经猜到石板瓦匠鲍勃告诉了我们却没有告诉他的东西。他到这上面来只是为了找个借口监视我们。他从这里可以看见高岗上的一切。就是这样。你们也知道，他是在我们开始勘探之后才来这里的。"

她突然停下来，看着约翰的脸，那张脸已经红得像熟透的西红柿。

"怎么了？"

她转过身去看他在盯着什么。

"软帽子"就站在五十米外的山坡上，背对着他们眺望远方，仿佛他不知道他们在那里。

南希张开了嘴。她手上还拿着这个陌生人的白漆罐。她急急忙忙地把它放回了她发现它的地方。

"我第一次看到他的时候，他正朝这边看。"约翰低声说，觉得自己好像在别人的花园里被当场抓住。

"我确定这只是铁。"迪克说，他刚才用他的小刀刮开了一点。

"别说了！"南希嘶吼道，"看！"

"我们问问他这是什么东西。"迪克说。

"不可以，"南希说，"我们得撤退。走吧，不要朝他那边看。"

迪克看了看约翰，不过约翰也一心要撤退，越快越好，而又不能是真的逃跑。毕竟，他们谁都不认识"软帽子"。即使他是竞争对手，正在寻找他们要找的黄金，但被他发现他们正在检查他的油漆罐、查看他曾用锤子敲打过的地方，也不是一件令人好受的事。妈妈是原住民中最友好、最善解人意的，但这件事并不能指望她会赞同。

他们不声不响地走下灰石堆，穿过高岗，向营地走去，没有匆匆忙忙，也没有磨磨蹭蹭。

他们没有回头看一眼灰石堆。"软帽子"可能一直看着他们，也可能没有，但约翰和南希都觉得他盯着他们的后背。迪克也有别的烦恼，他在想红土的事。不过他在路上就兴奋起来了。

"也许他自己也不知道那是什么。"他最后说。

"他只是用它作借口，在上面监视我们。"南希说，"那些白色漆块全是他的恶作剧。他的目的就是监视我们，他准备在我们发现黄金的那一刻跳出来强占我们的领土。我们过去看看是非常正确的，甚至连苏珊也会这么说。只是我不知道我们的侦察员在干什么，没有警告我们他要来。"

在高岗上走到半路，他们遇到了匆匆赶来的罗杰、佩吉、提提和桃乐茜。

"他说什么了吗？"桃乐茜问。

"发生了什么？"提提问。

"你们真是一群优秀的侦察员，"南希挖苦道，"让我们就那样当场被抓。你们为什么不发信号？"

"我们发了啊。"佩吉说。

"就像风车阵，"罗杰说，"好几个钟头在那里转，但根本没用，因为你们从来不看我们一眼。"

"我想我们不可能那样。"南希相当羞愧地说。

回到营地，苏珊已经为他们做了一大锅炒鸡蛋，她是一只接一只地往煎锅里打了十六只鸡蛋。他们开始协商。无论发生什么情况，每个人都要远离"软帽子"。苏珊对此非常坚定，而约翰和南希经历了上午的事情之后，几乎变得和苏珊一样本分。

"但他并没有真的说什么啊。"桃乐茜说。

"跟他说了一样糟糕。"约翰说。

"也许更糟。"苏珊说。

"或许我们应该停止勘探，除非他不在那里。"

"如果我们那样做，"南希说，"他就会知道，我们已经发现他敲敲打打的工作和刷的白色漆块只是为了掩饰他在观察我们，以便找出石板瓦匠鲍勃叫我们去找的地方。"

"南希说得对，"约翰船长说，"我们必须继续勘探，就像我们没有发现他一样。"

"我们确实是没发现。"迪克说。

吃完饭不久，索福克勒斯就被放走了。它捎去的消息没有提起任何有关"软帽子"的事：

　　新营地再好不过了。您只要尝尝我们的厨艺，我指的是苏珊。

落款处的那只骷髅头笑得很欢快，没有人能够猜到事情几乎到了非常尴尬的地步。

那天下午，勘探人员排成长队在高岗上认真搜寻，仿佛"软帽子"

不在他们上方的山坡上忙碌似的。而"软帽子"也在继续工作，仿佛时不时抬头看一眼他在干什么的勘探人员并不存在似的。他甚至又增加了一个白色漆块，就在第三个标记下方一点。他离开灰石堆，回家了，而那些勘探人员还在高岗上。看上去他好像并不关心他们可能在做什么。

现在不必下山去泰森农场吃饭，所以搜寻工作一直持续到黄昏。佩吉首先被派去取更多的牛奶。苏珊跟在她后面回去生火做饭。其他人继续工作，直到几乎看不见为止。

晚饭后，南希和约翰在地图上把他们的工作成果做了标记，用黑点表示他们发现的旧矿坑，用阴影表示已经梳理过的地带。当他们想起已经过了多少天的时候，阴影部分就显得非常小。

"你们知道吧，我们第一天做的比之后任何一天都多。"南希说。

"嗯，我们不得不安排人盯着他。"约翰说。

"而且还要挖井，转移营地。"南希说。

"我们还有多少天？"提提说。

"谁也不知道。"南希说，"不管怎样，我们明天一定要很早起床，我们要搜索差不多五百平方千米。"

"并头往前进？"罗杰说，"我不相信这有什么好的。排成一队走，我们永远也找不到的。它可能就在我们要离开的时候才会发现的地方。如果它真的在那里的话。"

"我们很清楚它就在那里。"南希说，"只要继续找下去，我们一定会找到它。如果我们开始到处乱跑，就可能会永远错过它。"

"软帽子"似乎并不知道他们在那里

第十九章

罗杰单干

"'软帽子'走了。"

"不是吧？"提提在白蜡树底下抬头看着南希船长，她正在高高的树枝上往外观望。

"他走了，"南希对着下面喊道，"他已经沿着马路离开了。我们将再次拥有高岗。"

提提跑回营地。

"南希说他已经走到了路上……"

"我们赶快吃早饭吧。"约翰说，他刚从泰森农场回来，带来了早餐牛奶。

不一会儿，南希从瞭望树的最后几米滑了下来，然后擦了擦她膝盖上的青苔。二十分钟后，他们八个人已经排成长队，开始了高岗上新一天的搜索工作。由于"软帽子"去了另一个方向，也许是沿着马路，绕过湖上游去里约，他们打算抓住机会，尽可能把他们能覆盖的地方都搜索一遍。

但是，由于这样或那样的原因，上午的工作比平时无聊。他们只发现了两个老矿坑，而且这两个都不像石板瓦匠鲍勃说的那种矿坑。两条坑道都处于破损状态，约翰和南希没有让年龄小的孩子们进去，提提的线团也没有派上用场。罗杰感到越来越无聊，甚至提提也开始为没有侦察工作可做而觉得遗憾。桃乐茜时不时懊悔地望向山坡上的白色漆块。

当一个故事没有了坏人，它会是什么样？只有迪克一个人高兴地挥舞着锤子，此时此刻，对他来说，除了各种各样的石头，其他什么都不重要。

中午，他们再次回到高岗附近，这是按计划进行的。他们在树荫下吃了午餐，有冷的干肉饼、苹果、果酱小圆面包，一人还喝了一瓶姜汁汽水（也就是格罗格酒）。他们很早就放飞了萨福，为的是让它有充足的时间回家。消息是乐观的，写着"一切顺利"。罗杰觉得这未免太乐观了，毕竟高岗上还有一大半区域有待搜索。

下午，他们又在另一片区域开始工作，一路搜寻到灰石堆脚下。这次多了一些趣味，因为他们要越过几道山脊，还要穿过高岗的小山谷和沟壑，他们在那里发现了石楠和灰色的岩石。尽管这似乎很有希望，但他们并没发现任何旧矿坑的影子。接近傍晚的时候，在向北搜索新地带之后，他们又开始返回、朝亚马孙河谷的方向搜索，罗杰几乎快要叛变了。

他们在高岗上还没走到一半的时候，他想出了一个不可告人的把戏。他在勘探队伍里左看右看，没有人像早上那样满怀希望了，而且队伍也不像以前那样整齐，有些人落在后头，有些人走得太快，他们慢慢地往家走去，队伍就在石楠、蕨丛和岩石之间扭来扭去。不过，他们还是一支队伍，罗杰心想，如果他从队伍一头走到另一头而不被发现的话，这将是一次很好的侦察实践。南希的眼睛最尖，幸运的是她在他的左侧，其余所有人都在他的右侧。他仔细看了看四周，有约翰、提提、桃乐茜、佩吉、迪克和苏珊。他还留意了可能会派上用场的东西，一块岩石，一条沟壑，最有用的是一大片欧洲蕨，就在他前面不到二十米的地方，一直延伸到高岗上，距离几乎和桃乐茜手脚并用攀爬过的那座岩架一样远。

罗杰在蕨丛边上等待着。没有人朝他这边看。机会来了。很好。有一条羊肠小道穿过蕨丛。罗杰又看了看四周，过一会儿，如果有人碰巧朝这边看，那他们什么也不会看到，除了蕨丛顶上轻微的颤动。

他从约翰和提提身后经过，然后扑倒在蕨丛边上，探出头来看了看桃乐茜会有什么反应。她就在离他很近的地方。罗杰一动不动地趴着。他差点就要在她面前走出来了，当时她本应该看见他的。她已经离开了岩石，正慢慢穿过一片空地，边走边大声说着话。或许她也对勘探有一点厌倦了。"逃犯看到机会来了，就躲进暮色里，悄无声息地在一石之遥……一箭之遥，不……触手可及的地方从敌人中间穿过。"在这一瞬间，罗杰以为桃乐茜已经发现了他，这样说话就是为了让他知道她清楚他在干什么。接着，他想起了《湖区逃犯》，突然明白了桃乐茜在和其他人一起勘探的同时也在忙着构思她这本书的一个章节。

从他潜伏的地方看不见其他任何人。他等桃乐茜走远一点，就低下身子，溜到她刚经过的岩石后面。在这里，他找到了一个很好的地方休息，从那里可以往外看其他人都在做什么。他还要等佩吉、迪克和苏珊经过。他想，一旦他离开这块岩石，进入石楠丛中，那就很容易了。那三个人都在努力探矿。他观察了他们好一阵。他们中没有一个人回头看过来，都在稳步向前走。

罗杰又仔细观察了桃乐茜、提提、约翰和南希。隆起的岩石正好挡在他和他们之间，几乎一直挡到石楠丛。他再次出发，穿过一段空地，然后低下身子喘口气，听动静。没事，佩吉没有看见他。她就在那里，

卖力地穿过蕨丛，匆忙赶往下一条多石地带，在那里可能有机会找到什么。罗杰又站了起来，悄悄前进了二十米，躲到一块岩石后面。然后是一个漫长的难堪阶段，他甚至不能安心地抬起头。他往前爬，肚子贴在干草地上。这是真正的潜行，比勘探有趣得多。他希望提提也能参与其中。嘿，迪克和苏珊在干吗？他们是不是发现了什么？他们停下来紧靠在一起，盯着一些石头看。烦死他们了。如果他们不往前走，而只是停留在一个地方，一个潜行的印第安人怎么可能从他们身后溜走呢？罗杰等待着。迪克和苏珊仍然没有动，罗杰的耐心耗尽了。当然，这是在冒很大的风险，可一旦他钻进石楠丛，就能设法从他们鼻子底下经过而不被发现。

他进入了石楠丛中，沿着一条古老的羊肠小道曲折行进。石楠已经开满紫色的花，几乎覆盖了这条小路，因此匍匐前行的罗杰不得不用力往前挤。绽开的花朵中不断响起蜜蜂的嗡嗡声。小路上一棵石楠扭曲的树根让他想起了他早已忘记的蝰蛇。好吧，想用棍子敲打一下也不行，因为他没有棍子，而且不管怎样，印第安人不能做的一件事就是弄出声响。罗杰下定决心，在没有弄清楚自己会不会把手放在一条沉睡的蛇身上之前，绝不把手伸向任何地方。

他没有遇到蛇，但他非常小心地在寻找蛇，以至于忘记了自己在潜行和其他的一切，当一只老松鸡在他面前不到一米的地方出现的时候，他吓得几乎叫出声来，就像突然撞上一口巨钟。那只老松鸡呼哧呼哧扑腾着翅膀，从石楠上飞过时仿佛大叫着"回去！回去！回去！"。与其说这是一只鸟发出的动静，不如说这是一场爆炸。罗杰吓了一跳，差点完全站起来,他费力地咬住牙关,又及时地趴到了地上。他听到了迪克的声音。"有个东西惊动了松鸡。你看见那是什么了吗?不会是条狗吧?"

迪克的声音听上去是从罗杰右前方一点的位置传来的。在这种晴朗无风的日子里,声音传得如此清晰。罗杰宁愿拿出一大块巧克力来弄清楚迪克在他前面多远。但他不敢把头抬到高出石楠。迪克已经注意到松鸡,那他一定在看这个地方。按照他一贯的做法,他应该走进石楠丛来看看是什么惊动了松鸡。现在唯一能做的就是在不碰到石楠的情况下赶紧走,并且希望这里没有更多的松鸡。

这条羊肠小道并不是笔直的,五分钟后,罗杰希望自己有一枚指南针。"至少,"他自言自语,"不止一枚指南针,还要有一台潜望镜,这样我就可以把它伸出石楠丛四处观察而不被人发现。"

接着,石楠丛突然到了尽头,匍匐前进的罗杰发现自己正看着荒原上的一片洼地。岩石从他身旁急剧往下延伸,一直到长满草的底部。在洼地另一边,岩石再次往上高耸。越过这片洼地,他可以看见远处的高岗边缘、"长城"以及秘密营地上方瞭望树顶上的枝桠。

响起了脚步声,还有人们在他身后不到二十米的石楠丛中穿行的响声。等着他们过来踩到他就不好办了。罗杰开始抓着石缝中的石楠向洼地底部爬去。其他勘探者随时有可能从上面俯瞰到他。下到半路的时候,他滑倒了。他摔倒时打了个滚,被一簇石楠挡住了,他发现自己挂在那里,离地面三十厘米。小石块哗啦啦地往下滚。他放开石楠,掉了下来,结果发现自己正对着一个黑乎乎的三角岩洞。这比他期望的任何事情都

要好。他蹲在洞口，抬起头来，看到的只有岩石和刚才挂住他的石楠。石楠已经恢复了原状。从上面往下看，没有人能看到他……

他走得真及时。

"你听见了吗？"迪克在问，"哎呀，这里又有一座那样的深谷。"

"这就是我们今天早上看到的那座，"苏珊说，"我们来过这里。我们已经往右走得太远了。都怪你把我叫过来看那些石头。你看，我们已经离佩吉太远了。往左走吧。再走一遍同样的路也没什么用。"

"是，遵命，长官。"那是迪克的声音，就在罗杰上方，他听见迪克以船员和一等水手的方式说话，不禁笑了起来。

他们正穿过石楠丛向左走，很快能看见整座深谷了。罗杰从短裤后面的口袋里掏出手电筒。就在他需要的时候发现的这个洞是一个什么样的洞呢？他把手电筒照向黑暗的洞里。他一眼就看出这是一个旧矿坑，而且是一个非常古老的矿坑。洞内有一条隧道，朝前几米就通向一个小山洞，它很像彼得·达克在燕子谷的山洞。它没有再往前延伸，这就是为什么今天上午没有人注意到它。大多数旧矿坑都容易被发现，因为它们外面有一堆东西，上面往往覆盖着草皮，但并不自然，那是用老矿工们从山洞里带出来的废料堆积而成的。这个旧矿坑几乎在一开始就被废弃了，一小堆废料散落在深谷底部，或者被用来搭羊圈。洞外面没有留下任何东西可以让人看出悬岩下面的这个入口不仅仅是一个黑影。

罗杰打着手电筒，在山洞中踮着脚尖走动。他在这里很安全。苏珊和迪克会直接走过去，不起任何疑心。没有人会猜到他是如何做到彻底消失的。他蹑手蹑脚地回到洞口听动静。

从左边很远的地方，他听到一声微弱的叫喊："啊嗬！"

"啊嗬！啊嗬！"苏珊和迪克回应道。没错，他们已经越过了深谷的尽头。那几声"啊嗬"并不是为了吸引罗杰注意。没有人发现他已经离开了，否则苏珊的喊声会是不同的音调。他们没有找到什么，否则迪克和佩吉的声音也会是不同的音调。这几声"啊嗬"是心灰意冷的勘探者们发出来的，只是在荒野上呼唤彼此而已。现在还没有必要暴露自己，否则他们认识不到他所做的事情是多么的出色。在别人还没有想起他的时候就出现是没有用的。

他回到山洞里，开始想办法要好好利用它。很可惜提提不在这里，不过，如果她在这里，这将既是他的发现，也是她的发现了。罗杰心想，现在正是时候，他应该开始独自去探索一些东西。他用手电筒照了照岩顶和碎裂的岩壁。几百年前，人们曾在这里工作过。罗杰想起了石板瓦匠鲍勃，他独自一人在矶鳕峭壁内干活。在这个离洞口只有几米远的洞里，很容易假装离洞口有八百米甚至更远。外面透进来一点亮光，这是在所难免的。"噢，好吧，"他喃喃自语，"那可能是来自拐角某个地方的一盏大灯。"总的来说，这倒是件好事，因为这让他省去了手电筒，而且他的眼睛逐渐适应了黑暗。既然他已经来到这里，那就去干点挖矿的活儿怎么样？石板瓦匠鲍勃并不只是坐在山的中间而不干活。罗杰掏出护目镜戴上，然后用他的锤子在洞壁上猛地敲了一记。响声比他想象的要大得多，尽管连岩石都没有碎裂。他们在外面会听到声音吗？他等了一两分钟，听着动静。接着他又敲了敲。然后，他打开手电筒，开始在洞

罗杰在山洞里

壁上寻找一个可能有机会砸掉一点石头的地方。光是敲打石头却没有什么反应，一点也不好玩。在山洞的最里面，他发现了一条裂缝，它并不完全是直上直下的，但也接近于直的。他左手拿着手电筒，右手握住锤子，狠狠一敲，一块岩石剥落了。

"这里没那么硬。"罗杰自言自语，然后又在裂缝上下敲了一两下。更多的石头掉了下来，"石板瓦匠鲍勃真强壮。"说着，罗杰继续敲打。小碎片从岩石上飞迸，掉落在他手边。他在第一条裂缝近旁看到了另一条裂缝。它是以前就在那里，还是刚才他敲出来的？这可是真正的采石。他在两条裂缝之间的岩石上敲打了一下，紧接着就一边尖叫一边往后退。一块拉丁文字典大小的岩石松动了。它掉下来的时候，罗杰跳开了，但随它一起掉下的一块较小的石头砸到了他的脚踝。

"噢！"罗杰说着弯腰揉了揉那个地方。

这就够了。他还是把采石工作留给石板瓦匠鲍勃吧。然后，他弯腰揉搓脚踝，用手电筒照着看有没有破皮，还好没有。就在这时，他突然从脚边的石头中看见一道闪光。

他扯下护目镜，想确认一下。这不可能，但是……他捡起一块岩石碎片，拿到洞口的阳光底下。他又回到洞里看了看刚才那块大石头掉下来的地方。他把手电筒举到那里，以便看得更清楚。他转身走出山洞，准备喊着去追赶高岗上的其他人。但还是算了，有足够的时间去找他们，毕竟他们还在高岗上拉网搜索……让他们等着吧……他的手电筒还有很多电。所有关于石板瓦匠鲍勃的想法都被抛到了脑后，罗杰一手拿手电筒，一手拿锤子，开始认真地干活。石头碎片溅到他的脸颊上。为了保

护眼睛，他又戴上了护目镜。其他一切都不重要了。在那里，就在他开凿的山洞里，有东西要被开采出来，或者说采金人罗杰·沃克就要知道其中的缘故了。

蝰蛇

第二十章

他怎么样了？

　　如果是在白天早些时候，那么就会有人马上注意到队伍中出现了一个缺口，其中一名勘探者失踪了。但是，这一天漫长而炎热，到了傍晚，甚至连南希也不像以前那么严格了。当有人发现某些东西时，其他人都跑去围观，看是什么，队形就这样一次又一次被打乱。从采矿的角度来看，始终没有什么值得关注的东西，于是勘探者们又再次散开，继续在高岗上搜寻，他们感到越来越沮丧。不管怎样，他们已经散开，没有特定的顺序，所以每次他们相邻的人都不一样。罗杰溜开躲起来的时候，他旁边是南希，可是当南希再次望向那边并呼唤约翰时，两人都没想到在他们中间应该有另一个人。天色渐晚，他们回到了亚马孙河谷上方的高岗边上，最后南希终于认为他们已经做得够多了，这时他们才发现事情不对劲。他们来到中午吃完饭扔下背包的地方，一个接一个动作僵硬地把手臂穿过背包带子，准备沿着荒原边上走回家。这堆背包越来越少，直到八只背包就只剩一只。

　　"喂！罗杰呢？"提提说。

　　"罗杰！"

　　"罗杰，啊嗬！"

　　"快点。不要躲着。我们要回家啦。"佩吉说。

　　"回去吃东西！"约翰喊道，"快点！"

　　然而岩石、石楠或蕨丛后面都没有冒出罗杰头发蓬乱的脑袋。根本

看不见他的影子。

"他刚才溜掉了。"约翰说。

"他有点厌倦了勘探。"苏珊说。

"可怜的罗杰。"约翰说着，算是跟南希道歉，"他总是急躁，你知道的……风一变弱，他就把船桨拿出来了。"

"我知道他去做什么了。"佩吉说，"我敢打赌，他已经到阿特金森家大门对面的蕨丛中侦察去了，看'软帽子'迈着大步回家。"

整天都没有看到"软帽子"在高岗上的身影。勘探者们一次又一次抬头看灰石堆上的白色漆块，期望看到他们的对手，并听听他的锤子发出的敲击声。除了吱吱喳喳飞过上空的一群野天鹅，还有偶然受惊吓之后会抗议的松鸡，他们可能是这片荒野上唯一有生命的东西了。从勘探的角度来看，这是件好事，但是，勘探并不成功，而且因为不再有新的发现，所以比以往更枯燥。尽管南希很有信心，但是勘探的希望越来越渺茫，他们几乎为"软帽子"没有出现而感到遗憾。不止罗杰一个人认为搞点侦察、潜伏、发信号会是一个愉快的改变。没有人觉得有什么好责备他的。

他们一起呼喊："罗杰，啊嗬——嗬——嗬嗬！"

没有人回答。

"我们中间隔着树林，他不会听到的。"约翰说。

"特别是如果他正舒服地倚靠在潜伏的地方。"佩吉说，"我去把他揪出来……"

"走吧，约翰，"南希说，"我们也去。他可能已经发现了'软帽子'

在玩什么把戏。来吧，苏珊，我们都去。"

但是他们在这个大热天里一直没歇脚，苏珊虽然已经够累了，可她知道他们又需要牛奶了，该轮到她去山下的农场了。约翰和两个亚马孙号船员一起在树林上方沿着高岗边缘小跑着，往下跑到邓代尔路时就消失不见了。

勘探人员的主力队伍刚刚到达"长城"，正要沿着山沟拐进树林时，看见他们回来了……有南希、约翰、佩吉……

"他们没有找到他。"桃乐茜说。

"他会在后面跟过来的。"苏珊说，但是就在这时，他们看见那三个人停了下来，听到他们再次朝夏天的夜空呼喊："罗杰，啊嗬!"

苏珊回头看了看高岗上连绵起伏的荒漠。

"真烦人，"她说，"他不应该在一天结束时开始玩把戏。"

他们等待着。

"他不在那边，"约翰说，"除非他是一头山羊。"

"我们直接去了阿特金森农场。"佩吉说。

"我们看了看'软帽子'。"南希说，"他已经回去了，我们看见他坐在花园的长椅上点燃了他的烟斗。"

"但是罗杰呢?"苏珊说。

"可能回营地了。"

提提、桃乐茜和迪克一起跑下山沟，经过荆棘丛，然后跑进灌木丛，再经过提提的水井，进入营地。

"嘿! 罗杰!"提提大喊道。

"他可能在逗鸽子玩呢。"桃乐茜说。

"他不在,"迪克说,"我先去那边看过了。"

"他不在他的帐篷里。"提提说。

"我知道他干了什么。"桃乐茜说,这时苏珊和其他人进了营地,"他跑到山下去找泰森太太要牛奶了。"

"他确实说过他有一天会去的。"提提说。

"哦,那好吧。"苏珊松了一口气说,然后,过了一会儿,她又说:"他没有拿牛奶罐。"

"正好像罗杰会干的事,"南希说,"泰森太太会再借给他一只的。"

"我要下去接他。"苏珊说,"听着,佩吉,你继续准备晚饭吧。已经非常晚了。"

"油煎'炮弹丸子'。"佩吉说,"如果你下去找罗杰,也来得及做。"

"约翰,帮她绞一下肉。"苏珊说着,拿起牛奶罐,急急忙忙走进树林。

油煎"炮弹丸子"是一种改良的干肉饼。趁着南希拨火的时候,约翰打开了一听咸牛肉罐头,而佩吉则用一种虔诚的态度组装苏珊的绞肉机。咸牛肉、几只洋葱和一些由节俭的厨师们省下来的过期面包统统被放进了机器里,然后在一只布丁碗里与一只生鸡蛋和早上剩下的一点牛奶搅拌在一起。碰巧提提和桃乐茜的手最干净,于是由她们把搅拌物搓成丸子。黄油在煎锅里融化了,然后他们在靠近火焰的地方熟练转动锅,这样"炮弹丸子"的每一面都有机会被煎成金黄色。做这件事会很热,勘探者们轮流上阵,那些在一旁休息的人都焦急地看着正在负责掌勺的人，因为一不小心，或者手腕一扭，就会把八只丸子全部送进火中。

丸子快要煎好的时候，他们听到苏珊在下方的树林里呼喊"罗杰"。

他们惊恐地互相看了看。

"不过他能去哪里啊？"南希几乎生气地说。

不一会儿，苏珊提着牛奶罐气喘吁吁地走进营地。她以最快的速度出了山谷，爬上陡峭的小路。他们一眼就看出她非常担心。

"泰森太太根本没见过他。"她说。她几乎要说不出话来，"他一定还在高岗上……或别的什么地方……他可能已经离开了，像去年那样扭伤了脚踝……他可能走进了一个老矿坑……罗杰！"她拼命地喊了起来，"快回来，吃晚饭了。没有人生你的气！"

"他可能困在矿井里了，"桃乐茜瞪大眼睛说，"大喊大叫，也没有人应答。"她一半是怜悯罗杰，一半是对他可能陷人的困境感到刺激害怕。

"要饿死了。"提提说，眼里含着泪水，这一次，没有人因为想到罗杰挨饿而发笑。

"再过几分钟，天就漆黑了。"苏珊说。

"来吧，约翰，"南希说着，重新镇静下来，"时间不多了。没有别的办法，我们必须再到上面去找他。迪克、提提和桃乐茜留在营地里。我们四个人去找他。最好带着灯。那根登山绳在哪里……"

就在这时，一道淡红色的微光在林间若隐若现，那是一支即将熄灭的手电筒，接着罗杰走进了营地。

对他的怜悯和担心一瞬间就消失了。

"可怜的小傻瓜。"约翰说。

"你去哪里了?"苏珊说。

"嘿,"罗杰说,他看到了佩吉手中的煎锅,"'炮弹丸子'。我很高兴我没有迟到。"

"真见鬼!"南希说,"如果你是我船上的水手……或是一等水手……"

他慢慢地向他们走去,一只手放在背后。

"你的手怎么了?"苏珊说。

"没什么。"罗杰说。

"你为什么把它藏起来?"

"我手里有个东西。"罗杰说。

他面对愤愤不平的伙伴们把一大块白色石英拿了出来。

"金子。"他脱口而出,"你们看一看就知道了。"

南希一把抓住那块石头。

"反面。"罗杰说。

"天哪!"南希说,"嗨!约翰,看看这个。迪克呢?快来,'教授'!它到底是不是?"

每个人都挤了过来。头啊,肩膀啊,都撞到了一起。南希把石头给了约翰。

"快点,迪克。"约翰说。

迪克扶正他的眼镜。他的手有点颤抖,因为约翰把那块石英推到了他们面前。

现在每个人都瞥见了那块白色的闪着亮光的石头上的裂缝、裂缝中的褐色泥土，以及泥土里和裂缝两边闪亮的黄色斑点。

"它肯定就是。"桃乐茜大叫道。

"它当然就是。"提提说。

"它的颜色是对的。""教授"说。

"太棒了！"佩吉说，"我们终于成功了。"

"是啊，不过是在什么地方发现的？"南希叫道，"快点，我们还是需要这些灯。我们必须在'软帽子'发现它之前去立界标。"

"我在黑暗中找不到那里的路。"罗杰盯着"炮弹丸子"说。

南希脸色一沉。

"没事的。"约翰说，"没有月亮，'软帽子'也找不到它。"

"他们得吃晚饭了。"苏珊说。

"哦，好吧。"南希遗憾地说。不过，即使是她也明白，摸黑在高岗上东奔西撞是不行的。她放弃了这个想法，"'软帽子'也要吃晚饭了……不过可不是庆祝的盛宴。来吧。那些'炮弹丸子'已经熟了，水也烧开了，我们开饭吧。把杯子倒满！噢，干得好，罗杰！"

罗杰咧嘴一笑，但有点怀疑地看着苏珊。

两分钟后，他们就开始吃晚饭了。夜幕降临，他们都守在营地里，一边咬着"炮弹丸子"，一边问东问西。罗杰嚼着丸子回答，但并没有说太多。

"不过它到底在哪里？"南希问道。

罗杰吃完了嘴里的东西才说话，他礼貌的口气几乎让人发疯。他需

要时间考虑考虑。他已经找到了那个地方，明天他就带他们去看，但他不打算告诉他们确切的位置，让他们都抢在他前面冲进去。

"走一小段路之后就往右拐，"他说，"然后是一丛枯草，再往左走一点，再直走一点，再向右走一点，然后先往上走，再往下走，你就离开了左边的一片蕨丛和右边的一块褐色岩石……"

"噢，闭嘴吧，罗杰，"约翰说，"别装傻了。"

"好吧，是她问我的。"罗杰说着，又咬了一大口丸子。

"不过那里有很多，还是只有这一点？"苏珊说。

"是一个老矿坑吗？"

"那里有石楠吗？"

当罗杰可以再次张开嘴说话时，他告诉他们金子正是在石板瓦匠鲍勃描述的那种老矿坑里面，那里有石楠，而且在掉出第一块石头的地方还有很多金子。

提提一边听着他讲话，一边注视着他。

"没问题了，"她最后说，"他真的找到了它。好样的罗杰。"

他不愿意多说，但这已经足够了。他们继续吃晚饭，填饱了肚子，对所发生的事情的认识越来越深。在他们上方的某个地方，在那漆黑的夜里……在他们搜寻了那么久的荒野上……毕竟有金子在等着他们……嘴里还塞满食物的罗杰就坐在那里，他已经见过它、摸过它，还带回来一些，并且知道它在什么地方。他们不停地从火堆旁站起又坐下。那块石英从一只手传到另一只手。迪克塞进最后一口丸子，钻进帐篷去拿那本冶金学的书。桃乐茜这一次把《湖区逃犯》抛到脑后，自言自语起来。

“在甲板上走来走去，”她喃喃地说，“走来走去……走来走去……”

“愁死人了，”提提说，“要是我们知道他的船名就可以给他发电报了……或者，想想看，要是有一只鸽子带着消息停在桅杆上……”

甚至连约翰都难以保持冷静了。

南希在黑暗中跺着脚走来走去，杯子里的茶都溅了出来，她边走边自言自语：“真见鬼！终于成功了！我的天哪！天啊！大啊！四万万枚古银币啊！”

“如果不注意的话，你的头发就会烧着，”苏珊说，“当心……迪克！”

而迪克一开始没有听到她在说什么，只是从火焰跟前向后移了一点，借着营火闪烁的光仍在阅读菲利普斯关于黄金的文章。他先是看看书，上面的字母像在他眼前跳舞，然后又看看白色石英上那些闪闪发光的斑点。

“大家去睡觉吧！”南希突然喊道，“现在，马上。天一亮，我们就得把我们的界标立起来。”

第二十一章

立下界标

"起床了，我的宝贝们！"

南希用一声欢快的喊声唤醒了整座营地。勘探者们都元气满满。等她拿着牛奶罐在去泰森农场的路上走到一半时，大家都醒了，并忙活起来。她几乎是在牛奶送来之前就到了牛奶场门口，这让泰森太太颇感吃惊。当她回到营地，所有的人都洗了脸，刷了牙，整理了床铺，收拾了帐篷。水已经烧开。这顿早饭是他们吃得最快的一餐。他们甚至用冷水来冷却茶水，因为太烫了，不能喝。佩吉带着她的苹果爬上白蜡树，然后报告说："软帽子"一定还在床上。约翰在吃东西的空隙，削了一根结实的木棒。如果要立界标，那最好把东西准备好。不要认为高岗上有树枝可以砍。南希看了他一会儿，然后说："我们需要一张大小适中的纸。"桃乐茜又钻回她的帐篷，拿出一本笔记本。

"这个可以吗？"她问。

南希看了看，只见封面上印着"湖区逃犯"。

"不要紧，"桃乐茜说，"这一卷里还没写什么东西。"

"听着，桃乐茜，"南希说，"我们会在里约给你另外买一本……"然后她又犹豫了一下。毕竟，罗杰是个不靠谱的家伙。

"现在我不会撕掉任何一页，"她说，"但是要把它带过去，以备不时之需。"

今天，连苏珊都准备推迟洗碗，接着整支探险队就出发穿越高岗。

放哨

　　这一次，罗杰成了领队，但他是队伍中最不着急的那个人。其他人一直围着他转，仿佛离他越近，他们就能越快亲眼看到那个地方。

　　"你现在能看到它吗？"南希问。

　　"它就在那些岩石后面。"

　　"哪些岩石？"

　　"那些。"

　　"但这里到处都是岩石。"

　　"它就在我看着的那些岩石后面。"

　　"噢，继续，罗杰，"提提说，"就告诉我们该找什么东西吧。"

　　"在我们到达那里之前，没什么好看的。"罗杰说，他还是按照自己的节奏稳步走着。

　　不一会儿，他走得慢了一点，然后停了下来，环顾四周。

　　"别说你去过，又忘了它在哪里。"佩吉说。

　　罗杰咧嘴一笑。

　　"别装傻了。"约翰说。他和提提都看到了他这个不怀好意的笑容，知道罗杰故意让佩吉上当，而佩吉真的上当了。

　　"嗯，我可能忘了，"罗杰说，"在我回家以前，天已经很黑了。"

　　他们继续走在那片起伏不平、布满岩石的土地上，对他们所有人来说，这里已经在一夜间发生了变化。它不再是一片需要大家一字排开进行长时间艰苦搜索的荒野了。罗杰放弃当搜寻队伍里的一员、开始自己单干的时候，他就几乎对这种搜索心生厌恶了。今天对他来说甚至完全不同了。金子找到了，而且是他找到的。谁也不用去做搜索工作了，他

们唯一要做的就是收集金块。还是有更多要做的事？

其他人一边走一边盘问迪克，而迪克正把冶金学书上的一段指给南希看。

"研磨和淘洗。"她说，"不管怎样，我们必须这样做，以获得金子。好在我们带来了弗林特船长的研磨器。"

"即使这样，也不会得到一块金锭。"

"是天然金块。"提提说。

"当然不是，"南希说，"是金粉。"

"然后呢？"

"石板瓦匠鲍勃会告诉我们怎样把它做成金锭。我们必须至少为弗林特船长准备好一块。"

"我们可以给他做一对金耳环，"提提说，"就像《蟹岛寻宝》里的黑杰克那样。"

"他绝不会戴的。"佩吉怀疑地说。

"那就做一只闪亮的大金球挂在他的表链上。"南希说。

"也足够给蒂莫西做一只金项圈了。"桃乐茜说。

大家突然陷入一种伤感的沉默。

"如果它没死的话。"佩吉最后说了出来。

"那封电报已经来了好几个星期了。"南希面无表情地说，接着，她突然摆脱了暂时的低落情绪，"噢，好吧，如果它死了，它可能已经死了好多年了，而且已经沉入海底。"

"身上还裹着英国国旗。"桃乐茜说。

"经历了天翻地覆的变化，"提提喃喃地说，"有趣又罕见的……可能变成了珊瑚……"

"不管怎样，我们无能为力。"南希说，"金子会让吉姆舅舅感到一点安慰，或者说应该会的……虽然你可能会非常喜欢犰狳这样的东西……噢，天啊……真没办法。嘿，罗杰，现在还有多远？"

"快到了。"罗杰说。

"但我们已经把这里找遍了啊。"

"我知道。"罗杰说。

一两分钟后，他停了下来，向下面那座狭窄的小溪谷看去。

"可是我们已经来过这里了。"约翰说。

"我告诉过你们，"罗杰说，"但它就在这里。"

"这就是你说的像燕子谷的地方。"桃乐茜对提提说。

"确实如此。"提提说，"只是这里没有小溪，也没有山洞。"

"这里其实有一个山洞。"罗杰说。

他第一眼看到时，几乎怀疑是否真的是这个地方。一瞬间，他有了一阵短暂的恐慌，担心自己把他们带到了错误的山谷，担心自己找到了山洞，结果却失去了它。这时，他看到了自己滑下去的地方，看到了滑到一半挡住他的石楠，看到了石楠下面的黑影。

"就是这里。"他说。

"不过是在哪里？"南希说。

"别装傻了，"约翰说，"它到底在哪里？"

罗杰往下爬进了溪谷。他想四处逛逛，看看他们要花多长时间才能

找到那个山洞，但又觉得这样并不安全。南希已经等得够久了。于是，他径直穿过山谷，还没走到一半，其他人就已经看到了。大家都很着急。约翰和南希挤进了洞里。

"在那里面吗？"佩吉说。

"罗杰，你没进去？"苏珊说。

"真幸运，我进去了。"罗杰说。

"看！迪克捡到了一块。"桃乐茜说。

"一定是我出来的时候掉的。"罗杰说。

"快点，苏珊。"佩吉说。

"噢，听我说，"罗杰说，"要公平，是我发现了它。"说完，他跟在苏珊后面冲进洞里。

矿工们很久以前留下的这个山洞，现在看起来小多了，八个勘探者挤在里面，七支手电筒发出的明亮圆形光斑投射在粗凿成的洞壁和洞顶上。对罗杰来说，前一天独自一人在里面时，这个洞还显得相当大，只有一支手电筒，每次只能照亮其中的一小部分地方。

"这是我们见过的所有矿坑里最小的一个。"佩吉说。

"只要它是对的那个。"南希说，"不过，罗杰，那种石英在哪里？"

"也许只有那一点。"约翰说。

"你得用锤子来敲打。"罗杰说，"在我敲打之前，我没有看到任何石英。"

一支又一支手电筒照向他指着的岩壁。顿时响起一片叫声。岩壁下的地面上有石英碎屑和一两块灰色的石头，他们可以看到碎片上方有两

251

块岩石从侧面挤压在一起，中间夹着一层薄薄的石英，好像形成了一块
"三明治"。中间的裂缝几乎是直上直下的，石英在手电筒的照耀下闪着
白光，边上还泛有黄金的光泽。

"我的天啊，"南希说，"他确实找到了它。注意点，约翰，小心地用
锤子。我们来好好敲打它吧。"

他们沿着狭窄的矿脉上上下下敲打，幸好没有人受伤。石头和石英
的碎片向四面八方飞溅。

"千万要小心，"苏珊说，"戴上护目镜……防止小碎片飞进谁的眼
睛里！"

"我的鼻子。"罗杰说。

"对不起。"佩吉说。

"几乎每一块上都有金子。"桃乐茜说。

"石英是非常硬的石头。"提提说。

"佩吉的胳膊肘也很硬。"罗杰说着，轻轻地摸他的鼻子，"没有破，"
他承认，"但它很容易就破了。"

"听我说，"约翰又敲了几分钟之后说，"这是在浪费时间。我们应该
使用炸药。"

"哦，好的。"罗杰说。

"弗林特船长有一些火药。"佩吉说。

但是这一次，南希并不赞成走极端。

"弗林特船长会来爆破，"她说，"他一定很喜欢。我们也都会帮
忙。但在他来之前，我们最好别把精力浪费在爆破上。这能把他留在家

里呢。他不喜欢我们在他的船屋顶上放烟花，但是他和其他人一样喜欢爆破……"

苏珊松了一口气。"放烟花很好，"她说，"但炸药……"

约翰有一点失望。

"我们不需要它，"南希说，"我们留给他的爆破工作越多，他就会越高兴。我们所要做的就是让他知道有什么东西值得爆破……"

"他一看到这个，"佩吉说，"就没什么能阻拦他的了。"

"噢，光敲敲打打不行啊，"约翰说，"浪费时间。我们要用凿子……还有研磨和淘洗怎么办？"

"我们需要一只桶来装水，"迪克说，"还要用一样很浅的东西来淘洗。"

"煎锅就是这样的东西。"南希说。

"我去泰森农场借凿子。"约翰说。

"一只水桶……研磨器……煎锅……不要再浪费一分钟了。"南希说。

他们赶紧跑出去来到山谷里，扯下护目镜，在阳光下眨眼，比较不同石英碎片上闪着金光的斑点。

"谁上去侦察一下。"南希说。

罗杰已经爬了上去，正好停在他们的头顶上方，一只脚还在空中踢了一下。

"他看到了'软帽子'。"提提说。

"他刚爬上灰石堆。"罗杰嗓音沙哑地低声说。

"假装的，"提提说，"然后等我们一走，他就会侵占我们的地盘。"

"天哪，"南希说，"我们还没有竖立界标。桃乐茜，我们得用那张纸。"她从口袋里掏出她的蓝色铅笔。

桃乐茜从她的笔记本上撕下一页。"你不把本子垫在下面写吗？"她说。

罗杰滑下来看。

南希把笔记本按在岩石上，写下几个大字：

S.A.D. 矿业公司

"这是什么意思？"罗杰说。

"燕子号、亚马孙号和迪克逊矿业公司，你这个小笨蛋。"

"但为什么要伤心 ① 呢？"罗杰问着，匆匆跳到了一边。

南希笑着把那张纸揉成一团。

"对不起，桃乐茜，"她说，"我得再用一张，以防有更多的傻瓜。"

在第二张纸上，她写了"S.A.D.M.C"，然后等着，蓝色铅笔停在半空。

"闯入者将被起诉。"罗杰喃喃道。

"问题不是闯入者，"提提说，"而是侵占者。如果'软帽子'试图侵占我们的地盘……"

"我们完全可以杀了他。"南希说。

---

① 英语"sad"意为伤心。

"好吧，我们就这么写。"罗杰说。

但是约翰和苏珊都反对。

"拿自己做不到的事情去威胁别人是没有用的。"约翰说。

"不要把我们要做的说出去。"苏珊说。

"'保留所有权利'怎么样？"桃乐茜建议道。

但是南希又挥舞起蓝色铅笔刷刷写字。

"这个怎么样？"她最后说，并举起了她写好的告示：

```
S.A.D.M.C.
拥有此峡谷主权
侵占者当心！

     ☠

S.A.D.M.C. 之令
```

"非常好，"约翰说，"我们不想让一般的正派人担心，只想警告侵占者。没有人会知道这是什么意思，除非他是我们想要吓跑的人。而且他不知道他究竟会遇到什么事。这比说他会被绞死什么的要好得多……"

"比死更糟糕的事情。"桃乐茜津津有味地玩味着这句话。

"只要他认为那是很不愉快的事情就可以。"提提说。

约翰开始用木桩的尖头在地上挖洞。

"别在那里，"南希说，"太近了。我们已经宣称拥有整座峡谷。即使他真的来窥探，也没必要向他指明到我们矿坑的路。他可能永远发现不了它。你们也知道，我们自己第一次就没有发现它。"

255

约翰用一块石头把木桩打入小峡谷中间的地面，然后用小刀劈开木桩的顶部，把告示塞了进去。

"为黄金谷欢呼三声吧！"南希说，"不要太大声……现在就去拿东西吧。没有必要大家都去。一等水手们留守。我们去用小推车运东西。"

船长和大副们爬上黄金谷的一侧离开了。

"我就想看看他是怎么讲研磨工作的。"迪克说着，就安下心来疯狂地研究《菲利普斯论金属》。

"我们再去弄点金子吧。"桃乐茜说。

提提和罗杰跟着她回到矿坑里。

"天哪，"提提说，"你能找到它，真是太幸运了。"

"不管怎样，再也不用地毯式搜寻了。"罗杰说。

第二十二章

研磨和淘洗

一队勘探人员满载着工具从营地回来了。约翰抬着满满一桶水，在高岗崎岖不平的地面行走，很难不把水溅出来。他用空闲的手把肩上的杆子扶稳。南希在杆子的另一头抬着一盏大防风灯。弗林特船长那套沉重的研杵和研钵就挂在杆子正中。佩吉摇摇晃晃地走着，带了一口洗得干干净净的煎锅和一只装有八瓶姜汁汽水的背包。约翰已经去过农场，从罗宾·泰森那里借了一把大冷凿。苏珊带着水壶和背包，里面装满了当天的食物，有一大堆三明治和苹果，三明治里夹着一层厚厚的罐头肉。

"你们刚才应该看到南希船长清洗煎锅了吧。"一等水手佩吉在峡谷里遇到他们的时候说。

"不会是南希。"提提说。

"必须把它洗干净。"南希说。提提明白了南希为什么突然对洗锅有了兴趣。用来淘金的锅和只用于炒鸡蛋的锅是完全不同的。

"我们又弄到了一点金子，"罗杰说，"但是只有一把锤子是做不了什么的。"

"我们用凿子来凿吧。"约翰说。

防风灯就挂在一只古老的铁挂钩上，那是很久以前矿工们留在洞里的岩石上的，被铁锈腐蚀得还没有一根钉子粗。约翰戴着护目镜，用锤子和凿子在矿脉上工作。南希也戴着护目镜，坐在门外的一块石头上，

用研杵和研钵进行碎石。她在研钵底部放了一大块石英。她试过一种又一种研捣的方法，发现最好的就是最简单的。她双手握住研杵，抬起二到五厘米，然后砸向研钵底部的石英，研钵放置在她膝盖之间的地上。抬起，放下。抬起，放下。砰……砰……砰。

"它正在破开。"迪克说。

"越来越小了。"提提说。

"让我试试。"罗杰说。

砰……砰……砰……不是南希喜欢的那种雷鸣般的巨响，是沉闷的砰砰声。一下，一下，又一下。

"也许一百年前，"桃乐茜说，"有人就坐在那块石头上干着同样的事情。"

"嘿，"罗杰说，"谁发现了金子？你应该让我干一些碎石的活儿。"

南希的嘴唇现在紧紧地抿着，她越来越热了。

"你想试的话，就试试吧，"她终于开口说，"两分半钟……别以为你能多坚持一秒。"

"我要一直把它碾成粉末。"罗杰说。

"必须是非常细的粉末，"迪克说，"细到几乎可以浮起来……"

"来吧，试一试。"南希说。

"你帮我计时，迪克。"罗杰说着，戴上护目镜，坐到南希的位置上。

捣了第二还是第三下时，他看起来有点吃惊的样子。

"这很容易啊。"他说，但听起来不像是真的。

"半分钟了。"迪克看了看手表说。

"噢，听我说，"罗杰说，"肯定比半分钟要长吧。"

"你说话的时候不要停下。"南希说。

"可他说只过去了半分钟……"罗杰咬紧牙关，继续工作……抬起沉重的研杵，再砸下去。抬起，放下。抬起，放下。砰。砰。砰。

"一分钟了。"迪克说。

"还有一分半钟。"南希说。

"坚持住，罗杰，"提提说，"你差不多又做了半分钟。"

罗杰试着不捣得那么快了。

"一分半钟。"迪克说。

"还有一分钟。"提提说。

罗杰涨红着脸继续捣。砰。砰。砰。

"好样的，罗杰，"南希说，"我真的没想到你能坚持这么久。"

"两分钟了。"迪克说。

罗杰的眼睛在护目镜后面鼓了起来，但是他的脸上开始露出淡淡的

笑容。他有能力干这个活儿。砰……砰……砰……他加快了速度。砰。砰。砰。他看着迪克。砰。砰。砰。砰……

"两分半钟。"迪克说，接着罗杰就放下研杵，从坐着的石头上滚下来，躺在地上气喘吁吁。

"轮到下一位了。"他用仅剩的一口气说。

"你做得非常好。"南希说。

之后，迪克、提提和桃乐茜轮流研捣。后来，约翰从矿里带出了一些更好的石英块，上面有相当大的斑点在阳光下闪着金光。

"先别把它们放进去，"迪克说，"我们把一批真正捣细了去淘洗。"

"这要花很长时间。"南希说。

约翰接过研捣的活儿，一开始还在说话，但很快就一声不响地专注于干活了。

"已经变得很细了。"几分钟后，罗杰看着研钵说。

"当心，罗杰!"苏珊说。

"那一小块确实击中了我的额头。"罗杰说。

"它可能会伤到你的眼睛。你不应该摘下你的护目镜。"

"不要把你的鼻子凑过来。"约翰说，"给你，苏珊，你来试试吧。需要多细啊，'教授'?"

"书上没有讲，"迪克说，"但也不可能太细。这完全取决于重力，黄金比石头重。我们必须把它变成颗粒，然后，当我们进行淘洗时，金子的颗粒就会沉到底部。如果颗粒不是很细，它们就会全部沉到水底，而不会有较轻的浮在水面。"

"这一批差不多快完成了。"在每个人都提起沉重的研杵捣过第二遍之后，南希说道。研钵底部没有剩下块状物，只有细小的粉末，似乎颜色越来越淡，冒出一缕缕灰色的烟雾绕着研杵旋转。

"我们试试淘洗吧，"约翰说，"不妨看看它到底有没有用。"

"我们是把水倒在粉末上，还是反过来？"南希说。

"先倒水。"迪克说，"一般有一台机器让水保持运转。"

"我们自己来让它运转。"约翰说，"注意，南希，不要把煎锅里的水装得太满。"

提提、桃乐茜和佩吉出来时正好看到淘洗开始了。约翰端着装了一半水的煎锅。南希从研钵底部抓起一撮细粉末丢在水面上，它很快就散开了。

"好，很好，"迪克说，"够细了。现在就转起来。"

约翰开始快速转动手里的煎锅，里面的水泛起了小小的尖角波浪。"噢，对不起。"他说，"不溅起水花，真是太难了。"

"有什么东西往水底沉吗？"南希很想看看发生了什么，但不可能看到，因为煎锅一直在约翰手上不停地转动。

"现在金子不是应该往下沉了吗？"约翰说。

迪克在翻书，他找到了相应的内容。"它没说要花多长时间，"他说，"但不管怎样，他们用一股水流冲掉了所有轻的东西，把金子留了下来。我认为你应该把上面的东西倒掉……"

"这就意味着要用大量的水。"苏珊说。

"如果我们有一只空罐子，就可以把它倒进罐子里，让那些东西沉

约翰开始快速转动手里的煎锅

淀，然后再用水冲。"迪克说。

"不管怎么说，这一批就这样吧。"南希说，"把它扔掉，让我们看看金子。"

"小心点，"佩吉说，"不要让它把金子也冲走了。"

约翰让脏水和仍在水面的浮渣从锅边流走。大家都挤过来看剩下的是什么。

"不过全部都流走了。"罗杰说着，转头看了看地上的灰色小水坑。

"不，还没有，"南希说，"你可以看见它的光芒。"

煎锅底部确实有一些东西。

"再倒点水。"约翰说。

苏珊倒了一些水进去。约翰把这些水在煎锅里转了一圈，这样剩在里面的粉末就聚集在了一起。他把锅往上一颠，又晃动起来。

"现在试试。"南希说。

约翰把水倒掉。在煎锅的一边确实剩下了一些东西。

"可能只是因为它是湿的，所以才发光。"提提说，她想起了很久以前在野猫岛潜水找到的珍珠，那些闪闪发光的浅色珠宝一旦在太阳下晒干，就变成了暗淡的鹅卵石。

"这是真东西。"南希船长说，"反正在太阳底下一晒就干了。"

"把它铺在一张纸上。"苏珊说。

"谁有纸？"南希说。

《湖区逃犯》的空白卷又被撕掉了一页。他们用刀尖把闪着金光的沉淀物抹在了纸上。

"我认为我们应该把这一批东西再洗一遍。"迪克说。

"哎呀，"南希说，"不行。如果再洗一遍，根本就不会有任何剩余的东西了。"

研捣和淘洗是比任何人预期的都要艰苦得多的工作。轮流使用大铁杵的时间越来越短。对罗杰、迪克、提提和桃乐茜来说，每次一分钟就足够了，但每一分钟都有助于使其他人疲劳的肌肉得到休息。迪克建议把第一撮金粉拿给石板瓦匠鲍勃看，但是得益于罗宾·泰森的冷凿和锤子，现在石英的开采进行得非常顺利，在他们弄到一袋值得一看的金子之前，不去研捣和淘洗，似乎是一种遗憾。

他们休息了一下，吃了饭，爬上峡谷的一侧，用望远镜看了看，发现"软帽子"就在他们上方的山坡上，正坐在一块岩石上，也在休息。吃过饭，喝了格罗格酒，（"这些瓶子唯一的缺点就是，"罗杰说，"容积不够大"。）他们想起了那只要飞回贝克福特的鸽子。

"如果她听说我们找到了金子，她会怎么说？"佩吉说。

"真希望我们有密码。"南希说，"不过指望她读懂一幅信号图是没有用的，她正忙着跟壁纸工和粉刷匠们打交道。而且，不管怎么说，还需要花很长时间画出来呢。"

桃乐茜疑惑了好一会儿。

"密码，"提提说，"是为了防止别人拿到信。"

"可能会有人把这只鸽子射下来。"罗杰说。

"'软帽子'某个可怕的同伙。"提提说。

"我们写的东西只能让她明白，其他人都看不懂。"南希说。她从铺

265

着那一小堆金粉的纸上小心翼翼地撕下一窄条。她把迪克借给她的铅笔放在嘴里吮吸了一会儿，然后写了起来。"这样可以吗？"她说，"'罗杰发现了它。有很多很多。'"

"但其实并没有多少啊。"迪克说。

"不是指已经淘好的。"南希说，"但是会有很多的。瞧瞧那些等待粉碎的石块，不管谁都可以看出我们可以一直开采下去。"最后她草草地写上"来自 S.A.D.M.C 的爱"，并照例画上了海盗的标志，只是这回骷髅头咧着大嘴笑。

"谁去把它送走？"她问。

"我去吧，"罗杰说，"我还要带上水壶再去打点水。"

"你不想再捣石头了？"

"等一会儿吧，"罗杰说，"不过我认为应该先把鸽子放走。来吧，迪克，我们一起去。"

但是迪克过于担心他们淘金的方法是否正确，没有心思去想别的事。提提、桃乐茜和罗杰一起回到营地，荷马独自待在大笼子里，等着轮到它起飞。

提提抓住它，轻轻地握在手上，罗杰把字条塞到它腿上的橡胶圈下面。他们把它放进一只小旅行篮里，带它到高岗上，这样它起飞就会很利落。罗杰用双手捧住它。

"这是你捎去的最好的消息。"桃乐茜说。

"好了。"提提说，接着罗杰把它抛向空中。

鸽子飞过高岗很远才开始提升高度。然后，它在空中转了一个大圈，

又飞回他们的头顶上空，越飞越高。

"嘿，"罗杰说，"还有一只鸽子……飞得更高一点。"

"罗杰，"提提大叫，"那是一只老鹰！"

他们都能看到，明亮耀眼的天空中有一个小斑点，比飞翔着的荷马还要高很多。一个小黑点正在下降，下降，越来越近……盘旋……再次下降，而鸽子荷马则往上飞着去迎接它。

"荷马！荷马！那是一只老鹰！"罗杰大喊。

"它会抓住荷马！"提提叫道。

"它可能是'软帽子'的一只鹰。它戴着头罩，故意停在戴着手套的手腕上，"桃乐茜说，"然后'软帽子'放飞它来攻击我们的荷马。"

"我们不能做点什么吗？"提提说，"嘿！嘿！"她一边喊一边疯狂挥舞手臂吓唬那只鹰。

不过就在这时，荷马似乎发现了它面临的危险。它不再往上飞，而是又往下降，以奇怪的"之"字形飞着。老鹰突然像一块石头那样砸下去。

"它抓住它了！"提提呜咽地说。

"没抓住，"罗杰喊道，"躲得好。"

老鹰再次升高，就在鸽子上方飞着，鸽子现在离地面不远了。这两只鸟紧靠在一起。老鹰俯冲下去，荷马好像在空中侧滑了一下，很快就一头扎进林子的绿色树梢里。

"干得好！"罗杰叫喊道。

"可是老鹰已经去追它了。"提提说。

"它没抓住它。"罗杰说,"看!"

他们看见那只鹰又升到林子上方,盘旋了一阵子,最后终于离开了,向上飞去,直至在耀眼的天空中消失不见。

"'软帽子'一定感到很绝望,竟然玩这么可怕的把戏。"桃乐茜说。

"要是荷马待在树林里不走怎么办?"提提说,"我们没有鸽子可以派了。"

"最好问问南希和佩吉。"桃乐茜说,"我们回峡谷去吧。迪克现在肯定想要一批新鲜水了。"

他们回到营地,查看了鸽笼,还以为会看到惊慌失措的荷马等在笼子外面。但它不在那里。

"躲进了树林里,"罗杰说,"好个荷马。"

他们在提提的水井里将水壶灌满,再次出发前往峡谷,路上轮流提水壶。远远地,他们就听到了铁杵和研钵"砰砰砰"的响声。

"'软帽子'肯定也听得见。"桃乐茜说。

"嘿。"当他们从峡谷陡峭的一侧往下走时,提提说,"嘿。"她大声喊着,为的是让她的喊声能穿透铁杵持续不断发出的砰砰声。

"'软帽子'会听到你们的声音。他不会过来看看你们在做什么吧?这是个可怕的噪声……"

南希停止了研捣,然后,他们听见了矿里锤子敲打凿子的声音,很微弱,好像离得很远,约翰和佩吉正在挖出更多的石英。迪克和苏珊拨弄着煎锅,忙于淘金。

"这也没办法,"南希说,"我们有很多侦察员。不需要一分钟就可以

把所有东西藏进矿里。另外，当我们都在这里的时候，他是绝不会来侵占我们的地盘的。事后才有危险，他可能会在没人的时候来刺探一下。"

"他刚刚试图抓住荷马，"桃乐茜说，"他从他的手上放出了一只猎鹰……"

"我们并没有亲眼看见他这么做，"提提说，"但我们看见荷马刚准备出发，那只鹰就朝它俯冲过来……"

"它没有抓住它吧？"南希站了起来。

"没有，"罗杰说，"荷马漂亮地躲开了，冲进了林子里。然后那只鹰就飞回去了。"

"荷马能顺利到达贝克福特吗？"提提说。

"哦，会的，"南希说，"它可能会晚到一点，就是这样。以前也发生过类似的事情。也许是同一只老鹰……"

"不是'软帽子'的。"桃乐茜失望地说。

"为什么不是？"南希说，"是的，这正是他可能会干的事。'软帽子'这会儿在干吗？"

即使是南希也很高兴能停下研捣的活儿。她和他们爬上峡谷，朝山坡那边望去。"软帽子"在那里，他又在他上方的岩石上涂了白色漆块。

"去把约翰找来。"南希忽然说，"天哪……这很严重。"

罗杰去了。他跌跌撞撞滑下峡谷的陡坡，对着矿里大喊："快，快，约翰，南希找你……"

约翰急匆匆走了出来，佩吉紧跟在他身后。苏珊和迪克早已爬上去，和南希在一起了。

269

"怎么了?"约翰说。

"白色标记。"南希说,"我们真笨啊,之前没注意到它。它们在一条直线上……"

"就像导航灯一样,"约翰说,"真的就是。"

"不过,该死的!"南希吼道,"你们没看见吗?它们正好指向这里。"

确实如此。所有的白色标记都在一条线上,而这条线如果延伸到山下,穿过高岗,就会抵达黄金谷。

"他每做一个新的标记,就会更接近一点。"约翰说。

"他现在的位置比底部的白色标记近多了。"提提说。

"而且正好与其他所有的标记都在一条线上。"迪克说。

"这会儿他在涂另一个。"桃乐茜叫道。

甚至就在注视的同时,他们都能看到一个白色漆块在越变越大。他们看到他再次弯下腰。"正在把油漆罐藏起来。"南希说。他们看到他抬头看了看山坡上其他那些标记,然后转过身来,盯着高岗看了很久。

接着,仿佛他已经完成了这天的工作,他拿起他的外套,把它甩到一边肩膀上,然后迈着大步,走下山坡,向邓代尔路走去。就在那边他待过的一个地方,他又涂上了一个耀眼的白色漆块,使他所标记的那条线与峡谷之间的距离又缩短了三四百米。

"就这么定了,"约翰说,"我今晚睡在这里。"

"我们都留下来吧。"罗杰说。

"两班轮守。"提提说。

"那营地怎么办?"苏珊说,"还有水、牛奶和所有东西?"

"这里得有人。"约翰说。

"我在这里。"南希说。

"噢，不。"佩吉说，她不喜欢自己一个人睡在帐篷里。

"不会打雷的。"南希说。

"可能会。"佩吉说。

"好吧，不管怎样，我要留下来，"罗杰说，"是我发现的。"

"就只有两个晚上。"约翰说，"如果在明天晚上之前，我们能淘到很多金子，后天我们就可以把它拿给石板瓦匠鲍勃，一旦他参与进来，'软帽子'就完蛋了。"

"帐篷呢？"苏珊问，于是罗杰知道她已经让步了。

"不需要，"约翰说，"有睡袋……"

那天晚上，黄金谷戒备森严。当他们回营地吃晚饭时，南希和约翰轮流在瞭望树顶上放哨。吃完晚饭，约翰和罗杰各自把睡袋卷起来塞进背包，再次走进暮色中。其他人目送着他们，尽管时间过去了很久，早已看不见他们的模糊身影，但大家还在"长城"顶上等着，远远地望着高岗。

最后，当夜幕降临，苏珊跟他们说该睡觉了，这时他们看到远处有一支手电筒在闪光。

"出事了。"桃乐茜说。

"来自火星的信号，"迪克说，"你记得吗？"

"闭嘴，"南希说，"这是一条信息。谁的手电筒还有电？打开它回复一下……闪三下，这样他们就能知道我们在看着。"

佩吉打开她的手电筒闪了三下。

那边的黑暗中又开始闪光了。长长短短，短短长长。南希一边识读着闪光信号，一边大声念着字母。

"G……O……O……D……句号……N……I……G……H……T……"

"继续，佩吉。跟他们回复'晚安'。"

停顿了一阵。荒原上再次出现闪光。

"Y……O……H……O……句号。"

"那是罗杰。"大家都笑了起来。然后就没有闪光了。

"约翰叫他去睡觉了。"苏珊说。

"好了，"南希说，"约翰做得很对。反正我干了一天捣碎石头的活儿，都快累死了。明天还有一天。"

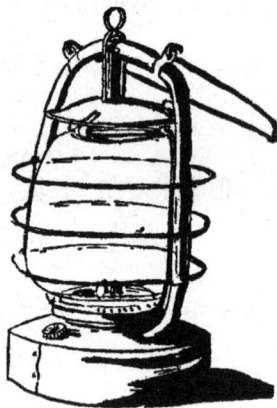

第二十三章

玩偶盒

罗杰很早就醒了。前一天夜里，因为太晚而无法铺设一张真正舒适的石楠床，虽然他现在已经习惯了睡在帐篷里，但在露天的地方睡觉还是有点不同。太阳照在他的脸上，髋骨的疼痛，比任何闹钟都更有效。他看了看约翰，可约翰还把头靠在臂弯里睡觉。他试图再次入睡，却没有睡着，于是就躺在那里，计划他这一天要做什么。还有更多的研磨和淘洗工作。好吧，他认为只能这样了，不过可惜的是没有别的东西可找了。最后，他从睡袋里爬了出来，环顾了一下峡谷。夜里没有不速之客，今天早上也没有看到人影，只有灰石堆的长坡上留着那些白色漆块，标志着"软帽子"离得越来越近了。他望向对面泰森家的树林。不。是的。先是一缕淡淡的雾，接着是一股源源不断的烟直冲树林上空。

"嗨！约翰，"罗杰喊道，"该起床了。苏珊已经开始做早饭了。"

约翰打了个哈欠，伸伸懒腰，坐了起来，踢开他的睡袋，然后把睡袋翻过来，摊在阳光下晾晒。罗杰在一旁看着，也做了同样的事。他们打着哈欠，睡眼朦胧地出发穿过高岗。

"没有人来过。"罗杰说。

"如果我们不在那里守着，他可能就来了。"约翰说。

"我们今天要干什么？"

"研磨和淘洗。"

"我们所有的人吗？"

"南希要去贝克福特取鸽子。当然，我们还要派侦察员出去。"

"我去侦察。"罗杰说。

"嘿！燕子号船员们！"南希在"长城"顶部向他们喊话。

"嘿！"

"新消息来了！"南希喊道。

她手里拿着一封信来与他们会合。

"是我妈妈的信。苏珊下山取牛奶时拿到的。妈妈已经把鸽子送回来了，所以今天不用去贝克福特了。"

"哦，太好了。"罗杰说，"看来荷马成功躲过老鹰，回了家。"

"回去很晚了，她说。但这不是我说的消息。有一大箱东西是给吉姆舅舅的。没有蒂莫西……不过如果它是同时寄出的，那它可能随时会出现。妈妈说她认为吉姆舅舅一定快回来了。我们一分钟也不能耽误了。"

"如果我们干一整天，到今天晚上我们就能淘到足够多的金子。"约翰说，"明天我们把它拿给石板瓦匠鲍勃，去做一块金锭。"

早饭吃得很匆忙。约翰和南希轮流去树上放哨，但是今天，至少"软帽子"没有早起。早饭后，大家都去了峡谷。昨天干的活儿只装了一只小罐子的一半，那只小罐子曾经被用来装可可粉。

"这还不够吗？"迪克说，他用一根手指蘸了一下金粉，看着它在阳光下闪光，"现在就把它拿去给石板瓦匠鲍勃怎么样？测测到底是不是。"

但是约翰和南希早已经下定决心。他们想给老人带去足够多的金粉，让他做一块不错的金锭。他们打算把可可粉罐子填满。

一天的工作开始了。约翰、南希、苏珊和佩吉在采矿、研磨、淘洗。迪克、桃乐茜、罗杰和提提各就各位，都在位置优越的埋伏点上，如果"软帽子"靠近，他们就会发出警告。绝不能让他偷偷走进峡谷，发现"矿工们"实际上在忙着挖金子。工作稳步进行了一段时间，"软帽子"现身了，他正从邓代尔路走来。信号传到了峡谷里。为了有备无患，工作停了下来，所有东西都藏进了矿里。侦察员们趴在蕨丛里，观察着敌人走过。今天，他没有爬上灰石堆走到他标记成白色的那些地方，而是直接穿过高岗去了矶鳕峭壁，那是一道长长的山脊，从干城章嘉峰下来，延伸至亚马孙河谷。侦察员们看着他不断地往上爬，直到最后消失在天际线。他们发出"解除警报"的信号。一只手从峡谷边缘的石楠丛上挥舞着。一两分钟后，他们听到研钵再次响起了沉闷的砰砰声。

"不管怎么样，他们暂时都还好。"罗杰说，他已经有了自己的计划，"找钻石怎么样？去其他矿坑找找。"

"最好先向总部报告。"桃乐茜说，然后四个侦察员老老实实地回去了。

"很好。"南希船长说，她停下研捣的工作休息片刻，听着他们说话，"走路？他是要去什么地方还只是闲逛？"

"他直接往前走着。"迪克说。

"而且很快。"罗杰说。

"就像去赴约一样。"桃乐茜说。

"哦，好吧，"南希说，"他从石板瓦匠鲍勃那里得不到什么东西。"

侦察员们等了一会儿。有没有其他事安排他们做？南希又拿起研杵

开始捣石头。苏珊带着一批新石英从矿里走了出来。

"走吧。"罗杰说。

"你们要去哪儿?"苏珊问。

"去开采钻石。"罗杰说。

"谁去?"

"我还有一封信要写。"提提说。

"反正迪克和桃乐茜要去。"罗杰说。

"好吧,"南希说,"同时还要进行侦察。当他回来的时候要密切观察。我们可能不得不把他赶走。"

"好的,好的,长官。"罗杰高兴地说。

"你要提提的绳子干什么?"苏珊说。

"为了找到回去的路。"罗杰说。

"但你们千万不能进入老矿坑。"苏珊说。

"噢,听着,"罗杰说,"那我们怎么能找到钻石?"

"好吧,只要是我和约翰没有去过的,你们都不能进去。就连南希都说有很多地方不太安全。"

"有两个是我们前几天去过的山洞,"约翰从矿里走出来说,"它们足够安全。你们可以尽情地去探索它们。喂,南希,这一批怎么样?相当好,是吧?"

"是目前最好的。"南希说。

"那我带上绳子吧。"罗杰说,"嘿,提提,把你的手电筒给我。我找金子的时候就把我手电筒的电用完了。"

上午很快就过去了。苏珊和佩吉已经用抛硬币的方法决定了谁做饭，赢家是厨师。苏珊押了"正面"，结果赢了，她离开那些还在峡谷里干活的人，回到营地，她在那里找到提提，而提提已经给在中国的爸爸写完了一封信，正忙着给妈妈和患百日咳的布里奇特写信。苏珊把水壶放到火上。那天早上，她下山拿牛奶的时候悄悄向泰森太太借了一口煮锅。其他人以为所有的厨具都被用在峡谷里淘金了，所以这顿饭一定最差，而苏珊要给他们一个惊喜。她正在加热两罐牛排腰子布丁，还有很多新鲜土豆和一些四季豆。提提慢悠悠地写着信。她已经告诉最好的原住民也就是她妈妈，他们都很好，而且已经找到了金子，弗林特船长将会非常高兴……"但是犰狳一直没来，桃乐茜认为它可能死在海里了。发现金子的人是罗杰。我用一根分叉的木棒找到了水。一开始很可怕，但第二次我就不在乎了。您以前试过做那样的事吗？布里奇特怎么样了？一定要快点来。现在我们已经找到了金子，我们打算让一位真正的矿工把它铸成一块金锭。我们准备等弗林特船长一来，就去野猫岛。但是我们现在还不能去，直到他来才行，因为我们必须守好金矿。致敬。爱你们的提提。罗杰也要送上他的祝福，但他正在寻找钻石。非常爱你们，真挚的。提提。"

"饭快好了，"苏珊最后说，"最好去给罗杰和迪克逊家姐弟发信号，我们俩一起把饭运到峡谷那边去……"

钻石开采并没有取得很大的成功。

罗杰、迪克和桃乐茜对已经探索过的洞穴有点厌倦，于是就躺在高岗北边的石楠丛中休息，那里的鳕鱼断崖也就是干城章嘉峰陡峭的支脉，像一堵墙耸立在他们上方。

罗杰的线团滑落到地上展开了几米远，他正在把线团的一头绕回去。它还没有派上用场。探索那些古老的山洞不需要绳子也能完成，没有一个洞的深度超过几米。

"这其实并不公平，"罗杰说，"要不是我不等别人就走进了那座峡谷的矿坑，我永远也发现不了金子啊。"

迪克什么都没说。他仰面躺着，两手捂在眼镜上，透过手指缝隙看向耀眼的天空。他试图用护目镜，却发现戴着眼镜的时候再戴上护目镜太不舒服了。空中某个地方有一只鹰，也许就是那只突然袭击荷马的鹰……一个黑色的斑点……它又来了……还是已经走了？天空是如此明亮，他的眼睛都湿润了，于是他闭上眼，仿佛有一块温暖的红色幕布遮住了一切……他想起了血液的循环，然后又开始想每一滴血会不会流遍全身，那需要多长时间……

桃乐茜同意罗杰的观点。他们沿着矶鳕峭壁下方的高岗边缘往前走，看到山脊侧面有一个又一个洞，而且好像每一个都比上一个更值得一看。当手头还有一卷线绳没派上用场，就离开这些山洞，不进去探险，真是大大的浪费，而那些线绳可比汉森和格雷特丢下面包屑之类的残痕好太多了。万一他们三个真的找到了什么东西呢？如果能发现黄金，为什么不能发现钻石？无论如何，不去看看似乎很可惜。同时，她也理解苏珊的感觉。

"她不可能一边做饭还一边盯着我们……而且她知道其他人都很忙。"

"假如我没有发现金子，我们就还在寻找它。"罗杰说。

"那不是很糟糕吗？"桃乐茜说，"南希说现在没有多少时间了。还真是这样。他随时会来……"

"妈妈和布里奇特也快来了，"罗杰说，这时他看到了新的希望，"到时会进行爆破……我们还要到岛上去……和船屋的主人打一场仗。我会围着小岛游泳给你们看，或者从小岛游上岸，那就更远了。你们会游泳吗？"

"他当然会。"桃乐茜说，"嘿，上个假期他从船上落到水里的时候……"

话音渐渐消失。

"迪克。"她低声说。

罗杰已经看到了她所看到的情况，并且像蛇一样平贴在一块岩石上。迪克从眼镜后面睁开一只眼，发现桃乐茜的脸离他的脸很近。她脸上的表情足以让他保持安静。一瞬间，他也看到了。

在离他们不到三十米的地方，高岗上干枯的苔藓一下子到了尽头，就像大海被山脉这道屏障阻住，"软帽子"站在阳光下的岩石旁眨眼。他摘下他的软呢帽，用袖子拂了拂。然后他脱下外套看着它，掸去他看到的一些灰尘。显然，他以为这里只有他一个人，对这一点他没有一丝疑心。可他是怎么来的？前一刻那里还没有人。大清早他们亲眼看见他翻过了山脊。即使在寻找钻石的时候，他们也从来没有忘记自己还是侦察员。

只要看到"软帽子"或其他任何人走在高岗上，他们立即就会警觉起来。而他现在就在这里，离他们很近。如果他是从山脊上下来的，他们一定看见他了，而他也一定看见他们了，但是谁都能看出他并不知道他们在这里。他们蹲在一块岩石后面观察着。

"软帽子"环视了一下高岗，仿佛在选择方向，然后像往常那样迈出长腿，大步向前走去。

"我们不应该把他赶走吗？"桃乐茜说。

"他没有靠近峡谷。"罗杰说。

"但他是怎么来这里的？"迪克说。

他们看着那个高高瘦瘦的身影在苔藓上大步走过，然后，他们像印第安人那样慢慢地向他们第一眼见到他的地方移过去。

在那里的岩石中，他们发现了一个不比他们高多少的洞。他们朝黑暗的洞口望进去，但什么也看不见，因为外面有明亮的阳光。

"这是一个矿坑。"罗杰说。

"他一定是躲在里面。"桃乐茜说。

"但是我们看见他翻过了山脊啊。"罗杰说。

"假如他从这里进去，我们一定就看见他了。"迪克说，"肯定还有另外一个入口能进去。"

"保密工作做得真好。"罗杰说，"如果他在我们没有发现他的情况下来到了这里……嘿，那可是一条相当不错的隧道。"

他掏出提提借给他的手电筒，朝洞里照过去。迪克和桃乐茜跑到他前面盯着洞里看。

"软帽子"现身

"它以前肯定有一个更大的入口。"迪克说。

"等一会儿,"罗杰说着,急忙退了回来,"我最好把线团的一头系上。"

"噢!可是听着,罗杰,我们要这样做吗?"桃乐茜说,"苏珊说过……"

"'软帽子'的年纪比约翰和苏珊大得多。"罗杰说,"苏珊说,只要是她和约翰没去过的洞,我们就不能进去探险,这样才能确保安全。好吧,他的年龄比他们两个的加起来都要大,而且他也是原住民。绝对能够确定这个洞没有问题……这里有一些石楠,正好可以……"

他蹲在地上,把线绳的一头系在石楠的褐色茎干上。然后,他一边移动一边展开线绳,回到了隧道里。

"来吧,迪克。"他说,"必须有个人拿着手电筒,我腾不出手,因为要看好这根绳子。"

"一定没问题,"迪克说,"我们才刚看到他出来。"

"就一点路。"桃乐茜说。

不久,他们三个人都消失在山的一侧。刚一进入洞里,他们就停了下来,从黑暗的隧道望向外面阳光普照的高岗。"软帽子"正稳步走远。

"不是应该有人看着他吗?"桃乐茜说。

"他又不是去峡谷那边。"罗杰说,"走吧。这个洞比我们那个更大,我们也许能找到什么东西。"

"你是怎么在我们那个洞里发现金子的?"桃乐茜说。

"噢,就是用锤子敲敲打打。"罗杰说,"快点,我们再往里走一点。

注意绳子。"

"它不像我们的洞那么干燥,"迪克说,他正在仔细观察一面墙上一处潮湿发亮的地方,"可能是因为我们那个洞浅,而这个洞深入山的内部。"

"好吧,反正我们不能走太远,"桃乐茜说,"但我们还是要找点东西。"仿佛她已经看见他们骄傲地回来了,张开双手展示他们找到的宝贝。可能不是金子……而是别的东西……银子几乎不值一提……钻石?有什么不可能? 在地下,在这样的一个地方,他们有可能找到任何东西。

"一定要注意绳子,"罗杰说,"如果你们踩到它,把它弄断了,我们就找不到回去的路了。"

"不过我们可以看到洞口的亮光啊。"迪克说。

"我现在看不到了。"罗杰说,"隧道有点曲折……你的手电筒呢? 我说,这可是真正的探险……"

"不要走太远。"桃乐茜说。

"嘿,"迪克说,他正用他的锤子敲打着,"是木头,他们已经把它支撑起来了……"

"或者是一个藏东西的地方。"桃乐茜说,"他们可能把各种东西藏在木头后面。"

"是支撑用的。"迪克说,"它已经有点松动了。你从这里可以看见。勉强能够挤过去……"

"也许这就是尽头了。"桃乐茜满怀希望地说。

"不是的,"迪克说,"山洞变得更大了,还能往前走。"

“你钻过去吧，桃乐茜。”罗杰说，“要不我先过去，你暂时拿着绳子。不要再踩到它。”

他们爬过了那块松动的木头，它几乎挡住了过道，他们还用手电筒照向坚固的石墙，这里照一下，那里照一下。

“呼……呼——”罗杰在隧道里发出一种空洞的声音，为了应景，“嘿，我们快走到绳子的尽头了。”

“我们无论如何必须返回了。”桃乐茜说。

提提看到他们潜伏在远处的石楠丛中，她自己也找了个隐蔽的地方躲起来监视“软帽子”，就在这时，她再次寻找他们，却看不见他们了。她有苏珊给他们的信息，所以必须找到他们，而现在他们全都消失了。当然，侦查工作还不错，在这个时候却成了一件麻烦事。

第二十四章

活　埋

提提确信她曾看见他们在矶鳕峭壁下方，峭壁是干城章嘉峰的长支脉，就像一条臂膀环抱着高岗的北侧。她先是看见"软帽子"，他在坑坑洼洼的地上朝她这边大步走来。可能来不及赶去阿特金森农场吃晚饭了，她猜想。她仔细观察着他，确保他不会靠近黄金谷，要不然她就得抢在他前面去警告那些勘探者。后来，当她再次寻找迪克、罗杰和桃乐茜时，没有看到他们的影子。他们曾潜伏在一些岩石后面，以免"软帽子"发现，她明白这一点，但现在他已经离他们很远了。那边没有蕨类植物掩护他们，让他们悄悄前进而不被发现。他们没有时间走多远，提提举起望远镜瞄准一堆又一堆岩石，寻找一顶帽子、一只手或一条腿什么的，总之是会暴露他们藏身之地的东西。

"隐藏得真好。"提提自言自语，然后，因为她要传达一个消息，而对看不见的人发信号是没有用的，所以她就在干枯的苔藓上奔跑起来。

这里肯定就是她最后一次看见他们的地方。那是他们一直盯着的岩石表面。哎呀，还有他们的锤子留下的印迹。她仔细看了一圈，在石楠的树根里整整齐齐地摆放着三只被吸干的橙子。他们应该把它们带回营地烧掉，提提想，不过他们可能只是暂时把它们放在那里。但是他们在哪里呢？她回头望了望高岗。"软帽子"已经接近邓代尔路，正赶着回家吃晚饭。她喊了几声，声音不大。

"啊嗬！"

她竖起耳朵听。

"啊嗬，你们这些白痴，"她又喊起来，"开饭了！苏珊要你们回来。"

那是什么？有人在回答吗？但是声音是从哪里来的？

提提瞥了瞥峭壁底下一个又一个黑黑的洞穴。苏珊说过那些话之后，肯定没有人会进入任何一个旧矿坑，哪怕是为了躲避"软帽子"。就在这时，她看到一簇石楠开始颤动起来。这天并没有风。也许有一只黄鼠狼在石楠丛里。提提悄悄地朝它走过去。它又颤动起来，这一次她看见线绳从石楠丛里伸了出来，消失在一条隧道里。

"罗杰！"她大喊道。

迪克、桃乐茜不一样。也许他们那样做是没问题的，但如果苏珊知道罗杰进入了一个没有探索过的矿坑，她会怎么说？提提不敢去想。

"罗杰！"她再次喊道。

绳子抽动了一下，但没有其他回应。如果他们三个人都在里面说着话，他们可能永远不会听到她的声音。真是倒霉透了，她竟然把手电筒借给了罗杰。必须马上把他带出来。提提握住绳子拽了一下。绳子另一头微弱地抽动了一下。她没有再拽。要是它在锋利的岩石边缘被割断，其他人没有了绳子，那该怎么办？提提又从洞口四下张望。除了"软帽子"，看不见任何人，他刚从高岗走下去，上了邓代尔路，马上就要消失不见。没有苏珊的影子，也没有黄金谷采矿人员的影子，没有一个可以让她发出信号的人。无论如何，最好在约翰或者苏珊、特别是苏珊，知道罗杰进去之前就把他弄出来。

他们在洞里！

提提用手指轻轻抓住绳子，坚定地朝黑暗中走去。

最初的几米路，她可以看得很清楚。很奇怪，从干枯的山丘走进来，她感觉自己的双脚踩在泥土或者至少是踩在黏糊的地面上。她想起了和其他人去见石板瓦匠鲍勃的情景，想起了隧道里的水坑，以及狭窄车轨边上的水滴。但隧道里面很快就暗了下来，摸着粗糙的岩石表面，还要让她的手指沿着绳子轻轻地滑过，这种感觉一点也不愉快。

"喂！停下来！罗杰！"她喊道。

"喂！"有一声回应。相当近。但是为什么没有亮光？她可以确定迪克和桃乐茜出发时带上了手电筒，而她也已经把自己的手电筒给了罗杰。

"喂！"她又喊回去，"你们在哪里？"

"喂！"再次传来一声应答，更像是桃乐茜，而不是罗杰。

"嗷！"她撞到了前面的东西，是粗糙又潮湿的木头。随之传来小石子和松动的泥土掉落的响声。

提提站着不动。至少她有火柴。她掏出火柴盒，划了一根火柴。她看见自己正处于隧道的一个转折位置，它先是急剧向右转，然后又向左转。拐弯处在很多很多年前大体用木材支撑过，她的头顶上是一些弯曲的木板，靠在直立的木材边上。泥土和小石子正从头顶上方的木板空隙中往下掉，一些支撑木材好像已经滑落，因此隧道已经非常狭窄，为了绕过弯道，她不得不爬过一堆石头和泥土。这正是苏珊所担心的那种隧道，就是那种连南希船长都说不太安全的地方。她必须马上让罗杰离开这里。

"罗杰，"她大叫道，"等一下，不要往前走了。"

"喂!"

他们就在前面,离得很近。就在火柴快要烧到她的指尖、即将熄灭的时候,她看见线绳绕过了拐角。不一会儿,黑暗中,她看到墙壁上有一丝光亮,她继续往前走,只见前方不远处有几个黑影,还有三个勘探者的手电筒。

她又一次撞上了隧道边上的一根老木头。接着似乎又出来了什么,一堆小东西从旧木板中间落到了她的头上,很久之前,矿工们用这些木头在狭窄的巷子里做顶板。

"罗杰!"她大叫道,"停下!你必须马上出来。苏珊说过,我们不能走进矿区的任何地方,除非她或约翰已经进去过,确保它是安全的。"

"但这里是安全的呀。"罗杰说,"'软帽子'本人就是从这个洞里出来的,而且他的年纪比他们俩都大。"

"可它正在塌成碎片啊。"提提说,"听,我刚撞到的那一边还有东西往下落。听听吧。你马上回来。快点。听着,你还是亚马孙号的一名船员,是不是?船长们会非常生气的。苏珊也会生气……"

"他是从地底出来的。"桃乐茜既是对自己说,也是对其他人说。

"他就像一条蚯蚓那样钻了出来,"罗杰说,"还擦了擦他的旧帽子,然后就走了。"

"但是听听吧。"提提说。

迪克用他的手电筒照向隧道的两侧,这里全是坚固的岩石,没有任何支撑的木材。这里的一切都足够坚固。但是在他们身后,在隧道的那个拐弯处,洞顶用木头支架支撑着,顶上的木板已经鼓了起来,再次传

来泥土坠落的响声。

"我们来的时候还挺好的。"罗杰说。

"可你听听看。"提提说,"走吧。我们得赶快出去。"

他们身后的隧道传来一块较重的石头掉落的声音,还有木材开裂的吱吱声,接着又是泥土滑落的响声,动静突然越来越大。然后又是一阵嘎吱声,接着是低沉的隆隆声和撞击声,随后是石头互相碰撞的微弱声音,最后渐渐安静下来。

罗杰和桃乐茜用手电筒照了照对方的脸。迪克已经朝着发出响声的地方走回去。提提抓住罗杰的胳膊,而她自己也开始沿着隧道往后退。

"当心,"罗杰说,"小心那根绳子,别让它缠在你的脚上。"

"我们不能从这条路出去,"迪克轻声说,"那些老木头一定是滑落了,隧道被堵住了。"

"被关在里面了。"桃乐茜说。

"但是我们必须出去。"提提说。

"被活埋了。"桃乐茜说。

他们的手电筒照出了一大堆松动的泥土和石头,还有一根烂木头从里面伸出来。隧道被堵住了。古老的顶板倒塌了,一大堆东西也跟着掉了下来。

"如果我们想要爬过去,会有更多东西掉下来。"提提说。

"他们会把我们挖出来的,"桃乐茜说,"他们会发现这根绳子只伸进了土里。"她看着脚下的绳子,它已经消失在堵住隧道的那堆东西下面。

提提突然提高了音量。"但是他们万万不能啊!"她说,"他们不可以。

苏珊会以为罗杰死了。我们必须自己去挖……快……快，要在他们猜到发生了什么之前。"

"小心，"迪克说，"这些木头也在垮塌。快走开。回到都是岩石的地方。"

他们沿着隧道逃了回去。

"唉，我非常抱歉，提提。"罗杰说。

"好吧，我们最好还是往前走。"迪克冷静地说，"我们能够从'软帽子'进来的地方出去。他没有进到这里……"

不知为何，迪克的话让所有人都感到惊讶。随着洞口在他们身后突然堵上，其他人已经忘记了即使不能往回走，他们还是可以向前走的。

"快走，"提提说，"我们要尽可能快。苏珊差不多马上就会来找我们。她派我来叫你们回去吃饭。"

罗杰拽了拽绳子，但是没有用。他使出全身力气去拉，绳子就断了。提提知道搜索人员将会发现什么，一小簇石楠，绳子从那里进入山洞，然后消失在泥土和岩石的重压之下，那些土石可能需要好多天才能移开。一旦他们看到这种情况，就没有什么能阻止他们认为罗杰、迪克逊家姐弟和提提都被埋在下面了。

"噢，别浪费时间了。"她喊道，"快走！别想着把绳子卷起来了。"

"我们可能需要它。"迪克说，他已经不再心神恍惚。就像寒假里发现困在峭壁上的羊的时候一样，他似乎一下子想通了所有事情，并且知道该怎么做。

"不要浪费手电筒，"他说，"以防万一。把你的关掉，桃乐茜，还有

你的，罗杰。我们先用我的手电筒。我们必须有一个人来辨认脚印。"

"脚印？"

"'软帽子'的。"迪克说，"就在我们听见你的喊声之前，我正在看那些脚印。地上湿漉漉的，它们清楚得很……不是在这里……"

"我们就像水牛一样踩来踩去。"提提说，她几乎是笑着松了一口气。

"好吧，这就是，"迪克说，"这就是目前我们能找到的。这里有'软帽子'留下的鞋印。"

迪克把手电筒靠近地面，提提借着手电筒的亮光打量它们。他穿的是一双大靴子，鞋底边缘钉着防滑钉。

"不可能找到更好的脚印了。"她说。

"有很多呢，"迪克说，"而且都朝着一个方向。他来过不止一次。我们只要跟着它们走，就一定会从某个地方出去。"

第二十五章

匆忙赶路的鼹鼠

在隧道里就靠着一支手电筒的亮光，排成一列纵队前进并不太容易，但他们知道迪克是对的。当你把手电筒一开一关时，电池可以持续很长时间，但如果你一直开着它，还想借着它的亮光读书什么的，电池很快就会耗尽。他们只有三支能用的手电筒，不能浪费电。谁知道隧道有多长？

迪克弯着腰走在最前面，用手电筒照亮了潮湿地面上清晰的大脚印。年复一年，没有人走过这条路。灰尘落下，变成了泥土，而现在有了"软帽子"留下的大脚印，脚跟、脚趾，脚跟、脚趾……这比迪克和提提在树林中干燥的小路上试图跟踪南希的足迹要容易得多。

迪克后面是罗杰和桃乐茜，他们越过弓着身子的迪克，望向黑暗的前方。只见隧道的石壁和洞顶时不时被迪克的手电筒照亮，迪克把手电筒拿得很低，离地面只有二三十厘米高，他要看着地上一个接一个的脚印。提提走在最后，但他们三个人都尽量靠近迪克和他的手电筒光，提提还催他再快一点。

"她肯定会来找我们，"她说，"一定要快点。别管那些脚印了。只要隧道没有分岔，我们就一定走对了。"

"到目前为止，所有的脚印都是朝这边走。"迪克说。

"那就继续走啊。"提提说。

迪克加快了脚步。至少他没有仔细查看每一个单独的脚印，而是一

路向前走，只要看到那些脚印在地上就行。他不停地走着，其他人紧跟在他身后。隧道很狭窄，但是墙壁和洞顶都是岩石。

"没事的，"他轻声说，"只要不再有木头。没有人会费心去支上木板，除非他们担心有东西掉下来。"

他用光线越来越暗的手电筒照了照墙壁和洞顶。"'软帽子'一定是从什么地方进来的。"他说。

他突然停下来查看脚印。提提感觉到了异样。他们正走到坚硬的岩石上。迪克再次弯下腰。

"没有脚印了。"他说。

"我们还是要往前走。"提提说。

"我们换一支手电筒吧。"迪克说，"来吧，罗杰，你手上的那支还行，你到前面来，让我的手电筒歇一歇。它快没电了。"

罗杰和迪克换了位置，然后急切地往前跑。突然，他停了下来。

"现在我们要怎么办？"他问。

隧道通到了一座地窖，另外有四五条隧道在这里汇合。它们看起来都差不多大小，而且没有一条正好对着他们来时穿过的隧道。

罗杰把手电筒挥了一圈。

"别动！"迪克说，"我们是从哪里出来的？在弄清楚之前，我们绝不能动。"

"这条。"提提说。

"听着，"迪克说，"你就站在原地，这样我们就不会搞混了。"

"要是我们想原路返回就太可怕了。"桃乐茜说。

"我要把每条巷道都试一试，直到我找到更多的脚印。"迪克说。

"带上绳子。"罗杰说。

"好主意。"迪克说。

"我们俩不能一起去吗？"罗杰说。

"不行，"提提说，"你不擅长辨认脚印，还是迪克在行。"

"你看着绳子的另一头，"迪克说，"还要看好这里。把手电筒给我，你暂时拿着我的。"

他带着罗杰的手电筒慢慢往前走去，对着其中一条隧道的地面进行搜索。提提站在他们一路走来的那条隧道的洞口，有那么一会儿，她还可以看见他在手电筒亮光后面的影子。后来他所在的隧道拐弯了，地窖里只剩下一片漆黑，他们三个人留在那里。

罗杰打开迪克的手电筒，已经没电了。它发出微弱的红光，但即使这样也总比没有好。

"不要松开绳头，罗杰。"提提说。

"不会的，"罗杰说，"我已经把它缠到了我的指头上。"

"他要回来了。"桃乐茜说。

有一束光，起初很微弱，然后越来越亮，接着手电筒照亮了这边，迪克拐了个弯，径直向他们走来，一边走一边卷起绳子。

"里面什么都没有，"他说，"我要试试下一条。"

"'软帽子'一定是从其中一条隧道穿过来的。"桃乐茜说。她的声音很低，因为她一直听着迪克走进第二条隧道的脚步声。

"会好起来的。"罗杰既是对自己说，也是对桃乐茜说。

"关键是时间。"提提说，"他又往回走了……这条也不行吗？"

"我走完了这根绳子的长度，"迪克说，"地面很黏，足以显示是否有人走过那里。很可能就是这条路。这两条中的一条一定是主隧道。它们都差不多在我们的对面。你没有移动过，对吧？"

"一点都没动。"提提说。

接下来那一刻，他们被迪克的欢呼声吓了一跳，这声欢呼在地窖里回响，仿佛是同时从所有隧道里传出来的。

"来吧，"他喊道，"又找到它们了。"

"我能到前面去吗？"罗杰说。

"最好还是让迪克走在前面。"提提说。

"哦，好吧，"罗杰说，"不管怎么说，我拿着绳子。"

这支小队伍匆忙赶路。很长一段时间没有人说话。

"它一定穿过了这座山。"桃乐茜终于开口了。

"它会从采石场的另一边出去。"罗杰说。

"但那有好几千米，"提提说，"我们必须赶回去。"

"手电筒能坚持下去吗？"罗杰说。他们第二支手电筒的光线已经越来越暗了。

"还有我的呢。"桃乐茜说。

"我说，"提提说，"也许这里就是老平巷。南希确实说过，它应该是穿过整座山的。也许'软帽子'在跟石板瓦匠鲍勃谈话之后，就从这条路回去了。"

"我们肯定已经走了一半以上了。"迪克说。

他们跌跌撞撞地往前赶路。

"可惜我们不是在手电筒都是满电的时候碰到这种情况。"罗杰说。

"我们用你的手电筒吧,桃乐茜。最好让罗杰的手电筒休息一下,这样它还有可能再亮起来。"

迪克停下来,把手电筒还给罗杰。桃乐茜交出了她的手电筒。

"它也好不到哪里去,"她说,"前天晚上,我半夜醒来想起还有一些东西没有写,就打开手电筒,写了下来。"

"比其他任何一支都要好。"迪克说。

"听!"提提突然大声说。

"又有哪里垮塌了。"桃乐茜说。

"不是,有人在干活。"提提说。

"我猜是石板瓦匠鲍勃。"罗杰说。

"走吧。"提提说。

两分钟后,他们停了下来。一种新的噪声在附近响起,轰隆轰隆的,就像一辆货车撞到铁路岔线的轨尖上发出的声音。一道亮光突然出现,一辆满载货物的小车从侧边的一条隧道转了出来,在他们前面咔嗒咔嗒经过,一个人在后面跟着小跑。

"石板瓦匠鲍勃,"罗杰喊道,"我就知道是这样。那一定是从他的石板矿通过来的隧道。我们快出去了。"

"别喊了。"提提及时提醒了一句。他们现在安全了,她可以想想其他事情了。"听我说,"她说,"我们必须先弄清楚'软帽子'有没有和他谈过话。"

又过了一分钟，他们到达了一个地方，通往石板瓦匠鲍勃采石场的侧边隧道在这里与老平巷汇合。

"我们上次来这里，是不是好像已经过了很多年？"桃乐茜说。

"他已经到过这里了。"迪克说，"'软帽子'的脚印越过了侧边隧道。如果他是直接走过去的，就不会那样。"

"石板瓦匠鲍勃是朋友还是敌人？"桃乐茜问道。

"就是这个问题，"提提说，"我们不清楚。总之，现在要抓紧时间。我们回去之前，还要爬很长一段路。"

他们沿着老平巷跑了起来，但是跑不快，因为很容易在小车轨道的枕木上跌倒。他们来到拐弯处，一个针孔大的光点出现在他们前方的黑暗中，他们可以看到入口处的阳光了。

"得救了。"桃乐茜说。

"要是苏珊发现那根绳子就不好了。"提提说。

"她可能已经发现了它，并且还派索福克勒斯出去求救，让大家帮忙把我们挖出来。"桃乐茜说。

"太可怕了。"提提说，"打起精神来，罗杰……"

然后，这群上气不接下气匆匆忙忙赶路的"鼹鼠"被突如其来的阳光晃瞎了眼睛，最后他们才发现自己跌跌撞撞来到了豁然开朗的天空下。

"你们从哪里过来的？"

一个肩膀宽厚、一双巨大的双手垂到膝盖下面的老人站在他的小车旁看着他们，他已经开始卸货。这就是那位老矿工，石板瓦匠鲍勃。

他们朝他眨了眨眼睛。

"我推着小车出来的时候，你们是不是躲起来了？我什么也没看见……什么也没听见。"

"我们从高岗直接穿过来的。"罗杰说，正当他准备把整个故事和盘托出的时候，他看见提提盯着他。

"你们不是直接从平巷过来的吧？"

"我们没办法啊。"迪克说。

提提又看了看迪克。说出来安全吗？

"我们得赶紧回去。"提提说，"其他人不知道我们在哪里。"

"那一头有问题。"老矿工说，"你们没有把他们留在平巷里吧？南希小姐应该知道那一头不安全。"

"他们都很好。"提提说，"他们不可能进去，很多石头塌下来了。"

"天啊，"老人说，"你们这些人还真走运。不过你们到底在平巷里干什么啊？"

"我们看见有人出来了，"罗杰说，"所以我们知道不会有事。"

"对他这样的人来说是不会有事。哎，他是个矿工啊。他长这么高的时候，就到处找矿、找钻石什么的。老平巷难不倒像他这样的人，要不了他的命。哎，他和我一样，是个好矿工。他今天早上才告诉我，他打算从那一头开始放一些新的木料进去，而现在它就垮塌了。幸亏你们没在那下面……"

"他以前去过那里吗？"罗杰说。

"去过，"老人说，"不止一次，他当时还跟我聊过。你们在高岗干什

么？你们可以把我的话转告南希小姐，她应该知道，最好不要让你们走进这些巷道。"

提提开始小心翼翼地穿过石板堆。谁知道罗杰接下来会说什么？有一点是清楚的，"软帽子"不知怎么就站到了石板瓦匠鲍勃那一边，所以说什么都不安全。而且无论如何，一分钟都不能浪费。匆忙离开可能是不礼貌的，但是苏珊、南希、约翰和佩吉在山的另一边并不知道他们现在怎么样了，如果发现那段通向隧道的绳子，他们会做最坏的打算。

"我们必须走了，"她说，"再见。我们一开始并不是想穿过这条平巷……"

"只要没有人受伤就好。"老人说，"它早就要垮了。而且斯特丁先生多半是从山冈那边过来。"

"那个戴着软塌塌帽子的人吗？"桃乐茜问。

"不要那样说，他的帽子没什么问题，"石板瓦匠鲍勃说，"也不影响他干采矿的活，听他聊天就很开心……"

"再见！"提提大声说道。

"再见！"其他人也跟着喊道。

"如果我们直接过去，可以到达高岗吗？"迪克问。

"是的，"老人说，"你们不会走错的。但是你们会发现从马路上走会更容易。"

"没时间了，"提提说，"我们得赶路。"

"再会！"老人喊道，然后又转身伸出他的大手把一块块巨大的石板从车上抬下来，并把它们与其他等待加工的石板放在一起。

"你听到他说的话了吧？"提提低声说，当时他们已经离开老平巷出口处松动的石头，正在往上方的岩石斜坡攀爬，"你听见了，他和'软帽子'站在一边。南希还打算请他帮忙。我时刻担心着，你会把我们找到黄金的事告诉他。"

"我没有。"罗杰说。

"你肯定我们没有走错吧？"桃乐茜问。

"只要我们直接往上爬就没错，"提提说，"而且干城章嘉峰就在那边。"

"是吗？"桃乐茜说，"我们看不见它的顶了。"

"没事的。"提提说。

"我们要是有一枚指南针就好了。"罗杰说。

"即使有，你也会迷路的。"提提说，"还记得回燕子谷路上的那场大雾吗？"

迪克停了下来，掏出他的手表。"有一个办法，"他说，"我上学期在一本书上看到的。将时针指向太阳，在时针和十二点的中间位置上就是南……或者北……"

"南边，"提提看着迪克握在掌心的手表说，"不可能是别的方向。不过高岗在哪里？"

"也正好是在南边。"迪克说。

"我们走对了。但一定要加快速度。"

他们以最快的速度往上爬。提提感到呼吸急促，胸口几乎要痛死了。

迪克额头上的汗水不停地滴在他的眼镜上。罗杰向前弯着腰，用双手撑住自己。桃乐茜喘着粗气对自己说话，声音不大，但这些话似乎在她耳边回响："再走一点就是山顶了，再走一点就是山顶了。"

"坚持住，桃乐茜。"迪克说着，试图一边继续往上爬一边擦眼镜。

"加油，罗杰。"提提说，"想一想可怜的苏珊。"

"可怜的老母鸡。"罗杰说，然后他想起这次主要是他的错，他们才走进了老平巷，就又补充说，"我不是真的说她是一只老母鸡。"

"只要我们别太晚就好。"提提说，接下去他们爬了很长一段时间，都没有再说话。

最后，他们筋疲力尽，终于来到了山脊顶上。右边远远耸立着干城章嘉峰，左边是燕子谷的山冈，它在亚马孙河谷的另一侧。然而，他们虽然身处山脊的最高点，却看不见高岗。山脊本身很宽，他们必须艰难地向前穿过一百米左右布满岩石和石楠的路，才能看到比"长城"边上的树林一角更多的地方，看到远处邓代尔路短短的白色曲折的一段。

"但是他们在哪儿？"罗杰说。

"他们跑去找人帮忙了。"桃乐茜说。

"噢，不……不。"提提说。没有什么比这更糟。

"反正峡谷在那边，"迪克说，"没有人。"

他们跑下一个山坡，又爬上另一边，在那里，一处陡峭的岩石让他们可以从矶鳕峭壁的侧面看到罗杰、迪克和桃乐茜之前瞥见"软帽子"的地方，当时他们看见"软帽子"从山里走出来，掸了掸他的旧外套，迈着大步离开了。

"他们在那儿。"罗杰大喊起来。

"大声喊，大声喊。"提提说，"他们正朝洞那边走，他们还不可能看到它。或者他们已经看到了？你们手里有什么东西就挥动起来。为什么你没带手帕，罗杰？现在你知道不带手帕会怎么样了吧。"

他们的喉咙很干，仿佛他们的嘴里满是灰尘。他们能喊出的最大声音也是微弱而短暂的。

"咕……咦……"提提呼唤起来，这是她妈妈也就是最最友好的原住民很久以前教给她的。可是这声音似乎根本传不出去。她就像在近得触手可及的地方跟罗杰或迪克说话一样。

"啊嗬……"罗杰喊道，但他没有力气拉长"嗬"的发音，使得发出的声音还不如一声蛙叫。

"走吧，"提提说，"到下坡路了……但是要注意走法。别再扭伤另一只脚踝了。"

"他们看见我们了。"桃乐茜用嘶哑的声音低声说。

在远处的高岗下方，那四个大孩子的身影突然停止了移动。

"把你的手帕给我。"提提说，"噢，如果我们有两根棍子就好了。"

提提爬到一块大岩石顶上，一手拿着一块手帕，挥舞她的手臂，一圈又一圈。没错，他们正在高岗下方看着。她把左手放在背后，并伸出右臂往下倾斜。然后她又伸出左臂斜着向上，右臂往下倾斜。她又做了一次，然后旋转双手，表示她已经完成了一个词。

迪克费力地找他的小笔记本。

"到目前为止，她说了些什么？"他低声问道，他已经找到南希在圣

诞假期里为他画了旗语信号的那页纸。

"A……L……L……All（都）。"罗杰说。

"W……E……"迪克一边看着提提比画字母一边说，"L……L……Well(好)。"

"他们在干什么？"罗杰说，"苏珊转过身去，走了。"

"她真是气疯了。"提提说。

"约翰在招手，"桃乐茜说，"佩吉跑去找苏珊，要把她拉回来。"

"注意，南希要发信号了。哎哟，她在使用摩斯密码，而且动作很快。"

南希来回甩着一块手帕，有时大幅度地从一边扫向另一边，有时在头顶上短促地一甩。迪克和桃乐茜放弃了识读她长长短短的动作，提提和罗杰却把一个一个字读了出来。

"P……U……D……D……I……N……G（布丁）。"

"布丁，"罗杰说，"他们留了一些给我们。"

"她还没说完呢。"迪克说。

提提还在一个一个字读着："H……E……A……D……S……句号。傻瓜们……"

傻瓜们？好吧，他们本以为会被骂得比这更惨。他们四个人都感觉好多了。只要苏珊别太固执就好。他们跑着，跳着，跌倒，爬起，又滑倒，再跑起来，一路冲下山脊。

"听着，提提，"苏珊说，她被带回来之后，就和其他人一起等着他

们，"你应该更懂事才对。你明明知道要开饭了，还把他们带到那种山冈
上去。"

"不过她并没有啊。"桃乐茜说。

"是的，她就是那样做的。"苏珊说，"我让她马上把你们带回来，而
那是好几个小时以前的事了。"

"她没有把我们带到山顶。"罗杰说。

"她只是把我们从那里带回来。"迪克说。

老平巷漆黑的入口就在不到二十米远的地方，桃乐茜和提提不由自
主地注视着它前面的一簇石楠。南希的目光也跟随她们看了过去。

"是我的错，"罗杰说，"我们不是故意的。起初不是，但我们已经
穿过……"

"穿过什么？"

"天哪，"南希突然大叫起来，"看看这个……你不会是想说你们已经
穿过了……"

"是老平巷。"佩吉说。

苏珊转身看着罗杰。"你答应过你永远不会进入任何矿区，除非约翰
或我先去过，你还说这样很对……"

"是的，但是'软帽子'是原住民，而且年纪比你们大，我们看到他
从那里出来了，"罗杰说，"所以我们知道没问题。我们就进去了，然后
提提就来找我们，让我们回去。"

"那为什么你们没有回来？"

"我们不能啊，"提提说，"但是一切都很好。我们一直走，一直走，

走到了石板瓦匠鲍勃的采石场。现在不能进去了，约翰……"

可是约翰拿着手电筒，正沿着那根绳子往隧道里走。

"你是说你们一直穿过去到了石板瓦匠鲍勃的采石场？"南希说，"哎呀，他跟我说过，这一头都是木头支架，已经腐烂了，不安全。我们现在就穿过去吧，马上就过去，这将节省一整天的时间。我们越早请他制作金锭就越好。听着，我要跑回峡谷去拿金粉。而且我们也需要提灯……"

"可是我们不能，"提提说，"石板瓦匠鲍勃不再是我们这一边的了。他和'软帽子'是一伙的……他一再和他见面……他承认了，不是吗，桃乐茜？告诉他任何事情都不安全。我当时一直都在担心他问我们金子的事……"

正准备飞奔离去的南希突然停了下来。

"你们没有告诉他吧？"她说。

"一个字都没有提。"提提说，"但是他跟我们说'软帽子'通晓采矿的方方面面，从他说话的样子你就可以看出他是站在哪一边的。"

"好吧，一切都完蛋了。"南希说，"难怪'软帽子'一直在监视我们，而且越走越近。想当初我们还告诉了鲍勃，因为他答应不说出去。当原住民聚在一起的时候，根本不能相信他们。"

"我们该怎么办？"桃乐茜说。

"我们不能自己做一块金锭吗？"南希说。

她看了看迪克。

就在这时，约翰从隧道里回来了。他手里拿着一根断掉的绳子，正

把它卷起来。他把绳子的另一头从石楠上解下来。他的脸色变得煞白，
用异样的眼神看着提提和罗杰。

"走吧，"佩吉说，"反正我们都进隧道吧。"

"没有什么可看的，"约翰说，"现在不行……"

南希瞥了一眼约翰。他怎么了？

"把苏珊弄走，"约翰只对南希一个人低声说，"不要让她进去……"

南希犹豫了一会儿，然后她清晰的声音再次响起。

"穿过去找敌人是没有用的，"她说，"浪费时间。如果石板瓦匠鲍勃
和'软帽子'是和我们对着干的同伙，找他谈也没有用。嘿，'教授'，
人们是怎么从原料中得到金锭的？走吧，苏珊……"

约翰和南希已经离开了隧道口的岩石，其他人也跟着他们离开。只
有佩吉迟疑了一会儿，她很想探索一下隧道的终点，但南希朝她使了一
个眼色，虽然她不明白其中的原因，但还是放弃了，匆匆跟了上去。

"罗杰，你在干什么？"苏珊突然说。

"勒紧我的腰带。"罗杰说，"吃完早饭到现在，我们什么也没吃。"

"谁都没吃，就因为你们这些人。"约翰说。

"现在全都没法吃了，又冷又油腻。"苏珊说。

"我敢打赌它肯定还能吃。"罗杰说。

"无论如何，我们去吃吧。"约翰说。

他们匆匆穿过高岗，一路上谈论更多的不是穿过山中隧道的经历，
而是石板瓦匠鲍勃不顾承诺、和敌人做朋友的背叛行为。

"苏珊，"当他们走到"长城"附近时，提提突然说，"鸽子飞走了

吗？你没有告诉布莱克特太太有人走失了吧？"

"我们正准备这么做。"苏珊说。

"太可怕了。"提提说。

"我们应该立刻把鸽子送走。"南希说。

在他们坐下来享受苏珊很早就为他们做好的饭之前，索福克勒斯就已经飞走了。

没有人能够猜到，它这会儿捎去的信息和稍早可能发出的信息究竟有多大不同。

"我们必须告诉妈妈别向任何人透露我们发现金子的事，"南希说，"她可能很容易遇到石板瓦匠鲍勃。"

所以那条信息是这样写的：

一定保守我们的秘密，即使是可敬的石板瓦匠们也不能说。这很重要。一切都好。没时间多写。S.A.D.M.C.

荷马　　萨福　　索福克勒斯

第二十六章

"我们必须自己动手干"

一般情况下，没有人喜欢吃一点钟就煮好、两点钟从罐子倒出、六点钟变得又冷又腻的牛排腰子布丁。不过今天，饥肠辘辘的勘探者们唯一的想法似乎是他们还能多吃一点。他们有人甚至用面包屑刮了刮油脂，吃着那些面包屑仿佛很享受的样子，吃完还舔了舔手指头。豆子软趴趴的，看着很难吃，但苏珊趁着大家吃布丁的时候，又热了一下土豆。他们把它当作单独一道菜，还发现姜汁啤酒对于清除大家舌头上那一层薄薄的油脂有很好的效果。

他们吃完土豆，就开始吃苹果（每人两只青苹果），这时他们才忘掉饥饿，转而认真交谈起来。

"好吧，"南希说，"我们必须在没有石板瓦匠鲍勃帮助的情况下应付过去，大家同意吗？"

迪克在擦拭他的眼镜。当初他听到石板瓦匠鲍勃说起"软帽子"时的语气，他是同意提提的观点的。但现在他并不那么肯定了，他有太多问题想问。

"难道我们不能去见见他，什么也不跟他说吗？"他说。

"但我们不想去，"南希说，"既然他和'软帽子'成了好兄弟什么的。"

"但也许他们不是啊。"迪克说。

"他们当然是，"提提说，"你听到石板瓦匠鲍勃都说了什么。"

"我们就不能把我们的东西给石板瓦匠鲍勃看看，不告诉他是在哪里找到的吗？"

"不过为什么？"

"就为了确认一下。"迪克说。

"噢，听着，"南希说，"'软帽子'知道我们去过的确切位置，如果我们去给鲍勃看我们找到的东西，他们就会交流想法，接着就会知道我们找到了什么、在哪里找到的，然后在吉姆舅舅知道我们已经树立了界桩之前就侵占我们的采矿权。"

"实际情况怎样，我们并不是真的知道啊，"迪克说，"而且石板瓦匠鲍勃什么都明白……他会告诉我们该怎么做。"

"难道不是都在书里吗？"南希说。

迪克看了看那本红色封面的书，确实如此。自从这次探险开始，他几乎没有离开过这本书。他已经反复阅读了金矿开采的章节，但是来自一个真正的矿工的几句建议抵得上大量的阅读。书上都是关于化验和化学测试的东西。有一章是关于炼铁的，他以为会有帮助，但是书中没有提如何将金粉变成金锭。

约翰这一次更倾向于同意迪克的意见而不是南希的。

"如果他们真的在一起工作，"他说，"'软帽子'为什么不到峡谷来看看我们在做什么？"

"他一天比一天靠近。"南希说，"如果不是我们一直都在那里的话，他早就进去了。"

约翰船长跳了起来。

"那里已经很久没有人看守了。"

"而且我们把金粉留在了矿里。"南希叫道,"我们真是笨蛋,十足的大笨蛋。快点,现在他可能在那里。"

苏珊刚刚开始用几把干苔藓擦拭盘子上的油渍,她把苔藓丢进火里,油脂滋滋作响。

"今晚没有饭了,"她说,"不过最后会有热可可。我们喝格罗格酒而不是喝茶,所以省下不少牛奶,我们还要用完那些可可粉。我把它们倒进一只纸袋子里了,为了得到空罐子装黄金。"

"谁要去?"约翰说。

"我们都去。"提提说。

"佩吉和我得去洗刷餐具,"苏珊说,"而罗杰今天也够累的,他没有必要跑两趟峡谷。除非他能做到不喝可可……"

"哎呀。"罗杰说。

"或者他就换个地方,睡在他的帐篷里……"

"不,不行。"罗杰说。

"好吧,"苏珊说,"那你现在就留在这里,帮忙擦洗泰森太太的煮锅。"

"谁要去的最好快点来。"约翰说,"自从我们停止干活去找其他人,那里就一直没有人看守。"

"我看到他回家了。"提提说。

"那是很久之前了。"南希说,"走吧,约翰。"

两位船长匆匆赶往黄金谷,后面跟着提提、桃乐茜和那个忧心忡忡

的地质学家。

"天哪，"约翰爬进矿里的时候说，"我离开的时候还点着灯。如果他到这里发现了灯，那肯定就发现了一切。"

"没事的，"南希说，"如果不知情的人闯进来，他们会被研钵绊一跤。我正好把它放在入口，它还在那里。"

"上面没有血迹吧？"提提说。

"一滴也没有，不管怎样，它还在我原来放的位置上。"

"金子在哪儿？"桃乐茜说。

"在这里。"南希说，"他不可能来过，否则他早就把它偷走了。当苏珊火急火燎地跑来说你们这些傻瓜失踪了的时候，我就把所有的东西都留在了煎锅里。"

在昏暗的灯光下，她小心翼翼地把金粉扒到一起，然后把它们从锅的边缘倒进可可粉罐子里。

"嘿，"提提说，"你收获挺多的啊。"

"如果你们这些人没有失踪的话，我们会弄到更多。这只罐子只装了一半多一点。"

"一块金锭应该有多大？"桃乐茜问。

"不会太大。"提提说，"你们觉得用这些金粉能做出多大的锭子？"

迪克将信将疑地看着可可粉罐子，又看了看那些仍然粘在煎锅底部、潮湿、闪闪发光的粉末。

"等它们全部熔化之后，肯定会小得多。"他说。

319

"你能把它做好，对吗？"桃乐茜说。

"我真希望你们能让我先去问一下他。"

"谁？'软帽子'吗？"南希说。

"石板瓦匠鲍勃。"迪克说，"如果'软帽子'没有来过这里，那也许就意味着他们根本不是一伙的。"

就在那一瞬间，就连南希也似乎有点怀疑了。她在想，也许他们能找到一种方式向石板瓦匠鲍勃请教制作金锭，又不泄露他们已经找到用于制作金锭的金子的秘密。毕竟，石板瓦匠鲍勃本人已经告诉了他们要去哪里找金子。"软帽子"一直在他们上方的山坡上捣乱，渐渐把白漆标记排成一条线，它就像一枚邪恶的指针，正一天天靠近他们的金矿。但是，如果"软帽子"知道石板瓦匠鲍勃告诉过他们的全部情况，还满足于在远处窥探，当黄金谷那么长时间都没人看守的时候，他也没有抓住机会下山看一看，这当然难以解释。

"好吧，我不知道。"南希说。

以前从来没有人听她说过这样的话。

约翰熄灭小提灯，他们弯着腰穿过洞口，在峡谷里站直身子，走进了八月的暮色中。

突然之间，他们的疑虑消除了。

桃乐茜踩到了一只火柴盒。

它在她的脚下嘎吱作响，于是她弯腰捡起了它，发现这事有些蹊跷。

他们每天都非常小心，不在峡谷里留下任何可能暴露旧矿区入口的东西。警告侵占者的告示插在这座小峡谷的中央，就是为了让别人很容

易找到它、阅读它、老老实实离开，而不会发现隐藏着石英和黄金的矿脉在哪里。今天，当苏珊像原住民那样万分焦虑地叫他们去找那四个在山里失踪的人的时候，约翰和南希先是把所有东西都收拾好了，甚至还把研钵藏到了看不见的矿里，他们才离开了峡谷。有那么一阵，她心里想，他们究竟还是忽略了营地上的一只火柴盒。这里有很多。甚至罗杰也有一盒火柴，用来点燃他帐篷里的小提灯。约翰或南希可能在矿里点燃小提灯后弄丢了一只火柴盒。然而，桃乐茜只是看了一眼暮色中她脚下的火柴盒，就知道这是另外一回事。

她吓了一跳，倒吸一口凉气。

其他人都转过身来看她。

"你没有扭伤脚踝吧？"提提说，她想起了罗杰扭伤脚时发出的尖叫声。

"看！"桃乐茜说。

"他来过这里！"南希叫道，似乎她很开心。

她捡起火柴盒，盯着它看。其他人都围了上来。谁都看出那不是他们自己的。首先，形状不同，没有那么深。其次，它上面不是熟悉的挪亚方舟图案，而是一只红色的三角形，中间有一只红色的眼睛，还有红色的光线向四周照射。

"哎呀，"南希说，"天哪！这根本不是英语。这是什么？Phosphoros de Seguranca...Marca Registrada.Compannia Fiat Lux..."

"这有点像拉丁文。"约翰说。

火柴盒被压扁了。南希又把它捏成了原来的形状。

"好吧，"她说，"他没有进过矿里，但他已经非常接近了。"

"我们要怎么办呢？"约翰说。

"去把它扔在阿特金森农场那里，"南希说，"这样他就会明白我们知道他的所作所为了。这样应该可以警告他。"

他们爬上峡谷的一侧，眺望着高岗。那里一个人也没有。

"走吧，"南希说，"天黑之前我们还有点时间。我们去把它扔在阿特金森家的门廊里，然后你在回来的路上去接罗杰。他们也该准备好可可了。走吧。"

经过这漫长的一天，虽然他们都很累，但是当约翰和南希出发往邓代尔路走的时候，提提、迪克和桃乐茜还是赶紧跟了上去。他们一直留心着四周，但没有发现任何动静。

"他一定在家里，我敢打赌。"南希说，"好了，现在还有谁认为他不是在找我们的金子？鲍勃肯定什么都告诉了他。"

没有人愿意在高岗边上放哨等着。他们五个人都跑到了路上，然后在约翰和南希的带领下，悄悄地穿行在通往阿特金森农场的马车道旁的树林里。

黄昏降临了，农场楼下的一扇窗户已经亮起了灯，从那里可以望向外面的小花园。

"嘘，"南希说，"等等……"她独自溜到了花园墙下。有那么一会儿，他们看见她在门廊里弯着腰。很快她就又和他们在一起了。

"听，"她低声说，"阿特金森家的人都在房子的另一侧。那是他的窗户。我们去确认一下他是不是在家里。贴着墙边。如果我们穿过去，到

冬青树丛那边，就能看到里面。"

当他们蹑手蹑脚地绕过花园、到达冬青树丛的时候，一群蝙蝠在头顶上晃来晃去，映衬出一片苍白的天空。

"他在那边。"约翰说。

"那是什么？"南希喘着粗气说，"看那张桌子……"

在夏天的夜晚，窗户是敞开的，他们可以通过窗子看到里面。"软帽子"穿着衬衣正坐在一张扶手椅上，他脚上穿着拖鞋，跷着二郎腿。桌子上还摆着剩饭，但他们不是在看这个。白布只盖住了半张桌子，另一半桌子上放着一些书，最上面还随意放着一张地图，而在这些书的旁边是六七块白色石英，在一盏油灯的照耀下熠熠生辉。

"我们冲进去吧。"提提说。

"安静，"约翰说，"不要踩到树枝。现在我们已经确定了。这就够了。我们出去吧。"

他们没有再说一句话，直到再次回到邓代尔路上。

"好吧，"南希说，"这意味着对任何人说一个字都不安全。我们干脆靠自己动手干完整件事。"

"迪克能处理好的，没问题。"桃乐茜说。

"我们会需要大量的木炭。"迪克说。

"我们知道怎么做木炭，"南希说，"我们经常看比利兄弟做。"

"还要有一台合适的鼓风炉，"迪克说，"不可能用别的方式得到足够的火力。"

"它是什么样的？"南希说。

暮色中的侦察员

"它需要一只风箱。"迪克说。

"妈妈有一只漂亮的风箱,"南希说,"在客厅里。走吧,去告诉其他人。连苏珊也会明白现在的情况很严重。"

他们回到营地,发现苏珊正面无表情地搅拌着可可,而罗杰则异常安静地看着她。最终,她还是听到了整个可怕的故事,也就是隧道是怎么在探险者们刚离开就垮塌了的事。你会认为,到了这个时候,即使是原住民也不会心烦意乱了,因为大家都活得好好的,苏珊却不由自主地去想那些很可能发生的事情。

他们跟她说了在峡谷中发现火柴盒的事,还有他们如何看见"软帽子"在阿特金森家的房间里,而他旁边的桌上放着几块石英。

"所以就这么定了,"南希说,"我们必须在没有任何帮助的情况下自己动手干。明天得有人去贝克福特拿客厅里的风箱。迪克还想要一只坩埚和一根吹风管。"

"我不管你们要做什么,"苏珊说,"只要不再钻进隧道就好了。"

"不会了。"南希说。

约翰和提提互相看了看,又看向别处。如果苏珊真的看到了约翰所看到的情况,也就是看到那根绳子进入了山里,并被垮塌的一块巨岩和烂木头压在下面,她会说什么呢?

"再有三天就可以了。"南希说,"我们可以避开'软帽子'那么长时间。但我们绝不能再给他机会到峡谷里刺探了。"

他们围坐在营火旁,一边喝着滚烫的可可,一边开会。等到约翰和罗杰摸索着回峡谷值夜班时，明天的计划已经制定好了。罗杰和桃乐茜将担任侦察员。约翰、苏珊和南希将进行最后一次碎石和淘洗的工作，然后开始收集制作木炭用的木柴。佩吉、提提和迪克将去贝克福特买东西、借东西。至少，算不上是借，因为就目前的情况来看，他们已经决定即使到了贝克福特也不提发现金子的事。这就是为什么派去的人当中会有佩吉。无论是提提还是迪克，都不赞成突袭贝克福特并带着风箱逃走的主意。他们不介意拿走弗林特船长的东西，因为他们是为了他才要拿走的，但是偷走布莱克特太太风箱的事得由布莱克特太太的女儿来做。

"不管怎样，苏珊，"南希说道，她看见约翰的手电筒发出的微光在高岗上闪烁起来，就回到营地，"一等水手们穿过了隧道是一件非常好的事。如果我们明天带着金粉过去，暴露了整件事情，那就非常糟糕了。"

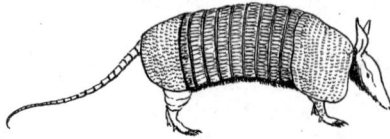

第二十七章

抢购吹风管

　　两辆风尘仆仆的自行车拐进了贝克福特的大门。佩吉骑着她自己的车，站在踏板上，提提坐在她后面的座位上。迪克骑着南希的车，他发现车架相当大，甚至把座位降到最低之后也是这样。有两三次，他差点摔下去，尽管这主要是因为他在一直在想其他事情。南希给他贴上了"教授"的标签，希望他什么都明白，这也挺好。他绘制了一张炉子的草图，部分是参考了那本书，但他还没有想出如何将坩埚固定在烧红的木炭中间。

　　不管有没有"软帽子"，他都很想和石板瓦匠鲍勃谈一谈。

　　他们在马厩院子里停了下来。

　　"我们把自行车推到墙边，"佩吉对迪克说，"放在那里没问题……你好啊，厨娘！"

　　"噢，佩吉小姐，你真是个稀客……露丝小姐好吗？"

　　"南希很好。"佩吉说，"你呢？我们没有带什么吃的……"

　　"我以为厨娘不可能在和别人说话呢……"布莱克特太太正靠着楼上的一扇窗户，"厌倦勘探了？你好啊，提提。还有你，迪克。这里有你们两个人的信。还有其他矿工吗？没有？你说我们有东西给他们吃吗，厨娘？"

　　"干面包总是有的，夫人。"

　　"我们就给他们吃这个吧。"布莱克特太太说，"噢，对了，迪克，你

来得正好……你的那只铃铛已经不是原来的样子了。昨天它叮当一声就不响了。如果不是我碰巧在过道里，你们的鸽子回来了可能也没有人知道。它又很晚才回来……"

"我们直到很晚才把它送走。"迪克说，"您看……"这时他瞥见了佩吉的眼神，于是想起来了。正如南希所说的那样，毕竟每个人都好好地从山里走出来了，没有必要事后再惊动大家。

他们穿过厨房的门和后面的过道，进到一个房间里，那里看起来仍然像被龙卷风和飓风横扫过的样子。布莱克特太太从没铺地毯的楼梯上跑下来，亲吻佩吉和提提，并跟迪克握手。

"你们的信，"她说，"一封给迪克，一封给桃乐茜，一封给提提……噢，对了，还有两张普拉特河的彩色明信片，是给一对外甥女的。"

"是吉姆舅舅寄来的！"佩吉说。她和迪克一样有心事，而且已经向客厅的门走去。她接过明信片，盯着它看，就好像她心里没有想别的事一样。"没有蒂莫西的消息吗？"她说，"什么都没运过来吗？"

"只有一些板条箱。"布莱克特太太说。迪克握着开到一半的信，看见了立在走廊地上的两只大板条箱上印着的大标签。"国际采矿设备公司"。他真想看看里面。"我昨天又给火车站打了电话，"布莱克特太太继续说，"但他们什么都没有收到，甚至连你们的明信片上也没有一个字。我真希望你舅舅能写信来……"

"他画了河里一艘船的桅顶上悬挂的大象旗呢。"佩吉说。

"他只要说出他在哪条船上以及什么时候到达就行，那都花不了他画画的一半时间。"她母亲说。

"我妈妈让我代她向您问好，"提提说，"还有布里奇特。我妈妈希望我们没有惹太多麻烦。我们还没有，是吧？当然，我的意思是直到目前为止。"

"还没有，"布莱克特太太说，"你们的表现就像金子一样好。你们值得拥有你们发现的一切……从客厅出来吧，佩吉。我们才刚开始收拾。"

佩吉躲到门里面，只去了一会儿，但这已经足够长了。她回到走廊，没有转身，就像螃蟹那样横着飞快地跑开，穿过门消失在过道里。

迪克正在慢慢读他的信，没有看见发生了什么事，但是提提已经看完她的信，瞥见了佩吉藏在身后的东西。"像金子一样好？"她的脸颊有点发热。噢，好吧，没有人想在盛夏时节点燃客厅的炉火。

"那你们有什么计划？"这时布莱克特太太说道。

"我们必须去对面的里约，"提提说，"我们已经用完了所有手电筒的电池。"

"可能还有其他事情，"迪克说，"我们得先去弗林特船长的房间看看。"

佩吉回到了走廊。"您不会要给书房来一次大扫除吧？"她说。

"他喜欢保持原样。"她妈妈说，"哪怕我们用掸子扫一下，似乎总有什么东西会弄丢。不过我很高兴你们要去村子里，这样我就不用跑一趟了。我会给你们列一张清单……我只需要看看厨娘想要什么。你们最好吃了午饭再去。"

佩吉看了看迪克。

"有好几样东西要看，"他说，"还得把铃铛弄好。"

布莱克特太太走了。"噢，厨娘，这不挺幸运的吗？我们的购物清单呢？细砂糖快用完了……这是什么？肉桂？"他们走进弗林特船长的书房时还听见她在厨房里欢快地唠叨。

"不管怎样，拿到了风箱。"佩吉说。
"我看到了。"提提说。

自从他们上次看到这间书房，已经过去了十天。书房里有一股早已枯死的金盏花的味道，迪克没有注意到它。他直接走到装有玻璃门的架子那里，弗林特船长把各种仪器、称重秤、瓶子、过滤器、酒精灯和六排试管都放在里面。

"很好，"他说，"他有一些非常棒的坩埚。我还以为我曾经见过……"

不过提提和佩吉几乎没怎么听他说话，她们正在看用来装饰犰狳睡笼的已经褪色的花环。

"噢，"提提说，"全都死了。真幸运它还没有来。"

"那些明信片是昨天才收到的。"佩吉说，"如果吉姆舅舅是用同一艘船送蒂莫西，那它可能随时会出现。人们总是先收到邮件。"

"'欢迎回家'这几个字看上去还是不错的，"提提说，"但我们必须放一些鲜花。"

"如果我们把花放在水里，它们会比花环更新鲜。"佩吉说。

"我来告诉你吧，"提提说，"它可能看着热带植物感觉更亲切呢……"

"我们可以为它借一株仙人掌。"佩吉说。

"它会喜欢的。"提提说，"客厅里不是有一棵棕榈树吗？还有一些蕨类植物……你觉得我们能问一下吗？"

"把它们从灰尘弥漫的地方拿到这里来，真的挺好，"佩吉说，"我妈妈会很高兴。"

"我们要为它造一片林间空地。"提提说。

于是，当迪克从百科全书中查阅鼓风炉，并将图片与他画的草图进行比较的时候，她们扔掉了褪色的花环，用红色和蓝色硬纸板剪出"欢迎回家"的字样贴在蒂莫西的睡笼上，睡笼放置在棕榈树荫下，看上去完全不一样了，前门边有一株带刺的仙人掌，后面有六七棵展开的蕨类植物，构成了一个热带绿植的背景。

"我认为我们应该拿最大的那只坩埚。"迪克说。

"整套都拿上吧。"佩吉说，她站远了一点，以便更好地看看犰狳的林间小屋。

"哪怕最大的那只也相当小。"迪克说，"但我认为也可以……不过我到处都找不到吹风管。"

"它是什么样子的？"

"就是一根可以吹气的管子，"迪克说，"一头大，另一头有一只非常小的喷嘴……"

"他可能随身带着它。"佩吉说，她在架子上乱找了一番，差点把整套坩埚碰落到地上，把迪克吓了一跳。

"我要在里约买一根，"迪克说，"一直都会用到它。"

布莱克特太太站在门口，望着那片小森林。

"噢，佩吉！"她说着，不由自主地笑了起来。

"不会伤到他们的。"佩吉说。

"我必须说，"布莱克特太太说，"它看上去很可爱。如果那只可怜的小动物死在旅途中，那真是太可惜了……你弄得怎么样了，迪克？鸽子铃呢？再过半小时就要吃午饭了。"

迪克急忙往鸽棚跑去。一定是有一根铁丝滑落了，不会有其他问题。他马上就能把它纠正过来。他一路跑着，满脑子想的还是百科全书中关于鼓风炉的内容。他爬上通往阁楼的梯子，打开门。

"你好，索福克勒斯！"他说，其实心里在想别的事情，"你好，荷马……"然后他停了下来。索福克勒斯……荷马……当他弯腰检查铁丝时，那两只鸽子在他头上飞来飞去……两只……但是……当然……噢，好吧，提提知道……他回到梯子顶部的外层门那里。

"提提！"他叫道。

"嘿！"

它们俩正飞过院子。佩吉拿着一把豌豆准备犒赏索福克勒斯。

"那里应该有多少只鸽子？"迪克说。

"一只，"提提说，"我们有两只在家里。"

"但这里有两只呀。"佩吉爬上了梯子。

"是荷马。"她说。

"它一定是逃出来的。"迪克说。

"看看它的腿！"提提喊道。

"把滑门关上！"佩吉大叫，"快，迪克，你这个笨蛋，不要让它出去。它带着信息。咻……咻……咻……"她呼唤着鸽子们，它们安静了下来，并走近看了看豌豆。过了一会儿，她抓住荷马，从它腿上的松紧带里抽出卷好的薄纸片。

颤抖的手指打开了纸卷。

纸上有常见的骷髅，还有两句简短的话：

敌人全面撤退。侦察员看见他开车逃跑了。

"如果他走了，"迪克如释重负地说，"我们就能找石板瓦匠鲍勃帮忙了。"

十分钟后，铁丝已经接好了。先前被带到外面的荷马又急忙闯进去要吃更多的豌豆，弄响了厨房过道里的铃铛，声音太大了，厨娘差点又摔了一堆盘子。迪克的工作完成了，笑呵呵地进去吃午饭。布莱克特太太注意到了。

"你好啊，迪克，"她说，"发生了什么事？我们是不是应该祝你'天天快乐'？"

"真是好消息。"佩吉说，"南希派荷马来告诉我们，敌人已经撤退了。"

布莱克特太太似乎也很开心。"我很高兴他在见到南希之前就走了。"她说。

但他们得到好消息后并没有高兴很久。他们午饭吃的并不是干面包，布莱克特太太告诉他们应该去什么商店、买什么东西："不要买那种看上去干干的橙子……我还没写是什么牌子的巧克力……是不是有一种是罗杰特别喜欢的……提提知道……能掰成方块的那种……"接着，他们在炎热无风的下午划船到对岸的里约。佩吉和提提一人拿着两只篮子走了，把迪克留在药店门口买电池和吹风管。

药店里的人相当多。游客们正在购买防晒护肤品和预防枯草热侵袭喉咙的东西。不过对迪克来说，药店总是很有趣，他并不介意排队等待。他找到一个地方，可以看见柜台上成堆的专利药品后面的一张实验台，有个人正在那里配药。迪克看着他摆弄试管和带有玻璃塞的瓶子。一两分钟后，他以为要轮到他了，但那个卖东西的人还在忙着，而且药店里的人似乎比以前更多了。又进来了不少新顾客。迪克身旁是一个穿着很长很宽松的法兰绒裤子的人，钱币在他的一个口袋里哐当作响。"呃……呃……"穿着那条裤子的人两次羞涩地开口说他想买的东西。迪克抬头看了看那条裤子上面……一件灰色的法兰绒外套松松垮垮地挂在身上……一顶棕色的旧帽子……迪克焦急地看向门口……别人会以为他要干吗呢？就在这时，迪克还没来得及做什么，柜台后面的那个人在一只用白纸包着的药盒上点了一些红色的密封蜡，把它交给另一个顾客，然后转身对着"软帽子"……

"先生，您需要点什么？"

"呃……呃……""软帽子"说，"不知道你们有没有小吹风管这种东西……"

迪克张开了嘴。他又把嘴合上了。他摘下眼镜，擦了擦。他的手指颤抖着，眼镜差点掉下来。

柜台后的那个人拿出一把吹风管供"软帽子"挑选。

"它们都有一点灰尘，"他说，"很少有人向我们买这个。"

"这根很好。""软帽子"说，"你说多少钱来着？噢，不，不用包起来……"他把吹风管塞进胸前的口袋，付了钱，就神情紧张地从顾客和狭窄的柜台之间走了出去，那些柜台之间挂着海绵袋、热水袋，堆着保温瓶、牙刷和专利药品。

"我能为你做点什么？"

迪克回过神来。

"请给我一根吹风管。"他说。

"嗯，真有意思呢，"柜台后面的人说，"从来没有人问起过这个东西，很少有。而我刚卖出去一根，现在又卖了一根。那你要吹风管做什么？收集鸟蛋吗？"

"不是。"迪克说着，脸刷地变红了。但是这个人并不知道他对鸟类感兴趣，反感收集鸟蛋的人。

"现在还没到时候，是吗？"那人说，"我不知道那位先生……"但还有其他顾客在等着，他把吹风管拿给迪克，收下了钱，迪克还没来得及回答他的问题，他就对一位患重感冒的老太太说，治疗枯草热没有什么比西姆斯嗅盐更好的药物了。

迪克跌跌撞撞地走出药店，直接跑到其他同伴那里，她们正提着篮

子在人行道上慢慢走着，篮子里塞得满满的。

"嘿，迪克，"佩吉说，"我们可得注意。'软帽子'没有离开。他就在这里，在里约。我们刚才看到他了。"

"我知道，"迪克说，"他在药店里。他刚才在买吹风管，把它放进了他的口袋……"

"畜生！讨厌的畜生！"佩吉说，"这表明他已经得到了需要使用吹风管的东西。"

"我们的金子。"提提说。

"快，"佩吉说，"我们快点走。我们应该让他们知道'软帽子'的情况。我们已经买好了东西，除了姜汁啤酒。电池呢？"

但是迪克忘记买其他东西了，除了那根吹风管。他们回到店里，这一次没有久等。佩吉吸引了那人的目光，挑选了他们想要的八节小电池，付了钱，一会儿就回到了人行道上。

他们在街上来回张望了一番，又沿着前面的船坞看了看，没有看到"软帽子"的身影。他们去了那家小店，两年前约翰船长和苏珊曾在那里为燕子号船员买过格罗格酒。佩吉勾掉了她清单上的最后一项。"两打汽水。"那人非常友好地帮着把瓶子装进迪克和提提的背包里，每人一打。佩吉的背包和自行车一起留在了贝克福特，因为那里面已经装了东西。装满瓶子的两只背包差不多是迪克能提得动的极限了，他两只手各提一只。另外两个人提着杂货，腾不出手了。一阵风从南边吹来，三个人都很欣喜，船坞边的水面泛起涟漪，他们不必划桨——除了在河口，就能把亚马孙号驶回贝克福特。

　　他们把货物卸到船库，再经过草坪运到房子里，这时，他们才知道，他们采购的大部分东西都是为他们自己的营地而买的。布莱克特太太提出要开着老爷车载他们去山谷中的泰森农场。他们犹豫了一会儿，不过佩吉说，无论如何自行车也要运东西到营地去。

　　"随你们便吧。"她妈妈说，"而且再过半小时就可以喝茶了。你们最好等一等。"

　　"'软帽子'还没有走，"佩吉说，"我们得让他们知道。"

　　"等你们准备好，茶就准备好了。"她妈妈说。

　　他们走进马厩院子，把东西装上自行车。这一次谁也无法骑车。装满姜汁啤酒瓶的两只背包分别挂在南希自行车的车座两边，装着荷马和索福克勒斯的旅行篮绑在行李架上，一只装有各类杂物的篮子用绳子系在车把上。佩吉的自行车驮着四打装在纸箱里的鸡蛋、一篮橙子、一篮面包、饼干和一大罐为特殊情况准备的牛舌，还有一些较小的包裹和佩吉那只装着风箱的背包。风箱藏得很好，但形状很奇怪，无论她怎么摆放，黄铜喷嘴都会从顶部露出来，为此他们为难了好一会儿……

　　正如佩吉所说，整个下午布莱克特太太都在客厅里忙个不停。真不走运，虽然那是夏季里最热的一天，但她那只挂在客厅墙钉上的风箱弄丢了，炉围和火炉用具却挂在原处，她把这个房间全面检查了一番。敲完锣提醒大家可以喝茶了，她还在感叹，接着她来到院子里欣赏"大篷车"，并建议说，有那么多东西要搬运，最好推迟到晚上天凉了再出发……

"一件又一件东西，"她说，"你差不多会觉得家具这么做是为了好玩，看看东西是怎么弄丢的……就说那只旧风箱吧……我几乎可以肯定我昨天才见过……"

她看见佩吉的脸，停住了。"哎呀，"她说，"你知道关于风箱的事吗？我可能已经猜到了……你把它藏在哪里了？"接着，顺着佩吉的目光，她看了看佩吉那辆靠在墙上的自行车。她看到了一篮橙子、背包，然后就是背包顶部探出来的风箱的黄铜喷嘴，正在太阳下闪闪发光……"佩吉，你这个坏孩子！"

"我们就是需要它呀。"佩吉说，"而且风箱放在客厅里，要等到冬天才会用上。我们只用它几天……"

"难道没有风箱，你们就不知道怎么点燃营火吗？"她妈妈说。

"不是营火，"迪克说，"而且没有风箱就是不行……"他突然住口了，再说下去就会把他们的计划全部透露出来。

提提的话帮了大忙。

"我们会仔细保护它的，"她说，"苏珊知道我们要来拿风箱。"

"噢，好吧，"布莱克特太太说，"如果苏珊知道的话……但如果你们把那只漂亮的黄铜喷嘴沾上很多烟的话……"

"我们会让罗杰把它擦亮，或者由我来。我们已经很久没有擦过黄铜制品了。"

布莱克特太太就此罢休。"来吧，来喝茶。"她说，推自行车的小家伙们感激不尽，都认为如果他们赶紧喝杯茶，路上可能会走得更快。

回去的路是一场漫长的跋涉。他们很少说话。每次有一个人休息，可以自由地走路，而另外两个人则推着满载货物的自行车。上山时，休息的那个人帮忙推。下山时，休息的那个人帮忙拖住车，以免它冲下去。在最糟糕的路段，唯一能做的就是一次只推一辆车前进。

距离泰森农场还有一半路程的时候，他们身后响起一阵喇叭声。一辆汽车匆匆驶过，任由他们被扬尘呛到。不过他们都看到了车里的人。

"是迪克·埃勒雷，"佩吉说，"一定是'软帽子'雇了他一天。"

"好吧，他还没开溜，"提提说，"他已经回来了。"

"带着一根吹风管。"迪克说。

穿过泰森农场的院子后，三个人来到树林脚下休息。他们把一辆自行车留在那里，接着就发现他们只能勉强应付一辆像这样满载货物的自行车，他们又是推，又是拉，跌跌撞撞，滑来滑去，才上了树林里那条陡峭蜿蜒的小路。

他们累坏了。

他们不停地往上爬，先是把自行车撑到这一边，然后又把它撑到另一边。汗水灌满了他们的眼眶，顺着鼻子流下来。

树林顶上的声音响了一段时间之后，他们才真正注意到。砰、砰、砰，还有锯子有节奏的咔嚓声……砰……砰……砰……

"烧炭工，"提提惊叫道，"那是他们弄出来的响声。"

"的确是烧炭工。"佩吉说。

他们突然不那么累了，就继续赶路。

他们终于穿过树林来到了营地。它看上去完全不同了。整个下午其

他人一直在那里干活。旧矿坑大块圆形空地上的枯叶已经被清扫干净，空地已经被当年真正的烧炭工留下的灰渣染黑了。在它旁边是一大堆绿色的树枝。约翰挥舞着斧头，砰、砰、砰，把细点的树枝都砍成了一样的长度。南希拿着锯子正在锯那些较粗的树枝。桃乐茜和罗杰则把它们堆起来，以便派上用场。

"好家伙，"南希喊道，"他们把鸽子带来了。你们拿到风箱了吗？你们有没有收到我们的消息？另一辆自行车呢？"

"在树林下面，"佩吉说，"装满了东西。"

"车架后部几乎要断了，"提提说，"就像这辆一样。"

"好吧，我们会下去把它弄上来，你们觉得怎么样？"

"'软帽子'还没开溜，"佩吉说，"刚才回来时他从我们身边经过。我们在里约见过他。"

"他和迪克去了同一家药店。"提提说，"可恶的是……"

"什么？什么？"南希说。

"他也在买吹风管。"

第二十八章

烧炭工

吃完早饭，工作又开始了。苏珊在井边清洗餐具，罗杰在白蜡树顶上瞭望，迪克独自待在营地。如果他不是那么专注于他正在做的事情，就会听见砍柴人的声音。他们还需要更多的木材来垒成炭堆，现在那堆柴火看上去像被切掉一块的蛋糕，树枝都指向中间。其他人正忙着拿树枝来填补那块缺失的部分。

但迪克什么都没听见。他趴在地上，用他的新吹风管把蜡烛的火焰吹进他在一小块木炭上刮出的一个小孔里，那块木炭是很久以前真正的烧炭工留在矿坑的。小孔的边缘先是变红，然后因受热而变白。他停下来喘了口气，把小刀伸进装有金粉的可可粉罐子里，用刀尖挑了一点放进木炭的小孔里。

"现在应该可以了。"他大声对自己说，尽管他根本不知道自己开口说了话。

一片阴影落在他的手上。提提和桃乐茜把一车木头扔在柴堆旁，就过来看他。

他抬起头，眼睛几乎没有看她们。

"要不要我去把南希叫来？"桃乐茜说。

"等金子冒泡了再说吧。"迪克说。

他深深地吸了一口气，又开始干活。由于他尽可能多地吸气，腮帮子变得鼓鼓的，这样他在用鼻孔吸气的同时也能给吹风管吹气。火焰嘶

嘶作响。小孔周围的木炭再次变红，然后发白。那一小堆金粉变暗了。

"都混在一起了。"桃乐茜说。

"正在熔化。"提提说。

粉末消失了，取而代之的是一滴小小的又红又热的东西。

迪克不停地吹气。那发光的一小滴东西在烛火的喷射下滚进了小孔里。

"他成功了。"桃乐茜大叫道。

"这是个小金块，"提提喊道，"过来看看。"

约翰和南希扔下他们怀中的树枝，从营地那边跑过来。

"天哪！"南希说。

迪克停止了吹气，他的额头上都是汗。他小心翼翼地放下吹风管和木炭，翻了个身，坐起来，摘下眼镜擦了擦，又戴上了。炭火正在冷却，发光的那一小滴东西变得越来越暗。

其他人都带着疑问看着他。发生了什么事？他们都以为等它冷却后就会变成一块闪闪发光的小金块。它黯淡无光，发暗，几乎全黑。

"哪里出问题了。"迪克说。

"也许这只是它外层的灰尘。"约翰说。

迪克用手指把那滴又小又黑的东西从木炭的孔中弄出来，结果指尖被烫了，然后就改用他的刀尖去取。

"它太小了，很难刮。"南希说，"把它切成两半，看看里面怎么样？"

迪克把那滴又小又黑的东西弄到一块扁平石头上。它太小了，很难用刀子切它。有两次它差点从石头上滚下去消失不见。后来，它卡在一条裂缝里，迪克用刀子边缘划过它，接着压了一下。它碎成了黑色的粉末。

"有意思，"他说，"它熔化得很好。"

"我敢打赌它和木炭混在一起了。"南希说，"你自己说过应该把它放在坩埚里的。"

"当然，它不是一块干净的炭。"迪克说，但他说这话时也很怀疑。

"不管怎么说，只试这么一小撮也没什么用。"南希说，"你会发现，只要我们的做法正确，结果就会相当好。"

"书上确实说要用坩埚。"

"我们继续烧炭吧，"南希说，"还要造熔炉。明天我们就把这些东西全部熔化掉，然后得到一个像我的拳头一样大的金块。天哪，罗杰，你真的把我吓了一跳。"

"啊嘀！"罗杰的尖叫声再次从白蜡树顶上响起，"啊嘀！他正从农场走出去。"

"两名侦察员到峡谷去。"南希命令道，"罗杰可以去，还有提提。如果他想要侵占我们的矿山，就把他赶走。你们要是需要帮助，就发信号。我们会时刻注意着。悄悄地过去，要先赶到那里。"

"他要去哪里？"

"他不是往这边来。"

侦察员们彼此低声交谈，他们的身子在峡谷里，脑袋正好够高，可以从边缘看见外面。

"软帽子"很快看了看他涂在最低点的白漆标记之后，开始穿越高岗，朝着矶鳕峭壁的方向走去。很长一段时间里，他们就看着他不停地走啊走，直到他来到山脊脚下。

"他要穿过隧道去找石板瓦匠鲍勃。"提提说。

"他走不过去。"罗杰说。

"他还不知道啊。"提提说。

"我在想他是否知道要从哪个洞进去。"

"软帽子"似乎对关于洞的问题毫不怀疑。他走上前去，然后，就在两天前他突然出现并把看守的人吓一跳的地方消失不见了。

"不会太久的，"罗杰说，"这一次，他将比以往任何时候都更像玩偶盒里的玩偶。"

他们无法在峡谷里面看见山坡上的那个洞，但他们可以看见洞附近的岩石，知道它的确切位置。他们观察着。一分钟又一分钟过去了。

"他不可能一路挖过去。"提提说。

"可能又有一大块东西砸在他头上了。"罗杰满怀期待地说。

"噢，不，不。"提提非常排斥这个可怕的想法。"软帽子"可能是个对手，可能和石板瓦匠鲍勃是一伙的，也可能非法侵占他们的矿山。然而，不管怎样，提提还是希望他平平安安地过去。"噢，好了，"她说，"他在那儿呢。"

"我敢打赌，他肯定很生气。"罗杰说。

"软帽子"好像已经把衣服弄得很脏了。他们看见他把外套脱下来抖了抖，还尽力用手帕把它擦干净。然后，他们看见他在努力整理裤子的膝部。

"在隧道里摔倒了。"罗杰说，他的语气是幸灾乐祸而不是同情。

"现在他会做什么？"提提说。

"软帽子"很快就下定了决心。他把外套甩在肩上，转身向山脊攀爬，两天前，四个一等水手就是从那里飞奔下来的。

"他有话要跟石板瓦匠鲍勃说。"提提说，"不知道他发现了什么。我估计他整个晚上都在用吹风管忙活什么。"

"等到了山顶，他就会很热了。"罗杰说。

"软帽子"慢慢地爬上了山脊的陡坡。峡谷边上的看守者们不需要使用望远镜了。他的衬衫就是一个很容易跟踪的白色斑点。它一直往上升，当攀登者休息时，它也停了下来，然后它又继续动起来，越升越高，消失在满是岩石和石楠的沟壑里，接着又在沟壑的另一边出现，一直再往上升，直到最后，它终于到达天际线，消失了。

有一两分钟，他们盯着空荡荡的山坡。然后提提跳了起来。

"走吧，罗杰，"她说，"我们去汇报一下。"

"很好，"南希说，他们发现她和迪克拿着铁锹在"长城"顶上忙个不停，"可能他的吹风管也出了问题，他已经为这件事去问了石板瓦匠鲍勃。"

"我希望我们可以做到。"迪克说。

"你们在干什么？"罗杰说，"弄园艺？"

"长城"顶部一块又长又宽的条状岩石上的草皮已经被清除干净。那

里的土层很薄，很容易用铲子铲起。他们看着南希把她的铁锹铲到草皮下面，往上一翻，然后把它切成方块。旁边已经垒成一堆了。

"这是给木炭做外壳用的。"南希说，"去吧，能拿多少就拿多少。把它们搬下去，你们会明白的。"

迪克帮着搬运，他们踉踉跄跄地顺着峡谷向营地走去，路上遇到佩吉和苏珊，她们是来搬运另一批草皮的。

木炭堆看起来完全不同了。缺少的部分已经被填上，只留下一条小通道沿着地面直达中间。木炭堆的顶部已经盖上了他们搬运来的那些草皮。约翰伸长手臂，穿过了那条小通道。

"这次可以了。"他收回手臂，站起来说道，"这条小通道已经垮过两次了。"

"我们也要把这些外壳放上去吗?"罗杰说。

"先把它们弄湿，"约翰说，"把它们和其他的一起放下去吧。"

就这样，"木炭蛋糕"变成了"木炭布丁"，它的边上是一排排准备派上用场的草皮。桃乐茜提着水壶从井边走出树林。

"噢，太好了，"她说着就把水浇在草皮上，"但由于我总是去打水，井水已经变得相当混浊了。"

"没办法。"约翰说，"我们很快就要准备点火。小心点，罗杰，不要踢掉那些树枝。我们点燃火以后，就要把它们塞进那条小通道。"

苏珊、佩吉、迪克和南希来到营地，每个人都带着尽可能多的切好的草皮。

"差不多够了，是吧?"南希说，"通道现在怎么样了?"

木炭布丁

"一切正常。"约翰说。

南希掏出一盒火柴。

"去吧，约翰，"她说，"你的手臂最长。"

约翰再次趴下，点燃一根火柴，把胳膊伸进通道。

"它熄掉了。"他说。

他又点燃了一根火柴。

"为什么不随便找个地方点燃？"罗杰问。

"因为是青树枝。"迪克说，"他在中间放上了干树叶和干树枝。"

第三根火柴熄灭了。

"我们必须把它扒开才能点燃它。"南希说。

"如果那样的话，它就会像篝火一样烧起来。"约翰说。

迪克正盯着看。南希看到了他认真的神情。

"有话就直说吧，'教授'。"她说。

"我们不能把树枝一头做成火把吗？就用干燥的苔藓怎么样？"

"我知道哪里有。"罗杰说。

他很快就带着几把干苔藓回来了。约翰把这一捆干苔藓绑在一根树枝的一头，然后他又趴了下去。

"你点燃它，南希，我把它放进去。"

苔藓燃烧起来了，约翰把它伸进了通道。木炭堆中间突然传来噼里啪啦的巨响。约翰伸手去拿青树枝，它们全都砍成了长条形，就为了填进通道。他把它们塞了进去。

烟雾开始从外壳的缝隙中涌出。噼里啪啦的响声越来越大。

351

"快点，快点……把它们贴上去。"南希说。

"它凹下去了，"提提说，"它凹下去了。它马上就会烧起来。"

"千万不能啊，"南希说，"快！要湿的草皮，不是干草皮。"

浓烟从木炭堆上涌出。在那令人绝望的几分钟里，他们好像就要败下阵来。但由于八个人堵住了漏洞，火势得到了控制。他们堵上一个又一个漏洞，直到最后木炭堆被草皮外壳覆盖，每块草皮的草都向内，整体看上去就像一个死土堆。

"我们把它扑灭了？"

"我还能听见声音。"提提一边说一边把头靠近听了听。

"最好开一两个洞，"南希说，"他们从来不会把它完全封住，直到烟雾改变颜色。"

他们随意掀开一块草皮，烟一下子冒了出来，黄褐色的，绿色的，很呛人。

"没事了，"南希说，"里面控制住了。只要我们不让这一整堆烧起来就好。"

"现在几点了？"佩吉说。

"它要烧多久？"迪克一边问一边掏出他的手表，"快三点了……"

"那就怪不得有人饿了。"罗杰说。

"我还没做饭，"苏珊说，"只能吃沙丁鱼了。"

"烧炭工让他们的土堆烧了好几个星期。"佩吉说。

"但我们不能。"提提说。

"我们的原住民要过来，所以不能啊。"桃乐茜说。

"反正我们不能。"南希说，"吉姆舅舅——也就是弗林特船长随时会回来。他现在可能已经回来了。他可能散步到这里，就为了跟我们打招呼，我们却拿不出一块金锭给他看。连一天的时间也没有必要。他们的木炭堆大到足以覆盖整座营地，我们的却很小……到明天晚上我们的木炭堆就应该焖好了。好了，苏珊，快去把沙丁鱼拿出来吧……"

"游过去吧，"提提听到罗杰喃喃自语，"或者小跑，总之要以最快的速度。"

佩吉已经去了接骨木丛下面的储存点，为了保持凉爽，所有的罐头都储存在一个地洞里。

"九听罐头。"她说。

"只留下一听也不好，"罗杰说，"每听罐头里有十六条沙丁鱼，所以我们每人都有一听罐头，然后每人还有额外的两条沙丁鱼。"

"好啊，"苏珊说，"晚饭我们就吃热的干肉饼和煮土豆。午饭的事，真是抱歉。"

没有人真的介意。木炭堆就像一只冒烟的大布丁，本身就是一种烹调形式。谁也没有时间去考虑做午饭。大家一边围着它转圈，一边用勺子舀罐头里的沙丁鱼吃，连最后一滴油都舔干净了。提提的水井里的水还没有再次沉淀下来，所以想喝茶也没有用。为了尽快打水来浇湿草皮，井水已经变得非常泥泞。

"我应该把一壶水放在一旁的，"苏珊说，"我们本来可以用煮锅给外壳浇水。"

"我们也需要水壶啊。"桃乐茜说。

"很多矿工是饿死渴死的，"提提说，"一天不喝茶是完全可以坚持住的。"

"还有很多格罗格酒。"罗杰说。

"我们可以把剩下的牛奶分一下，"苏珊说，"今晚有人得下山去取些新鲜牛奶。"

"让我去吧。"桃乐茜说。

"我们俩都去吧。"提提说。

与此同时，木炭堆前一刻也离不开人。他们必须让水分蒸发，同时又不能让火苗得到太多空气。在接近傍晚的时候，烟雾开始改变颜色，外壳的小孔中冒出的绿色、黄褐色的烟雾变成了清澈的蓝烟，那是干燥的木头在燃烧。

"它开始烧了。"佩吉说。

"一直在烧。"南希说，"现在没什么可做的了，只需要把火控制在下面。我们在草皮上再浇点水。"

"这次用煮锅。"苏珊说，"等半分钟，我把水壶装满。我们得为晚饭准备茶水。而且井水又相当清澈了。"

时不时有人到"长城"上或树上去看一看，不过无论是在高岗上，还是在阿特金森农场，都没有看见"软帽子"的身影。

他们把荷马放飞了，送去了一个愉快的消息：

一切都非常顺利。

直到晚上他们才有了敌人的消息。提提和桃乐茜带着牛奶罐去了泰森农场，一直跑到小桥上，想到河床里所剩不多的水中泡脚降温。就在她们坐到石头上把脚伸进水里的时候，上方的大路上响起了脚步声。

"躲起来！躲起来！"桃乐茜小声说。

但是已经太晚了。"软帽子"胳膊上搭着外套，上了马路，然后走了过去。

"他整天都和石板瓦匠鲍勃在一起。"提提说。

她们匆匆忙忙穿过树林赶到营地，把看到的一切告诉了同伴们。

"管他呢，"南希说，"他们唠叨得越多越好。现在我们远远领先于他。迪克已经为鼓风炉准备了大量的石头。我们明天会有木炭，后天就会有金锭了。"

苏珊做了一顿丰盛的晚餐来弥补他们沙丁鱼午饭的不足。土豆在锅里炖着，干肉饼放入绞肉机绞碎以后，正在煎锅里加热，再也不需要拿煎锅去淘金了。而在旧矿坑的中间，木炭堆静悄悄地冒着热气。他们把手放在带泥土的外壳上，感受从里面传出来的温暖。

"谁打算整晚看守着它？"吃完晚饭，罗杰问道。

"不会是你，"苏珊说，"你不是要去峡谷吗？"

"没人要去峡谷，"约翰说，"我们必须整晚观察火势。'软帽子'不会在黑夜里做什么，天一亮我们就又会去放哨。"

"一等水手们得准时上床睡觉。"苏珊说。

"如果我睡不着呢？"罗杰说。

但是，当黄昏降临、黑暗笼罩营地、猫头鹰在远处叫唤、夜莺的颤鸣在树林里响起，罗杰和其他一等水手一样，很快闭上了眼睛。他们都去睡觉了，虽然不是马上入睡。有一会儿，他们躺在自己的帐篷里，望着营火的光亮。约翰、南希、苏珊和佩吉正在轮流烧炭。一等水手们躺在那里，时不时听见有人把一块草皮堵住木炭堆上冒烟的地方。他们睡着了，但即使在睡梦中，也知道营地里有人在忙碌。当一支手电筒的光扫过提提的帐篷时，她半醒了过来，听见约翰小声地问："那只热水瓶在哪里？"接着她又听见南希小声地回答他："我已经把里面的水倒空了。不要踩到杯子。现在几点了？"手电筒又闪了一次，她听见约翰的声音："再过一小时就可以叫醒苏珊了。"提提拉过睡袋盖住耳朵。一切都很顺利。

第二十九章

鼓风炉

提提醒来时，木头的烟味熏得她的鼻孔直发痒。

那是桃乐茜在她的帐篷门口小声说话吗？

"不要叫醒南希，先让提提看着它们……"

"船长和大副们，真行！"那是罗杰的声音。

"嘿，桃乐茜！"提提说。

"嘘！"桃乐茜说着招了招手。

提提爬了出来。烧炭作业仍在进行，但是烧炭工怎么了？迪克和罗杰这几个不靠谱的人正在洒水，并悄悄地把一块块带着泥土的草皮拍在冒烟的木炭堆上，桃乐茜默默地指了指南希和佩吉共用的帐篷。南希躺在那里，头枕在胳膊上，睡得相当沉。佩吉也睡着了，约翰和苏珊也一样。

"幸好我们醒来了。"罗杰说。

"迪克听到了火噼啪作响。"桃乐茜说。

"我们来得正是时候。"罗杰说，"有一簇小火苗已经把它烧穿了，不过我们很快弄灭了。他们四个人都睡得像木头一样，这就是证明。他们应该让我们熬通宵的。"

"我们把水壶放上去吧。"桃乐茜说。

"好。"

"要穿好衣服吗？"

"过后再换。"提提说，"要让他们醒来后发现一切都准备好了。"

但就在这时，南希的头突然动了一下。她的眼睛睁开了。她开始打哈欠，打到一半她就想起来了。

"我的天哪，"她喊道，"嘿！苏珊，轮到你们看守了，你和佩吉值班。"她用力拽佩吉的一只脚和睡袋什么的，"醒醒吧。我给你们的时间太长了。刚才几分钟我肯定睡着了。"

"哈哈。"罗杰笑了。

"你们起床做什么？"南希说着，眨了眨眼睛，然后看见桃乐茜和提提在盯着她，又看了看明晃晃的阳光，她笑了起来。

"我的妈呀，"她惊呼道，"全都睡着了。一等水手们干得好！你们没有让木炭烧起来吧？"

"它们倒是快烧起来了。"桃乐茜说。

约翰和苏珊睡眼惺忪地从各自的帐篷出来了。

"这太可怕了，"南希说，"我应该几个小时前就把苏珊叫出来的。当时天刚开始发亮……听着，你必须多泡一些茶让我们今晚保持清醒……"

"今晚？"

"鼓风炉。"南希说。

约翰伸了个懒腰。

"不管怎样，我要去拿牛奶了。"他说，不一会儿他就沿着树林里的小路跑下山。

等到其他人把能洗的东西都洗完之后，早餐也准备好了，他又气喘吁吁地赶回来了。

"你的头发全湿了。"苏珊说。

"我就在她灌牛奶的时候，到水里泡了一下。"约翰说。

"幸运的家伙。"罗杰说。

"还有一天，"南希说，"我们必须坚持到明天。然后我们就把金锭拿给妈妈，去湖里游个泳。有的人上午游，有的人下午游。到时我们就没有什么事情要做了，除了放哨，确保'软帽子'不过来侵占矿山。顺便问问，他还没有出来到处溜达吧？"

"还没有。"提提说，她已经扫视了一下高岗上的情况。

"我们什么时候切开'布丁'？"罗杰说着，看了看那个褐色的土堆，上面冒出一缕缕蓝色的烟。

"要等到最后一刻。"南希说，"我们要尽可能地延长时间。炉子还没建好……"

"石头都准备好了。"迪克说。

"让我们看看那张示意图。"

迪克掏出他的小笔记本，给南希看了一张图纸。

"这其实是一张截面图，不是很清楚，应该还有张细节图。它是圆的，不是方的。我也没标注任何尺寸。中间应该正好有地方放坩埚，木炭都在它周围，风箱从坩埚的侧面和下面往里吹风。"

听迪克讲这一番话，没有人会以为他是个正在吩咐船长和大副应该做什么的一等水手。

"我们没有一扇可以开关的门，"他接着说，"但那并不重要。我们得在最后一刻把坩埚放进去，然后在顶部倒进一点木炭。我不知道怎么做

烟囱，但如果风箱一直吹风，我们应该就会有足够的外部通风，你不觉得吗？"

"我搞不懂，'教授'，"南希船长说，"但我希望你说的是对的。"她把小笔记本还给迪克。

"你打算怎么改装风箱？"约翰问。

"其实不用改装，是吗？"迪克说，"就在风箱的喷嘴上开一个孔，风箱的其余部分都在外面。当然，它和书里的样子不同，但原理是一样的。"

"它的形状看上去是对的。"南希说。

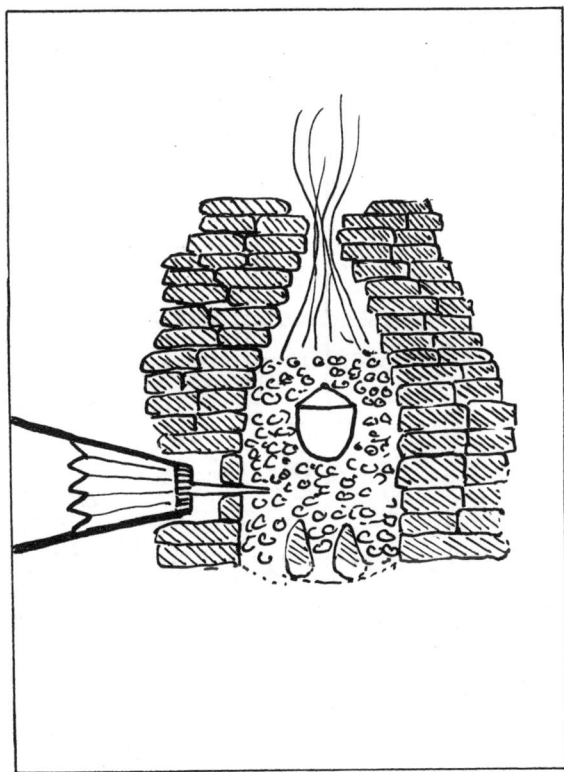

迪克小笔记本里的一页

　　还没洗完早饭的锅碗，建造鼓风炉的工作就开始了。它花了很长时间，比任何人预想的都要长得多。只有一个原因，它和迪克草图里的炉子不一样。他们发现，如果要在石块上保持坩埚的平衡，就没有办法把它放在火焰中间。坩埚是一个奇怪的形状，就像有盖子但没有把手的茶杯，而且底部比顶部窄。需要铁条，佩吉记得泰森家果园墙后有一些生锈的旧栏杆。约翰再次飞奔着跑下树林，带回了旧栏杆。他用锉刀在上面划了三道深槽，那把锉刀是圣诞节时他得到的小刀子中最有用的工具之一。然后，他把锈迹斑斑的栏杆弯来弯去，深槽处折断了，得到了四根铁条。这四根铁条被放进了炉子里，交叉着一边两根，这样坩埚就可以固定在中间了。

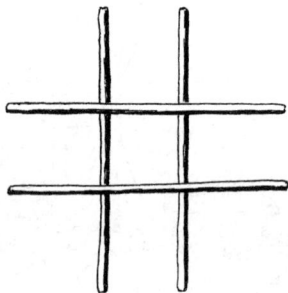

铁条

　　炉子只建成了一半，苏珊就叫建炉的和烧炭的去吃饭，她已经打开了牛舌罐头，省得烹调（佩吉说"这是一个特殊情况"）。甚至在吃饭的时候，他们还得每隔一分钟就起身去把一块草皮拍到木炭堆上，并且给外壳看起来太干燥的地方浇点水。建炉的人吃完自己那份牛舌后就又回去干活，一只手把石头摆放到位，另一只手拿着梅子蛋糕。

罗杰带着他的蛋糕爬上了瞭望树，一切都进行得很顺利，就在这时，他赶紧滑下来，说"软帽子"在灰石堆下方的那片高岗上，离峡谷不远。

"哎呀，他真讨厌，"南希说，"刚好大家都很忙呢。"

"我和迪克可以去。"罗杰说，他认为侦察工作比砌石头和给土块浇水更重要。

"无论如何，'教授'不能去。"南希说。

"让我去吧，"桃乐茜说，"迪克得留在这里。"

"最好你们两个去。"约翰说。

罗杰和桃乐茜带着望远镜和《湖区逃犯》出发了。

几个小时后，可能是三个小时，桃乐茜瞪圆眼睛，脸色惨白，气喘吁吁地来到营地。

"发生了什么事？"提提叫道。

"因为天热吧，"苏珊大声说，"你最好躺下。"

"他企图侵占我们的矿。"桃乐茜说。

约翰差点把正在垒的石头掉在地上。南希猛地站起来。

"现在他在哪里？"她喊道。

"走了，"桃乐茜说，"罗杰在悄悄跟踪他。"

"怎么了？"提提说。

"我们在峡谷里，"桃乐茜说，"我正在给罗杰念书，突然一抬头，我看见他就在那里，从边缘往下看。"

"他说了什么？"南希问。

"他说'对不起，我不知道这里有人'。"

"我敢打赌他不知道,"南希说,"否则他就不会企图侵占我们的矿。天哪,幸好我们没有把金子拿给石板瓦匠鲍勃看。你们说了什么?"

"我什么都没说,"桃乐茜说,"罗杰也没说。然后'软帽子'转身就走了。他没有回到他的白色标记那里,他直接回家了。"

"被挫败了。"提提说,"真希望我当时在场。"她看了看南希。她肯定会召集全营立即向山下的阿特金森家进军。

然而南希没有这样做。她看了看木炭堆,上面到处在冒热气,因为佩吉和苏珊刚刚在上面洒了水。她看了看炉子,差不多就要完工了,它像一根圆形石柱,里间是空的,越往上越细。她看了看她的帐篷口,装满金粉的可可粉罐子就在那里,等着倒入坩埚。

"噢,好吧,"她说,"我们不可能一下子把所有事情都做了。制作金锭是最重要的,而我们正准备开始呢。只要他没有真的入侵……来吧,迪克,坩埚在哪儿?我们最好在打开木炭之前把一切都准备好。"

迪克从他的帐篷里拿来了坩埚,为了安全起见,他把它放进了帐篷,因为有这么多烧炭工和矿工在营地走来走去。南希郑重其事地把金粉倒了进去,迪克盖上盖子。

"我们再次看到它时,它会是什么样子呢?"提提说。

"上面全是渣,"迪克说,"底下会是纯正的金子。"

"把它放进你的帐篷,直到我们点燃炉子。现在去看看木炭。来吧,所有人动手切'布丁'。先往上面多泼些水,再准备好另一批湿草皮。"

"还有灭火扫帚。"约翰说。他解开了扫帚垛子,并把它们放在身边,以备不时之需。

"先多泼点水。"南希又说了一遍。

"我们最好把它周围的地面都浇湿。"苏珊说。

木炭堆不再是以前那个圆布丁的样子了。它四处都凹陷下去，也有隆起的草皮，这些草皮是先前用来堵住漏烟的地方而扣在上面的。苏珊用水壶、约翰用煮锅向外壳洒水，营地上空升腾起一大片蒸汽。水壶和煮锅又装满了水。每个人都准备好了一块湿草皮。

"开始啰！"南希喊道。她从木炭堆侧面掀下来一大块草皮，把它抛到顶上。"就这么办，"她说，"中间会最热，而土块会把它压住。"

还没有燃烧的枝头露出来了。木炭堆里突然发出噼里啪啦的响声。南希抽出一根树枝，它的枝头烧得通红，还在往下掉火星。她把它放在潮湿的地面上，然后朝它扔了一块土。树枝断成了几段。

"烧成木炭了。"迪克说。

"大家欢呼吧！"提提说。

"热烈欢呼！"说着，南希又抽出一根，"哎哟！我的手指！"

里面噼里啪啦的响声越来越大，烟雾开始往外涌，并与蒸汽混合在一起。

"当心！马上就会燃起来。"苏珊说。

"不会的。"南希说，"再来点水！站在旁边，不要靠太近。我和约翰去把它打开。"

约翰和南希围着木炭堆掀开一块块带泥土的草皮，把它们抛到中间，然后抽出一根又一根树枝，让每一根都单独放在潮湿的地面上。佩吉和迪克用湿土块压住赤热的枝头。提提和桃乐茜在营地和水井之间来回奔跑，把已经干了的土块弄湿。苏珊则把水壶和煮锅里的水浇在任何看起来要烧起来的东西上。在很短的时间里，木炭堆不见了，只剩下一小堆剧烈蒸腾的土块。

"还没有完全变成木炭。"迪克一边看着散落在它四周的发黑的树枝一边说道。

"我们有不少呢。"南希说，"天哪，我还担心它会烧起来。"

"在那堆土下面，中间还是赤红的。"苏珊说。

"我们会需要它的。"约翰说。

罗杰来到营地时，他们还在忙着给木炭浇水冷却，并把它弄成小段，以便使用。

"为什么没有人过来？"他说，"难道桃乐茜没有告诉你们吗？哎呀，一群笨猪，不等我就打开'布丁'了。"

"你正好赶上点炉子。"南希说，"'软帽子'在干什么？"

"吃面包和奶酪。"罗杰说，"他的桌子上放了一些碎石英和几根蜡烛。他也在吹管子，跟迪克一样。我在冬青树丛后面看得很清楚。"

"好，"南希说，"这样就能拖住他了。嘿，约翰，我们到底能用什么来当铲子？"

"只有煎锅了。"约翰说。

"噢，不。"苏珊说。

"就用这个。"南希说。

一分钟后，约翰开始清理覆盖在木炭堆中心的土块。南希用一口煎锅从它们下面铲出满满一锅烧红的木炭，小心翼翼地端到炉子那边。那

里已经放了几把干树枝，为了点火的时候能用上。南希用她的小刀从煎锅里挑起烧得通红的木炭放进铁条下面。树枝一下子就燃起来了。

"快，加多点木炭。"她喊道，"来啊，迪克。把坩埚推进去。"

一把把黑炭被放了进去。迪克拿来了宝贵的坩埚，不顾高温，轻轻地把它放在交叉的铁条中间，仿佛在放一只鸡蛋。

"我可以启动风箱了吗？"罗杰说。

"等一下，我们必须先把坩埚围起来，然后从顶部把木炭加满。"

约翰和南希一起忙得热火朝天，他们堵住了刚才把坩埚放进去的那个洞。首先是把大石头摆放到位，然后再放小石头，接着填上土。其他人则从烟道里扔下一些黑炭。迪克靠上去往里面看了看，但是浓烟滚滚，什么也看不见。

"越满越好，"他说，"我们必须让它保持又满又炽热。"

"它很快就要熄灭了。"苏珊说。

"启动风箱吧，罗杰。"南希说，"让它一直运转，同时我们要把所有的漏洞都补上。这就对了，提提。只要看到石头缝中间冒烟，就把土填进去。"

罗杰已经把风箱的喷头插进了炉子底下为它预留的洞里。他开始打气。"呜……呜……呜。"

罗杰加快了吹气的速度，空气吹在火上的嘶嘶声变成了有规律的呜呜声。"它发出的声音是对的。"提提说。

"我们还得再放进去多少木炭，迪克？"桃乐茜一边问一边用沾满木炭的手擦拭她热得通红的脸。佩吉看到她后，突然大笑起来。不过桃乐茜也笑了起来，因为佩吉刚才也擦了自己的脸。

"噢，好吧，"苏珊看着她们俩说，"这也是没办法。"

"嘿，"罗杰说，"该轮到其他人了。"

风箱比研磨器更折磨人。它们离地面太近，甚至连罗杰都不得不趴下去才能操作。南希接手了。她一开始也是飞快地工作，一分钟后就放慢了速度。她试了一种又一种姿势，在炉子边上蹲着、弯腰，这样就能在不伤及腰背的情况下操作风箱。

"天哪，"她说，"这比烧炭要困难得多。而且我们得坚持整晚。"

"整晚？"提提说。

"正常的鼓风炉永远不会熄灭。"南希说，她一直在操作着风箱，"我必须让它沸腾，不停地沸腾，这样所有的金子都会沉到底部，所有的碎屑都会浮在上面。至少要二十四小时，迪克说的。"

"不用你们四个。"苏珊说，"你们吃完晚饭，照常去睡觉。昨天晚上已经够糟糕了，我不相信你们中有人一觉睡到天亮。今晚所有一等水手都在八点半睡觉……"

"轮到你了。"南希喘着气说，约翰接替了她。

"一开始不要太快，"南希说，"这可比你想象的困难多了。"

约翰自己也发现了这一点，佩吉跟在他后面。保持风箱稳定地运转可不是开玩笑，当提提、迪克和桃乐茜请求允许他们轮流操作风箱时，船长和大副们似乎并不反对。

"苦差事，是吧？"罗杰两手插在口袋里看着他们说道。

"要干二十四小时，"南希说，"就像被鳄鱼折磨啊！现在几点了？"

"噢，"苏珊说，"我本来应该考虑晚饭的问题了。只能吃肉罐头了。今天真是个糟糕的日子……"

"而且鸽子还没放走。"桃乐茜说。

"天哪！"南希说。

"轮到萨福了。"提提说。

"最好派索福克勒斯，"南希说，"现在已经很晚了，不能指望萨福。我们可不想叫原住民今晚冲过来。如果鸽子不回去，他们就会那样做。明天就无所谓了，我们会亲自过去。我们会把金锭拿下山给妈妈看。"

南希潦草地写下了这条消息：

胜利在望。来自 S.A.D.M.C 全体成员的爱。

"这会让她一头雾水。"她说。她拿起一块木炭，在纸的背面画了一个骷髅，"就是为了让她知道，没有什么可担心的。"

"轮到桃乐茜去放飞鸽子了。"提提说。

"呜……呜……呜。"风箱一刻也没有停止工作。只要其中有人累了，另一个人就立马接手。木炭从炉子顶上倒进去。苏珊在忙着做晚饭。大家都被一个突然出现的原住民的说话声吓了一跳。

"你们到底在干什么？"

泰森太太正站在营地里，看了看冒热气的木炭堆残骸，又看了看鼓风炉。谁都能看出她既害怕又愤怒。

"你们肯定会让森林着火的。我要告诉你们。看到冒出的烟雾，我以为它已经着火了。不行，我不能忍受了。要是迸出去一颗火星，那就没什么能阻止了……南希小姐！南希小姐！"

小矿工们朝她眨了眨被烟熏得通红的眼睛。他们的手上、脸上和衣服上都被炭染黑了。

"非常安全，"南希说，"您看到的不是烟，只是蒸汽。继续干，佩吉，不要停止吹气。"

"呜……呜……呜。"松懈了一会儿的风箱发出有规律的声响。迪克从炉顶上又丢了一把木炭进去。

"不，快停下！"泰森太太说，"你们如果有什么东西要煮，可以下山来用厨房的炉子啊。"

"现在我们不能停下。"南希说。

约翰和苏珊互相看了看。

"我们非常小心。"约翰说。

"小心？"泰森太太哼了一声，"就像你们这样生火？他们在湖那边弄出的火灾已经够多了。他们有很多乡亲帮着灭火，但是在这里，没有人帮助

泰森太太来到营地

我们，我们会像一把柴一样被烧成灰烬。灭掉它吧，南希小姐。我不能把你们留在这里了，我必须告诉布莱克特太太。你们明天可以回贝克福特了，即使你们不喜欢，也得忍一忍。把它灭掉，南希小姐。灭掉，不多说了。"

"我们明天就完成了。"南希说。

"明天你们就离开这里，回家去。"泰森太太说，"你们都疯了吗？"

她一边喃喃自语，一边朝树林里走去。

"嘿，"约翰说，"我们能做点什么？"

"什么也别做，"南希说，"继续，佩吉……噢，好吧，轮到我了……我们会在明天之前制作出金锭。等她看到什么事都没发生时，她会平静下来的。今天已经太晚了，她不可能去找妈妈谈话……"

"如果她像迪克逊太太那样就好了。"桃乐茜说。

"要是迪克逊先生在这里的话，他会帮忙的。"迪克说。

"说这些也没有用，"南希说，"我们现在不能只因为泰森太太着急，就把它们全部扔掉。"

提提和罗杰看了看苏珊和约翰。妈妈对于这样处理与原住民的冲突会说什么呢？但是跟南希说什么也没用。他们现在骑虎难下。泰森太太已经走了。苏珊叹了口气，继续把罐头肉摊开，她自己看起来也像原住民。约翰扑灭了烧炭剩下的一些发红的余烬，然后又从炉子顶上加进去两把木炭。

工作一刻都没有停下。只要有空闲时间，大家就轮流吃晚饭。很少有人说话……只能听见炉子里火焰的声音和风箱呜呜呜的响声。

"你们只要让我们今晚不睡就行了。"罗杰说，他正看着苏珊操作风

箱，嘴里还啃着苹果作为晚饭的补充。

苏珊什么也没说，但看上去更像原住民了。

"八个人总比四个人好，"罗杰说，"今天早上就连南希都打呼噜睡着了。"

"打呼噜！"南希船长说，"真见鬼！"但她看了看苏珊，又看了看约翰，于是补充说，"人手越多越好。"

"这也没办法，"约翰说，"得有人一直吹气，还得有人一直加炭。"

渐渐地，连苏珊不屈从的意志也动摇了。现实太强大了。他们开采的全部成果都放在灰色石炉中间的坩埚里，不惜一切代价也要给它鼓风和加炭。这种用风箱鼓风的工作很快就把人累坏了。人手越多，对大家越好，这可以尽量让每一轮的时间缩短，休息的时间变长。最后，迪克是唯一真正了解鼓风炉和坩埚的人。如果迪克不能睡觉，而他们又离不开他，那怎么能指望其他人去睡觉呢？结果事情就这样水到渠成了。晚饭剩下的餐具也没有清洗。水烧开了一次又一次。大家肚子饿了就吃巧克力和黄油面包。不管何时喉咙干渴了，就喝热腾腾的淡茶润湿一下。当一个小矿工操作风箱累了，另一个就接手过去。小矿工们不忙着给炉子加炭的时候就在营火旁边躺一躺，或蹲下来用发热的眼睛盯着火焰。夜幕在营地降临。火焰的光亮刚好使天空看起来漆黑一片。谈话声消失了，工作继续进行。由于八个人轮流干活，每个人都有时间稍微休息一下，但不能躺下睡觉。在头顶的天空开始变白、树木在天空的映衬下呈现灰色之前，他们觉得已经操作了一辈子的鼓风炉。沾满黑炭的脸再也没法逗笑任何人，因为所有人都一样脏。

第三十章

灾难降临

太阳爬上了东北方的山头，照亮了树林顶部。原先灰色的树叶再次变绿。营火用的是烧炭时未燃烧的树枝头，勘探者们在四处工作时，营火也不再投照出他们凌乱的影子了。他们看起来像一群野人，眼睛因烟熏和缺觉而酸痛，脸上也沾满黑炭。

很长一段时间他们都没有说话。唯一的响声就是炉子连续不断的低鸣声和风箱有规律的呜呜呜、吱吱吱的响声，只有当一双疲惫的手把风箱交给另一双手的时候，才会偶尔停顿一下。

"还要多久？"苏珊终于开口说。

"能坚持多久就是多久。"迪克说。

"我们开……开始时已经相当晚了。"南希说着，一边打哈欠一边用一只黑色的手捂住大花脸上的粉红色嘴巴，"到今天晚上，我们会把所有的木炭都烧掉……哎哟……我不困，真的。"

就这样，他们要进行一整天的工作。好吧，为什么不呢？他们已经不知道疲倦了。他们鼓风了那么长时间，仿佛已经连续操作风箱好几个星期，还要继续工作下去直到永远。还有八个小时。此刻罗杰在操作风箱，迪克刚刚给炉子加满新炭，桃乐茜和提提来来回回地收集新鲜的好木炭，约翰在长时间操作风箱之后伸了伸懒腰，佩吉正在给营火添柴。

"我也不困。"罗杰坚定地说，"我们坚持到后天，就更有把握了。"然后他在操作风箱的时候又多加了一点力气。

"呜……呜……呜。"

风箱已经持续工作了十几个小时。

"呜……呜……呜。"

"坚持下去。"罗杰自言自语。

就在这时，突然间，响声变了，风箱不需要施加任何力量就能工作了。他仿佛在推一扇关着的门，却不知道门闩已经滑落。风箱只发出一声微弱的喘息，就没声音了。只要他愿意，可以在一分钟内让它开合一百次。根本没有空气打进炉子。

"噢，罗杰！"提提说。

"风箱怎么了？"南希说。

"坏掉了，"罗杰说，"我不知道怎么回事。就是那个地方。"

谁都能看见那个地方。一小时又一小时的连续作业已经把皮革磨破了。

"整个接缝处都破了。"南希一边说一边用手指戳了戳，"好吧，就这样吧。"

"布莱克特太太会怎么说？"苏珊说。

"我们会在里面打上补丁。"南希说，"我有一只旧皮夹子，等我们把金锭带回家的时候，就能拿到它。不过，我说啊，迪克，没有坚持一整天，真的不要紧吗？"

迪克正在手忙脚乱地翻那本红皮书。"它没有说冶炼应该花多长时间。"

"这跟大批量的金子不一样。"南希说。

"它不会自动持续一段时间吗?"约翰说。

"不够热。"迪克说。

炉子里的杂音消失了。

"它已经燃烧了很长时间。"苏珊说。

"可能完成了呢。"南希说。

"我们打开它,看看那块金锭吧。"罗杰说。

"你就试试吧。"说着,南希上下挥舞一只手,她已经走得太靠近了。

"我们得让它冷却,"迪克说,"金子会全部熔化的。在试着把它取出来之前,我们必须让它再次凝固。"他试图从炉子顶部往里看,看看最后一批木炭有没有在风箱破裂之前烧完。他听了听,炉火渐渐熄灭了。

小矿工们互相看了看,然后又看了看那座热得无法触碰的石头炉子。他们突然感到累了。这就好像一根项链的绳子突然断了,珠子掉在地上滚来滚去。让他们都没法睡觉的工作已经结束了。没有风箱要操作,也没有炉子要添炭,他们不再是一个团队,而每个人都在想,怎么可能坚持这么久不睡觉呢?

苏珊发现自己的眼睛要合上了,于是打起精神来。

"他们会不会挤完奶了?"她说,然后就想起了泰森大太,"不过她也许不会给我们牛奶了。"

"我去吧。"南希说。

"不要吵架。"约翰说。

佩吉拿起牛奶罐,无意间在她困倦的眼睛周围又抹上了一些黑炭。

"最好还是我去。"她说,"她烦的是南希,不是我。"

大家都知道她是对的。佩吉离开营地，沿着树林里的小路走了下去，她还用力地甩着牛奶罐，其实没必要那么用力。

没有人打算去睡觉。罗杰蹲在炉边，侧着身子摔倒了，不知为何他不想再站起来。约翰把他拖了起来，拉到他的帐篷门口。罗杰朝里爬到一半，又打起了瞌睡，他还能听到风箱的呜呜声，而风箱早就停止了工作。提提好像在梦中看见南希踉踉跄跄地穿过营地，她自己的眼睛一直闭着。

"去躺一会儿吧，"苏珊说，"还有你，桃乐茜。没必要在那东西冷却的时候还保持警醒……"她走到井边把水壶重新灌满，放到火上。约翰已经在他的帐篷里了。桃乐茜也爬进了自己的帐篷。提提先扭动脚伸进帐篷，脑袋留在门口，双手托着下巴，望着营火，望着那木炭堆余烬里依旧升起的缕缕轻烟。苏珊盯着水壶，她侧着身子，用一只胳膊肘撑着自己。只有迪克似乎还算清醒，他正在有关矿物学的书中查找金属熔点。不过提提很快又睁开了眼睛，她有点惊讶地发现自己刚才合上了眼睛，然后看见迪克的脑袋倒在书上不动了。噢，好吧，她心想，为什么不呢？这一次她故意闭上眼睛，但还能看见炉子里烧得通红的木炭闪着光。她手上的水泡让她觉得自己还在操作风箱。她没有醒着，但你很难说她真正睡着了。

一声响亮的"你们好"唤醒了还在打着瞌睡、疲惫不堪、满身炭灰的勘探者们，佩吉带着早餐牛奶回来了。每个人都一跃而起，甚至连罗杰也很快走出了帐篷。然后，他们看了看佩吉，又互相看了看，都笑了起来，佩吉也笑了。因为佩吉的头发湿了，她的脸擦洗得很干净，闪闪发光。他们看着彼此的脸，仿佛那天是第一次见面，而佩吉好像是在一座拥挤的南非霍屯督人营地里唯一白皮肤的人。

"我把头伸到了水泵下面。"佩吉说，"泰森太太让我照了照镜子。"

"她冷静下来了吗？"苏珊说。

"她确实把牛奶给了我。但她还是要告诉妈妈，她不能再容忍我们了。"

"噢，好吧，"南希说，"现在我们已经完成了工作。我们已经铸好了金锭。而且弗林特船长随时都会回来，他会设法应付她的。"

早餐结束了。接下来的时间就交给迪克了。当涉及科学，无论是星星还是石头，即使是他们的船长约翰和南希，也都准备好把一切交给这位"教授"。那是他的工作，其他人甚至懒得看一眼那本红皮书，除了迪克想给他们看的时候，他们才会看上一个句子或一张图表。就连在营地中央慢慢冷却的那座火炉，也是根据他画的图纸建成的。现在，时间正一分一秒地逼近，他就要从坩埚上揭开小土盖，那是他好些小时前放进炉子里的。风箱真烦人。要是有连续二十四小时的冶炼，他会高兴得多。但是十二小时也很久了。写那本书的人为什么不能说说多少磅或多少盎司的原料应该冶炼多少小时呢？

"现在怎么样了，迪克？"南希终于说道，"还是挺热的。"

"如果低于两千零六十度，"迪克说，"金子就不会再是液态的了。"

"现在肯定低于这个温度了。"约翰说。

"最好从顶部开始拆。"南希说。

"只要没有石头掉在里面就行。"迪克说，他本来准备等到一切都冷却了再动手的。

罗杰小心翼翼地把炉子顶部的一块石头从侧面推掉。约翰也推掉了一块，还有南希，接着是提提。

迪克站在那里看着他们。两千零六十度，似乎是个相当高的温度。如果他们用风箱也没有把炉子加热到足够高的温度怎么办？不，它一定足够热了。谁的刀上带有锉？约翰的。他们可能需要用刀来清除金锭上的浮渣，让它变成一块闪亮的纯金。纯金？克拉。人们是怎么测量克拉的？这事弗林特船长会做的。

"大家不要一下子都拥过来帮忙。"南希说。

石头一块一块地被推下去。他们用土块或者其他石块来把它们推开，免得烫伤手指。

"它们确实能长时间保温。"南希说。

"不良导体。"迪克说，"如果它们是铁，现在早就变冷了。"

炉子越变越矮，它周围的一圈石头却越来越多。

"你能看见坩埚的顶部吗？"提提问。

"还不行。"

"我们现在最好打开侧面，"迪克说，"否则那块大石头会掉进去的。"

大家都围了上来。约翰和南希正在取出石头，那些石头是在坩埚放入后用来封住炉口的。

"稳住！"南希说。

迪克摘下眼镜擦拭，他在所有激动人心的时刻都会这样做。

约翰突然倒抽一口气。

"坩埚没有了。"他说。

"噢，胡说。"南希说。

"好吧，它原来是在这里，"约翰说，"现在除了白灰，什么都没有。"

"它从铁条中间滑下去了。"南希说。

"不可能。"迪克说。

"噢，快点。"南希说。

石头从炉子上飞离，他们用烫疼的手指把石头扒拉下去。炉子越变越矮。他们已经扒到了四根弯曲的锈铁条边上，坩埚先前就放置在那上面。它不在那里了。更多的石头被扒到旁边。

"还剩一点。"约翰口气严肃地说。

"烧破了。"南希说。

约翰用两根棍子从灰烬中夹出一小块发黑的陶片。大家都知道那是什么。

"好吧，他有很多坩埚。"佩吉说。

"金子不可能跑掉，"迪克说，"它会在底部结块。"

"他不会在乎它是什么形状的。"南希说，"来吧，我们把它找出来。"

最后几块石头被扒到了旁边，然后他们开始把剩下的那堆热灰扒开。灰像云一样扑到他们脸上。

"它一定就在下面。"迪克说。

他们发现了坩埚其他的一些碎片，盖子裂成了两半，埚底是完整的，

还有侧面的弧形碎片。但是根本没有发现金锭的影子，更糟的是，金粉已经消失了。除了苍白的灰和一些小渣块，什么都没有留下。

"不过肯定有什么东西啊。"南希说着，在石头中间乱扒拉。

"没有。"约翰说。

迪克用颤抖的手指把破坩埚的两块碎片拼凑起来。

"它不可能就这样消失了。"他说。

"但它已经消失了。"南希说。

他们绝望地看着对方。整整两个星期没有了，金粉也消失了，如果弗林特船长现在回来的话，他们就没有什么东西可以给他看。研磨、淘金、烧炭和冶炼……他们的所有劳动成果就是一小堆发烫的石头和冒烟的灰烬。

"噢，迪克！"桃乐茜说，尽管她拼命忍住，泪水还是慢慢地流了下来，在她那张仍然沾满炭灰的脸上形成一条条白色的泪痕。

"我们应该弄一条蛇来祈求运气，"提提说，"就像真正的烧炭工那样。"

"我们本来应该请教石板瓦匠鲍勃怎么做的。"苏珊说。

"我们不能，"南希几乎是生气地说，"请理智点。可能会很好，也会有点用……但他和'软帽子'差不多每天都见面，这样就泄密了。"

迪克擦拭着他的眼镜，一边眨眼睛一边挨个打量一张又一张面孔。他看着他们，但几乎看不清。他迷迷糊糊地知道他们都很难受，他自己也很难受。他们都指望着他，而一切都完蛋了，但是他的心思既不在他们的痛苦上，也不在自己的痛苦上。一切都出了错。不过为什么？是怎么出错的？

"我一定是在什么地方犯了错。"他慢条斯理地说，"我用吹管试着加热一点金粉，也发生过同样的情况。"他拿起一根烧了一半的树枝在灰烬中扒了扒。"这是我的错，"他说，"我没有读通那本书。但是如果它不够热，那就什么都不会发生，而且我相信我们不可能把它烧得太热。"

"我不知道为什么坩埚会破裂，"约翰说，"我们把它丢在木炭里就不可能那样……"

"加热不均匀，一处比另一处更热。"迪克说，"但我不明白的是金子的去向……"

"那可能根本不是金子，"苏珊说，"我们应该确认一下。"

迪克突然抬起头来。

"有一种方法可以确认。"苏珊说，"我们把所有的金粉都放进坩埚了吗？"

"除了我们一开始得到的那一小撮，其他的都放进去了。"南希说。

"但是我把它跟其他的放在一起了，"佩吉说，"我以为那些是被遗忘的。"

"那就全部都没了。"南希说。

"我们可以用王水试试。"迪克说，"你们知道吧，一种化学试验。书上说黄金会溶解在王水中。如果它溶解了，那我们就可以确定了。弗林特船长有酸剂和试管，它们就在玻璃橱柜里。"

南希突然捶了他一下，把他吓了一大跳。

"你真行啊，迪克。"她说，"你肯定能做到吗？"

"他有两种合适的酸剂。"迪克说。

"但是没有时间了，"苏珊说，"如果泰森太太打算让我们必须离开的话。"

"来吧，"南希说，"我们马上再弄一些金粉。哪怕我们没有时间炼成金锭，最重要的是证明那东西是金子。"

但是苏珊坚决反对。

"一等水手们不行，"她说，"如果没有适当的睡眠，他们会死掉的。"南希看了看他们疲惫的脸，同意她的话。

"好吧，反正我还是要去。"她说。

"我们四个都去，"苏珊说，"但一等水手们不行。他们应该去睡觉，一直睡到下午茶时间。"

"到吃午饭的时候吧。"罗杰说。

"不过迪克怎么办？"南希说。

迪克盯着她。"我回来后再睡觉，"他说，"在我确定之前，做试验是没有用的。"

苏珊没有看他，而是看着桃乐茜。桃乐茜是迪克的妹妹，她应该知道。桃乐茜还记得她的父亲对着写满埃及象形文字的一小片纸莎草纸，一坐就是一个通宵，而她的母亲就为他煮咖啡，甚至没有试图让他去睡觉。如果人们因为思考问题而无法入睡，那么睡觉又有什么用呢？

"他没事。"桃乐茜说。

"而且他越早去越好。"南希说，"那口煎锅在哪儿？我们最好带上水桶。研杵研钵还在矿里。我们要淘出一小撮金子让他带去，然后在他回来之前尽可能多的弄一些金粉。还剩下一些木炭，我们要修补好风箱，再来炼一块金锭。"

"不过泰森太太……"苏珊开口说道。

"她不会大老远跑去贝克福特，就为了告诉妈妈她要把我们赶走。"南希说，"不管怎样，我们还有一天时间。来吧。"

"那鸽子怎么办？"佩吉说，"我们这里就只剩萨福了。"

迪克听见她在说……鸽子？把鸽子带回来？大家都怎么了？为什么佩吉的声音听上去几乎有些欢快？他完全没有猜到，是他自己给了他们一个新的希望，把他们从绝望中拉了出来。什么？佩吉又在跟他说话……

"篮子挂在车把手上就行。我们必须把荷马和索福克勒斯带回来。萨福不靠谱。无论发生什么，我们都不能让妈妈没有适时收到信，或是在泰森太太冷静下来之前就赶到这里。"

"我们还想弄一点皮革来修补风箱，"南希说，"我妈妈会把我的旧皮夹子拿给你。还要些结实好用的针。再要一盒大头钉，它可以把皮革钉上去，就在门廊那张桌子的右边抽屉里。走吧，约翰。你去不去呢，苏珊？我们越早为他准备好东西，他就能越早动身。"

"我这就来啦。你们三个去睡觉吧。"

就连苏珊的声音听起来都充满希望，迪克不再试图去理解什么了。

十分钟后，营地就一片寂静了。

罗杰、提提和桃乐茜睡在各自的帐篷里，疲惫不堪。

南希、约翰、苏珊和佩吉正匆匆忙忙穿过高岗，往黄金谷赶去。

迪克把鸽篮绑在佩吉的自行车把手上，把吹管塞进衬衫的口袋里，把那本红色封皮的矿物学书放进背包，又拿了出来，只为了再看一眼"金子的检测"。他把自行车往树上一靠，就急忙去追赶其他人了。

这是整整两个星期以来最热的一天。高岗上的热空气使得所有的东西似乎都在薄雾中颤抖。远处山谷里，一辆汽车在树林里呼啸而过。它咆哮着冲上了邓代尔路，接着就没声音了。迪克猜想，可能又来了一批野餐客。天气真热啊。嘿，"软帽子"就在高岗上，在黄金谷的另一边呢。离"软帽子"也很近吧？迪克想起了另一根吹管，就不由得想知道"软帽子"有没有比他自己做得更成功。于是，他又想到他们启动炉子的时候。到底发生了什么？他做错了什么？难道金子就那样流进了地里吗？还是根本就没有金子？他现在想找出确切的答案。

他来到峡谷，在矿坑的入口处，听到了里面的研杵研钵发出的砰砰声。

"你不需要淘洗很多，是吧？"在他走进去的时候，南希说，"我们弄的这一批几乎全是金子。"

约翰采到了好些漂亮的石英块，石缝中闪烁着金黄色的光芒。

淘洗比碎石花费的时间长，但最后还是完成了，他们把发绿的金子沉淀物倒在了迪克的手帕里。他把四只角合拢，约翰用一截绳子把手帕扎了起来，这样一来，珍贵的金粉就像装在袋子里一样安全。迪克拿了两三块石英，把它们放进他的口袋。

"我可能要用原材料试试。"他说。

"我们会在你回来之前把这批东西全部捣碎的。"南希说，"祝你好运，'教授'。"

迪克走了。

"别忘了鸽子！"佩吉在他后面叫道。

"大头钉，"南希喊道，"还有打补丁的旧皮夹子。"

他来到太阳下，飞快地越过狭窄的峡谷，爬上峡谷的一侧，匆忙穿过高岗。

他大约走了一百米就突然停了下来。

"最好还是把它们写下来。"他对自己说，"如果不写，我肯定会忘记。"他掏出他的小笔记本，写上"鸽子，门廊抽屉里的大头钉，南希的旧皮夹子"。

然后，他继续沿着高低不平的地面往前跑，一路跌跌撞撞，浑身燥热。

"软帽子"带着他自己的问题正向峡谷走来。他已经注意到那个匆匆忙忙穿过蕨丛的男孩。他回头看了看身后山坡上的白色标记，沿着它们连成的一条线正好指向高岗。他一定在白天也看见过。要是那些孩子正在别的地方玩就好了……

苏珊、南希、佩吉和约翰在矿里面。

桃乐茜、提提和罗杰在帐篷里睡觉。

迪克满脑子都是矿物学，他踮起脚尖穿过营地，推起佩吉的自行车，在一次剧烈摇晃之后找到了平衡，然后牢牢地握住刹车，开始在陡峭的

老路上往下骑，穿过泰森家的树林。

那辆停在邓代尔路边的汽车已经不见了。游客们先前还在那里休息，在路边吃三明治，欣赏山上的风景，现在他们已经去了十几千米外的地方。一缕薄薄的蓝烟还萦绕在他们曾经待过的草地上。没有人看见。这一次，"长城"上没有守望者。

渺茫的希望

第三十一章

烟雾弥漫的高岗

营地在闷热中昏睡。提提、罗杰和桃乐茜都在睡觉，这完全是应当的。就连独自待在大笼子里的萨福也悄无声息地睡在它的栖木上，把喙埋在胸前的羽毛中。

一小时又一小时过去了。

空气中出现了一种变化。鸽子是第一个注意到的，它在笼子里躁动不安起来。一股烧焦的味道飘进了三个熟睡矿工的梦中。罗杰在睡梦中拍打着地面，他正在给"木炭布丁"的泥土外壳堵漏洞，那里有烟往外冒。桃乐茜梦见自己在取水壶时烧坏了一块手帕。提提是第一个真正被这股奇怪的气味惊醒的人。她翻过身子，嗅了又嗅。是苏珊烧饭的火吗？难道是烧炭的余烬不知怎么又烧起来了？至于炉子，她还能痛苦地回忆起一切是怎么搞砸的、炉子是怎么被拆掉的，以及火焰是怎样被那些急于从灰烬中找到金子的人们灭掉的。苏珊一定是在烧茶。也许已经很晚了。她睡了多长时间？提提不知道，也许已经到第二天了。

"苏珊，"提提轻声说，以免吵醒其他人，"他回来了吗？那到底是不是金子？"

没有人答话。

相反，头顶上传来翅膀呼哧呼哧的拍打声和受惊吓的松鸡的尖叫声："回去，回去，回去！"在过去的十天里，勘探者们多次从石楠丛中把松鸡赶走，有一次，一只雄性老松鸡突然从提提脚旁呼啸着飞起来，发出

响亮、令人不安的尖叫，吓得她差点摔倒。

苏珊为什么不回答？还是说有其他人在火旁？提提坐了起来，转过身子，这样她就能看到营地里的情况了。那里没有人，营火已经被苏珊浇灭了，它正在泥块下安安静静地睡去，只有几缕薄薄的烟在往上升。那股烟味不可能是从那里冒出来的，而且那是一种不同的气味。炉子的灰烬和废墟并没有冒烟，剩余的木炭也没有闷燃。但是那气味是多么浓烈啊。营地也有些奇怪。自从他们到那里以来，第一次所有东西在大白天没有阴影。淡黄色的帐篷帆布上也没有了摇曳的树叶图案。太阳出了问题。

更多的松鸡从头顶呼啸而过。

提提从帐篷里爬了出来。她趴在帐篷入口又闻了闻，然后听了听。一股烧焦的气味，但是又与柴火的烟味有所不同。那是什么声音？突如其来的尖锐的噼啪声，还有树顶上的雾霾是怎么回事？

"罗杰……桃乐茜……快起来……马上起来！"

她把手伸进罗杰的帐篷，抓住他的一只脚把他拖了出来。桃乐茜满脸惊愕，表明她至少是清醒的。

"出来，"提提说，"那是……至少我认为是的。有个地方起火了……"

"哪里？"罗杰说，"不管怎样，你不应该那样拖我……那是我的脚……"可是提提已经走了。

"真的起火了。"桃乐茜说。

提提从一条小路跑出了营地，这条小路通向水井，也通向刺猬的荆

393

棘丛和一条狭窄的沟壑，那条沟壑为他们开辟了去往"长城"的通道。如果发生了火灾，应该有人马上告诉其他人，他们知道该怎么办。噼里啪啦的响声非常近了。现在她已经知道，头顶上方的雾霾是烟。她飞快地朝沟壑跑去。

一堵巨大的烟墙横亘在高岗上。她朦朦胧胧地看见了它上方的干城章嘉峰。它脚下是一排噼里啪啦燃烧着的火焰，时而细，时而断，时而像翻腾的浪峰突然向上跃起。它那边的一切，直至遥远的高耸入云的山顶，全被滚滚浓烟掩住。黄金谷就在那边，但是提提立刻明白，奋力赶去那里也没有用。她从未想过哥哥姐姐们可能会身处危险之中。他们被这堵烟墙和制造这堵烟墙的大火切断了与营地的联系。他们要花很长时间才能来营救。与此同时，她必须尽力而为。如果苏珊在这里，她会怎么办？或者约翰会怎么办？无论如何，现在要做些什么？时间一分钟一分钟地过去，她仍然站在原地望着那片烟雾和高岗脚下的火龙。

桃乐茜和罗杰爬了起来，站在她身边。

"天哪，"罗杰说，"泰森太太会说'我告诉过你们的'。"

"迪克现在已经安全到达贝克福特了，对吧？"桃乐茜说。

"老早就到了。"提提说。

南边吹来一阵小风，有了一种突然的变化。烟雾向他们滚来，仿佛是干城章嘉峰向它吹了一口气。不一会儿，它又卷了回去，他们还看见它下方十几处地方的火焰跳得更近了。

"它朝这边来了。"罗杰说。

"是的。"桃乐茜说。

“我们必须保住营地。”提提说，“火一旦蔓延到树林里，就没什么能阻止它了。快点，把帐篷拆掉。”

又一股来自干城章嘉峰的热浪袭击了高岗，火苗烧到了干燥的草梗，又是一阵噼里啪啦的响声，几丛蕨类植物被烧成了烟。他们三个人冲下沟渠，回到营地。

“卷起你的睡袋，罗杰，并拆掉你的帐篷。你也是，桃乐茜。我们要拆掉每个人的帐篷。然后，我们得设法把它们弄下山。我们自己根本没法用那辆小推车。噢，天哪，还有鸽笼……还有萨福……”

“让它飞走吧。”罗杰说，“它能照顾自己的。”

提提镇静了下来。

“好样的，罗杰。我们要派它去求救，发出一条紧急呼救信息。噢，如果它是荷马或索福克勒斯就好了……你不能指望萨福。但我们要试一试。不管怎样，它不会有事的，它迟早会回家。你在做什么，桃乐茜？”

桃乐茜正把《湖区逃犯》塞进她的背包。

“我必须保住《湖区逃犯》。”她说。

“来点纸吧。”提提说，桃乐茜毫不犹豫地从她的宝贝小说的扉页上撕下了半张纸。

“还有铅笔。”她说。

提提只写了三个字：

快救火。

　　她把写了字的纸撕下，卷成薄薄的纸卷。罗杰和萨福相处得很好，毫不费力就抓住了它。他安慰它，让它保持镇静。桃乐茜吩咐它要一直往前飞。"不要靠近烟雾，你就会没事的。你会在贝克福特找到迪克。你只要一直往前飞，就这一次。"

　　提提把信息塞进了萨福左腿的橡胶圈下面。

　　"我可以让它走了吗？"罗杰说。

　　"不要在林子里放。"提提说。

　　他们急忙回到高岗边缘。一波浓烟向他们滚来。

　　"现在，"提提说，"快！"

　　罗杰把鸽子抛向空中。

　　"你千万不能到处闲逛啊，"提提说，"快回家。快！快！"

　　萨福飞到烟雾的上方，然后消失不见了。

　　"它可能要到明天才能回家。"桃乐茜说，"你不能指望萨福。"

　　"来吧，把帐篷收拾起来吧。"提提说，接着就跑下沟渠，因为她想起了别的事情。"长城"下面是荆棘丛，而荆棘丛里面有一只刺猬。它怎么样了？把刺猬喊出来是不可能的。如果大火从高岗上蹿下来，荆棘丛就会火光冲天，而刺猬就会在大火中被烧死。

　　"别管那些帐篷了，"她说，"我们得去救刺猬。"这真是糟糕透了。先是一件事，然后又是另一件事。没有确定的计划。南希或约翰会马上想到所有的事情，不会出现这种犹豫不决的情况。

　　"我们有灭火扫帚。"罗杰建议说。

　　"如果它烧到高岗边缘，我们就完了。"提提说。

"现在风是往另一个方向吹。"桃乐茜说，她已经背上了背包，里面是空的，除了《湖区逃犯》。

就在那一刻，风向又转了。一股热浪吹到他们脸上，烟雾也向他们滚滚而来。这只持续了一会儿，但就在浓烟翻滚上升的时候，他们看到大火已经吞噬了一大片枯草梗和蕨丛。

提提看了看她周围。他们站在构成"长城"的长脊岩石的顶上，那里没有什么草可以让火焰燃烧，只有石头缝和通往下方树林的沟壑除外。"长城"外面，南希铲草皮的行动对火焰造成了另一道屏障，在那条宽阔的地带上，草皮都被铲起来用作阻隔炭火。但愿风不会帮助火焰越过这道屏障，或是不让火星飞溅过来点燃荆棘和岩石下的杂草。是的，还有一线希望……如果风向不变的话。

"我们需要灭火扫帚，"提提说，"但是首先我们得把'长城'顶部的所有草弄湿……"

"我们来传递水桶吧。"桃乐茜说。

"我们只有一只水桶，"提提说，"如果他们没把它带去峡谷的话。不过还有一只水壶，要是昨天我们没有用掉那么多水就好了……"

罗杰已经在营地里了，拖来了几把灭火扫帚。

"井里有很多水。"提提喊道，"水壶，桃乐茜！"

"水壶是满的，"桃乐茜大声说，"苏珊灌满了。"

"噢，太好了。"提提迅速扫视了一下营地，说道，"但他们拿走了炖锅，也拿走了水桶……"

"有一只饼干罐，"罗杰说，"我们可以吃掉饼干或把它们放进我们的口袋。"

"那么来吧。首先把草弄湿，然后用灭火扫帚。"她拿起大糖罐，把所有糖块倒在地上。苏珊本人也不会想保住糖块的。如果他们能想到会发生这样的事情，他们绝不会拿走水桶。提提把糖罐装满水，飞快地追赶桃乐茜，而桃乐茜正拎着水壶疾跑。

"我该拿它干什么？"桃乐茜说。

"把溪谷顶部的草弄湿，"提提说，"把南希挖过的这一边的岩石顶上的草都弄湿。如果除了石头没有东西可烧，火就会自己熄灭。"

提提把糖罐里的水泼了出来。桃乐茜把水壶当成浇水壶，把水浇到干燥的地面上，地面是如此干燥，以至于浇上去的水没有渗入土里，而是变成一颗颗闪亮的水滴留在地上。他们沿着沟壑往水井那边跑，碰到了罗杰，他正端着装满水的饼干罐小心翼翼地走过来。

"你刚才在做什么？"提提说。

"我的口袋装不了所有那些饼干，"罗杰说，"所以我把剩下的堆到了储物帐篷里。"

"打起精神来，"提提说，"我们三个人应该像五十人的队伍。"

每次他们走回岩顶时，火光就更近了。它在石楠丛中隆起的一条山脊那里停留了几分钟。他们差点开始认为火已经停止蔓延，就在这时，他们看见一些小火苗慢慢地爬上山脊，随即那些长在岩石之间的苔藓和杂草就燃烧起来。火焰在山脊这边再次燃起，因为它碰上了一大片蕨丛。

他们带着水壶、饼干罐、糖罐、布丁碗甚至洗脸盆，来回奔跑，提提和桃乐茜还设法同时处理两件事。但是在最初几趟来回之后，井里的

水位开始下降。虽然是一眼好泉，但他们取水的速度比出水的速度还快。

"如果我们是五十个人的话，那就不太好了。"罗杰终于开口说道，他跑来跑去已经喘不过气了，"水井已经空了，我用罐头盖子把最后的泥浆舀出来了。我们得给它时间让它再次涨满水。"

"那就太晚了。"桃乐茜说。

"约翰和苏珊还有亚马孙号船员很快就会来这里。"提提说，她绝望地盯着那如高墙般的烟雾向矶鳕峭壁涌去，那烟雾现在甚至掩住了干城章嘉峰，"他们能从它后面绕过来……"

然后，就在大火几乎要从他们身旁掠过时，风向摇摆不定，一条火龙从烟雾下的地面上飞蹿过来，侦察员们经常潜伏其中的大片欧洲蕨立马噼里啪啦地燃烧起来，仿佛有人一下子点燃了成千上万的烟花。

"它烧过来了，"罗杰说，"我们的帐篷怎么办？"

"噢，请下雨吧……请快下雨吧……"桃乐茜都不知道自己正在大声说出这些话。

"灭掉它，"提提大喊道，"灭掉它……不管是从哪里起的火……小心，你身后有火……就在岩石上。"

火舌正一路舔着高岗边缘。如果风向转西，并且一直向西，就没有什么能拯救他们了。尽管如此，他们的眼睛也都被浓烟熏得难受，空中飞舞的火花就像着了火的飞蛾。他们沿着"长城"来回奔跑，跌跌撞撞，眼睛几乎半瞎，还用灭火扫帚拍打他们脚下熊熊燃烧的和闷烧着的火。

"我真希望他们能快点。"提提自言自语，"坚持住，罗杰！干得好，桃乐茜！"然后，她又对自己说："我们永远不会孤军奋战……"

第三十二章

在峡谷里

在峡谷里，迪克带上手帕包着的一小撮金粉匆匆离开了，似乎再没有什么值得去做的事情了。当他在那里谈论王水和检测黄金的时候，每个人都觉得还有希望。现在他走了，就好像他把希望也带走了一样。他们只能想到破碎的坩埚和鼓风炉废墟中那些毫无价值的灰烬。"胜利在望"是上一次发给贝克福特的信息。今天他们本该带着金锭回家，然而没有金锭。他们所有的工作都白费了。甚至连南希也觉得，在"教授"没有回来之前，不值得继续采石和碎石了。他们已经采到了一些漂亮的石英块，这些石英块的裂缝在太阳下闪烁着金色的光。它们看上去足够好，但它们是金子吗？

"我不知道它到底是不是金子。"约翰一边说一边翻看最好的石英块。

南希并没有心思说"真见鬼"了，她直截了当地说："我不知道。"不一会儿，她又补充说："是我们的错，真的，不是迪克的错。我们应该自己努力学好化学。"

"迪克几乎总是对的，"佩吉说，"在这种事情上。"

"这一次不是。"苏珊说。

"即使他是对的，"约翰说，"我们也没有时间铸造金锭了……"

"如果泰森太太要我们走，我们就不能继续待下去了。"苏珊说。

他们沮丧地回到矿里。

在那里，只有挂在铁钉上的防风灯发出微弱的光亮，四个小矿工在

舒适的黑暗中都感到越来越困了。毕竟，他们已经两天没有好好睡上一觉了。没有人急着回去工作，他们甚至都不想开口说话。当有人说了些什么，话音就像块石头那样砸下来却没有反应。

"迪克要到很晚才能回来。"苏珊说。其他人听到了，但仅此而已。

"从南美回来要多长时间？"约翰说。

"坐快船时间不会太长，"南希没精打采地说，"但是不定期的船就得花很长时间。"约翰太累了，所以没有反问她这样的回答有什么用。

"佩吉，你要睡着了。"几分钟后，南希说。

"嗯，为什么不呢？"佩吉打了个哈欠，向后靠在了墙壁上。南希没有说什么，她发现自己的眼睛也要闭上了。

过了很久，才有人再次开口说话。

佩吉睁开眼睛，用力眨了眨。谁在睡觉？不是她。这时她看见南希的眼睛闭着，就笑了笑。约翰的脑袋向前耷拉着，而苏珊的脑袋则完全倒向了一边。挂在岩壁上的灯发出黯淡的光。现在是什么时候？也许还没必要叫醒他们。佩吉站起来，踮起脚尖走到洞口……到底发生了什么？那些噼里啪啦的响声是怎么回事？天空中全是烟雾。她一时无法相信，然后她就明白了。它已经发生了，整个夏天人们都在担心的事情发生了。这就是一切的终结。

她飞快地跑回矿里，拉起南希和约翰的胳膊。

"醒醒，"她大喊道，"南希！约翰！苏珊！快！醒醒！山冈着火了。"

"怎么了？"南希半睡半醒地说。

"着火了，"佩吉大声说，"着火了！"

"别傻了。"南希打了个哈欠。

"现在还不到起身的时候。"约翰一边说一边伸了个懒腰。

"着火了，"佩吉发出一声大叫，"是场大火。噢，苏珊！快醒醒啊！"

南希跟跟跄跄地站起来，用手扶着岩壁稳住自己，睡眼惺忪地往矿外走。其他人则揉着眼睛，打着哈欠，紧跟在她身后。他们还没走出隧道，就听见矮草丛里奇怪的爆裂声，闻到了空气中的烟火味。

"哎呀，"南希说，"她说对了。某个可恶的白痴把山冈点着了……嘿，所有的灭火扫帚都在营地……"

"提提和罗杰怎么样了？"苏珊大叫道。

"还有桃乐茜。"约翰说。

他们来到峡谷。厚厚的烟雾在头顶上翻滚，烟雾背后的太阳就像一枚烧红的硬币，烟雾变浓时消失，烟雾变淡时又露出来。

就在他们快步穿过峡谷的时候，他们发现那里并不只有他们几个人。

在距离他们矿井的秘密入口仅仅几米远的地方，一个人躺在地上，他把头枕在一簇石楠上。他们首先注意到的是他的脚，那是一双大脚，穿着钉满钉子的登山靴。他的脸被遮住了。他一直拿着一张地图，而且已经把它铺在脸上，就像遮阳的帐篷那样。他仰面躺着，左手放在一堆漂亮的石英块上面，那是约翰早上从矿里带出来的。至少在南希看来，那只半掩着石英的手又让它变成了金子。

"是'软帽子'，"她说，声音小到几乎听不见，"他还把他的爪子放在我们的金子上……"

"天哪!"佩吉说。

"快点,"约翰说,"我们必须穿过去……"

苏珊已经往峡谷的另一边攀爬了。山冈着火了,她没有心情考虑金子和"软帽子"了……罗杰和提提,他们还留在那里……

"他在睡觉。"佩吉说。

"如果我们让他被烤熟,那就对得起他了。"南希说,但她很难做到这样狠心。相反,她用一只脚戳了戳他。

"醒醒吧,"她说,"着火了!快点,佩吉!"然后她和佩吉就去追其他人,丢下"软帽子",让他自己看着办。

蕨丛在他们面前燃烧,一团浓烟滚滚而来,在峡谷边缘与他们相遇,他们被呛得掉头就跑。

"就在我们和营地之间,"约翰喊道,"我们必须绕过去。"

"再过一分钟就要烧到峡谷里了。"南希说。

"燎原大火。"他们下方有一个人悄声地说,"没有时间可浪费了,我们得赶紧跑过去。只要我们跑到灰石堆上,就没事了。"

他们朝下看,原来是"软帽子",他的声音莫名其妙地让人镇定下来,以前他一看到他们,仿佛问心有愧似的,总是撒腿就跑。

"我们不能。"南希说。

"我们必须回营地。"苏珊说着,绝望地看看这边,再看看那边,烟雾似乎一下子从四面八方冒了出来。

"软帽子"跑上陡峭的山坡,站在烟雾中。

"你是对的,"他说,"我们去不了灰石堆。但我们还有机会,"他以同样沉着冷静的声音继续说道，"有一个通往北边的小隘口。"

他们一起狂奔，四个勘探者和他们的对手，刚才他们还逮住他把一只手放在他们的金子上休息。他们沿着峡谷底部一路往前跑，从峡谷的最北端跑了出去，正好看到火焰再次在他们身后燃起。峡谷成了火海中的一座岛屿。

随着火舌舔过石头之间一片又一片草丛，石楠和欧洲蕨劈里啪啦地燃烧起来，那座岛屿越变越小。

"软帽子"焦急地四处张望。他们看得出他正在考虑怎么做才最好。他又开口说话了，这次相当严肃。"再过两分钟，这整个地方就会被烧毁，"他说，"我们最好的机会是在那些石头中间……"

"但是提提和罗杰……"苏珊绝望地盯着烟雾说。

"我们必须回去，"南希喊道，"快点，你们！"

他们往回奔跑。"软帽子"停在一小片石子地上，那里没有多少草可以燃烧。

"你在等什么？"南希大喊道。他也许是一个对手，一个强盗和非法侵入者，但她不能丢下他，让他被烧死。

"软帽子"正在脱外套。"你们最好把头伸到这底下。"他说，"不过恐怕我们已经被困住了。"

"来吧，"南希说，"回到矿里面去……"

"什么矿？""软帽子"说。

"我们的矿。"南希说。即使在那个糟糕透顶的时刻，她的声音也透着一种胜利的语气。他没有意识到这一点。"我们的矿，"她又说了一遍，

"我们会让你进去，但你别想占有它！"

"你是什么意思？""软帽子"说。

突然，伴随一声巨响，一大团火焰蹿了出来，峡谷南端的干草丛着火了。他们头顶上方的烟雾中飞舞着红红的火星。在峡谷的另一侧，一片欧洲蕨像一簇焰火般燃烧起来。

"嘿，"约翰说，"我得穿过峡谷去营地。"

"你不能去，"南希说，"进矿里面吧。这是唯一的希望。你烧伤了也帮不了任何人。来吧，进去，佩吉。快点。"

佩吉在旧矿坑的入口旁等着，她弯下腰进去了。

"噢，我从来没见过这个地方。""软帽子"说。

"快点，苏珊！"

"你自己进去吧！"约翰说。

"真是大笨蛋！"南希说完就跟着苏珊跑了进去。

他们头顶上的石楠被烧着了。

"你们先请。""软帽子"说。

"这不是你的矿。"约翰说。

"对不起。""软帽子"说。他弓着身子，弯起两条长腿，艰难地穿过隧道，约翰紧跟在他身后。

他们一刻也没耽误。就在他们都进到矿里的同时，浓烟把入口处封住了，而矿里的灯笼仍然亮着，照出了他们惊恐的脸。

"我们得等到它烧完。"南希说着，就舒坦地坐在山洞的地面上，这是为了向佩吉表明，真的没有什么可担心的事情。约翰和苏珊盯着她。

"没什么好担心的！"就在这时，矿井口突然出现一道红光，接着一团团火焰咆哮而过。然后，又是除了浓烟之外什么都没有了。

"我非常感谢你们，""软帽子"一脸严肃地说，"我在外面根本没什么脱身的机会。"

"你本来就不应该去那里，"南希说，"你没看到我们的告示吗？现在它要被烧掉了，但你一定见过。"

"噢，是的，我见过。""软帽子"说，"但我当时正忙着找东西，没想到你们就在附近……"

南希跳了起来。"那就更糟了，"她说，"你在找什么？"

"你不会感兴趣的，""软帽子"委婉地说，"真的。采矿，你知道吧，那是我的工作。我在跟踪一条矿脉……"

"什么？"南希气得几乎无法忍受。

"真有意思，我从来没有注意到这个。"他说，"当时我就想可能会有这样的事情。"

"这是我们的，"南希说，"你就不能看一下那个告示吗？"

"是关于某种比赛游戏吗？""软帽子"说，"关于骑马或跳远跳高的，不是吗？还画着一个骷髅头？"

"是告诉人们不要侵占采矿权。"南希说，"你肯定已经知道……"

但是在这个问题上，他们没有再往下说，因为火焰的声响远去了，外面的烟也渐渐散开，约翰和苏珊已经开始往矿外面跑。

"小心，""软帽子"突然说，"让脚下冷却一下。"

"我们必须走了。"约翰说。

火焰在洞口咆哮而过

"其他几个人不知道该怎么办。"苏珊说完，就跟上了约翰。

"什么其他人？""软帽子"说。

"我们还有三个人，"佩吉说，"比我们年龄小点，在树林顶部的营地里。"

"软帽子"急忙追赶约翰和苏珊，南希和佩吉则紧跟在"软帽子"后面。

即使刚才在矿里面，空气中也弥漫着烟味，矿外面就更加糟糕了。大火正在肆虐峡谷的北端。它横扫过去，烧毁了一切，只留下泥土和岩石。一簇簇石楠还在闪烁，就像被一支行进中的队伍遗忘的火把。大地在他们的脚下冒着烟。他们在爬小山谷的陡坡时，手碰到岩石就烫伤了。大火向北蔓延，已经覆盖了高岗，在他们目所能及的范围内，到处一片漆黑，还在冒烟。峡谷和泰森家的树林之间绵延的草地和蕨丛还在燃烧。一道高高的烟幕遮没了"长城"和它之外的树林，沿着烟幕的底下，他们可以看见小片小片的火焰。

"林子本身可能着火了。"约翰边说边往前冲，脚下的余灰还一直在冒烟。

"他们可能在帐篷里睡觉。"苏珊大声说。

"噢，不……不……"南希尖叫起来，"他们又不是彻彻底底的傻瓜……"

"不要往那边走，""软帽子"喊道，"你们跟我来，我们必须绕过那块地方。"

他的长臂挥动起来像一架风车。他跃过挡在他前面的一块块岩石，

跳不过去的，他就绕过去。

四个勘探者紧紧跟在他们的对手后面。他们现在不是勘探者了，当他们绕过一片燃烧的欧洲蕨、在发烫的灰烬中狂奔、冲向那堵烟墙的时候，心中只有一个想法，烟墙后面的某个地方就是营地。

"要是他们知道逃跑就好了。"苏珊气喘吁吁地说。

"他们不会有事的。"南希说着，被飘进嘴里的一口细灰呛到了。

这时一阵风裹着烟雾吹向他们。它往上升，刹那间眼前变得清晰起来。他们模模糊糊地看见烟雾下方有一些人影，渺小又昏暗，正在疯狂地拍打地面。

"提提……桃乐茜……"

"还有罗杰。"南希大叫道。

烟雾再次滚滚而下，比之前更浓了。但是"软帽子"也看到了他们，他直奔他们而去，不一会儿也消失了。

"来吧，"约翰回过头喊道，"他们都很好。走这边！"

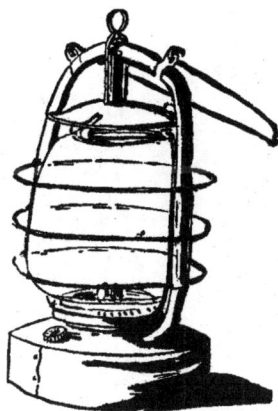

第三十三章

在贝克福特

迪克小心翼翼地减速，先摸了摸一只口袋，又摸了摸另一只口袋，确保没有忘带任何东西。吹风管和钢笔放在装手帕的口袋里，《菲利普斯论金属》在他肩上的背包里撞来撞去……没有忘带它。几块石英放在短裤的一只侧兜里……纸包的木炭放在另一只侧兜里……一撮珍贵的金粉包在手帕里……笔记本和小刀放在后裤袋里……砰……砰。他的手飞快地放回到晃动的车把上。这次差点摔下来。他不应该让自己去想任何别的事情，除了好好地骑自行车……噢……小路突然拐了一个弯，车子在松动的石头上打滑，迪克一脚踩到地上，才勉强没有摔倒。

他又蹬起来，发现踏板……哇……不要让这辆野兽般的车子跑得太快，也不要把刹车刹死，否则车轮就会被卡住……如果他们没有把所有的金粉都放进炉子里就好了。数量并不重要。南希一开始就说过，重要的是证明那里有金子……只要有一点……一点金子就足够了。有了吹风管和一盏酒精灯，他应该能处理好，用王水试一下就可以了，然后一切终究会好起来的。与此同时，自行车在树林里那条古老小路的松动石块上又是打滑，又是跳起，又是冲撞，几乎把他震成了碎片。你永远想不到下坡时也会感到这么热。他终于到了山脚下，跌跌撞撞地穿过农场庭院的鹅卵石地，很庆幸没有看见泰森太太，然后过了桥，来到了山谷公路，虽然尘土飞扬，但对于自行车来说，这条路要好走得多。尽管他骑的是一辆比他的身体大上两倍的女式自行车，但他骑得飞快，一路沿山

谷往前。

　　贝克福特看上去很不一样了。壁纸工、油漆工和抹灰工都走了。连楼梯上都铺好了地毯，椅子和桌子都放回了原处。他在门廊遇到了布莱克特太太。

　　"你好，迪克，"她说，"你正好赶上吃午饭。你是来看你的鸽子铃吧？我刚把滑门推过去，把它设置好了。自从你那天把它弄好以后，它一直工作得很好。每来一只鸽子，都几乎要把我们的耳朵震聋……"

　　"今天不会了，"迪克说，"因为我来了。"

　　"我很高兴你们有个人过来。我有消息要告诉你们大家。后天你爸爸妈妈会抵达迪克逊农场，而沃克太太和布里奇特要来这里住一两天，然后再去对岸的霍利豪依。我想到那时你们可能会把营地搬去野猫岛。我弟弟也到英国了。今天来的这张明信片盖着伦敦的邮戳，是一张伦敦塔桥的图片，上面没有写任何字，除了'代我向蒂莫西问好'。"

　　"但是蒂莫西来了吗？"

　　"没有，它没有来。"布莱克特太太说，"可是我又能怎么办？我甚至不知道我那个傻弟弟在城里的地址，他就是那种人……"

　　"蒂莫西肯定在航行中死掉了，"迪克说，"可能是因为没有足够的绿色食品。弗林特船长一定会非常失望。"

　　"好吧，我真希望他不要再到处乱跑了，把天知道是什么的东西寄回家。那些猴子和鹦鹉已经够烦人的了。要是再来条死蜥蜴……"

　　"犰狳并不是蜥蜴。"迪克说。

"嗯，是鳄鱼。"布莱克特太太说。迪克没有纠正她。动物学对某些人来说是毫无意义的。

"我可以在弗林特船长的房间里工作吗？"迪克说，"那是我在他回来之前必须做的事情……"

"吃了午饭吧。"布莱克特太太说，"一起去吧，我们会给你另外找一只盘子。"

就这样，迪克在餐厅里吃起了冷牛肉和色拉。真糟糕，因为试验还没有完成，而那些酸剂还在门廊另一边的小房间的瓶子里等着。但这也是没办法的事，迪克发现自己非常饿，虽然他有两三次差点就睡着了。在桃乐茜的建议下，尽管他已经尽力擦掉沾在脸上的木炭，但肯定还是留下了一些污渍。"我想你们都很高兴能从荒野上搬回来好好洗个澡吧。"布莱克特太太说。迪克跟她说了一些关于烧炭和冶炼的事，但没有说太多。她问了风箱的情况，他说风箱非常有用，还说南希想从她的旧皮夹子上弄块皮子打补丁，还需要一些大头钉……他掏出笔记本确认了一下。"在门廊的抽屉里。"他念了出来。布莱克特太太笑了。"我猜我应该庆幸风箱还在。"她说。然后，她不停地问他喜欢不喜欢这些新墙纸，还有很多诸如此类的问题，他很难回答，因为他太困了，而且只想考虑金子和王水的问题。

午餐终于结束了，她把他带到了书房门口。

"好了，"她说，"如果你有什么需要的话，可以在附近找到我。在我看来，你一定很高兴回到学校，这些假期里南希总是让你干这么辛苦的工作。这次又是干什么呢？百科全书？"

"只是一部分，"迪克说，"是……"但他没有时间解释。布莱克特太太很忙，也没有时间听，她甚至没有关上书房的门，就在门廊里和厨娘说话了。

迪克清楚地知道他想要什么以及它在哪里。幸运的是，在贝克福特大装修期间，弗林特船长的书房被撂在一边没动。仪器柜的玻璃门没有上锁。他见过的一盏小酒精灯就在那里，没错，那只贴着"Meth"标签的蓝色瓶子里有一些酒精。他把小酒精灯里装满酒精，让灯芯浸透，同时他又看了一遍《大英百科全书》上关于金子的内容。然后，他坐在桌前，点燃灯，打开包着金粉的手帕，拿出吹风管，把一撮金粉放进一块木炭上的一个小洞里，开始了试验。酒精灯比蜡烛好得多，他能让细小的火焰持续加热金粉。但是发生的一切就跟在营地一样。正如他所希望的那样，金粉似乎聚集成了通红的一小团，接着，当它冷却之后，这一团东西就变黑了，当他用小刀按压一下，它就碎成了粉末。他又试了一次，没有好转。这一团东西真烦人啊。他将不得不用酸剂对金粉本身进行酸性测试。为什么不呢？如果它能有效，很容易就可以看出金子是否消失了。

橱柜里有一只支架，上面放着一排试管。迪克把它拿到桌子上，选了最小的一支试管。他把一些金粉放在一张纸片上，倾斜着倒进了试管。然后他把试管放回支架上，开始配制王水。"硝酸和盐酸……比例相等。"要拧开硝酸瓶的玻璃塞子并不容易，而且迪克非常担心，害怕有一滴酸液溅到弗林特船长的桌子上。最后，他用手帕包住瓶塞，这样就能更好地握住它。他没有完全把瓶塞拔出来，但即便如此，硝酸的呛人烟雾似乎也充满了房间。装有盐酸的瓶子更容易打开。他往试管里倒了一点，就把瓶子封上口放在一边。然后，他一边尽力避免吸进烟雾，一边倒出了同样多的硝酸。就这样，王水准备好了。迪克仿佛独自置身于一个空荡荡的世界，除了两支试管、两只瓶子、《菲利普斯论金属》和《大英百科全书》。他没有听见房子里突然的骚动……开门和关门的响声好像是在百万千米之外的其他房子里，门廊里的说话声很可能来自木星或火星。迪克什么也没听见、什么也没看见、什么都不想，只想着终于要进行的这个试验。

"金子溶解于王水。"

这是刻在他脑子里的一句话。好吧，会不会呢？尽管他竭力稳住自己，但手还是不停地颤抖，他用颤抖的手把王水倒入试管，试管底部放着一小撮闪闪发光的金粉。

就像液体突然沸腾了一样，气泡从金粉中涌出，在酸液中起起落落，仿佛要逃离。试管摸起来很烫。有那么一会儿，他担心试管会裂开，酸液四处飞溅。沸腾并没有那么剧烈。沉积物在试管底部沉淀下来，上面的液体是透明的，呈淡黄色。迪克把它举到灯光下。每个发光的颗粒都消失了，只留下暗淡的沉淀物。金属粉尘已经溶解了。迪克脸上缓缓露出喜悦的笑容。终究是金子。

然后，慢慢地，他意识到书房的门是敞开的，弗林特船长正站在门口，他的脸比以往晒得更红，在冲迪克微笑，还用一块绿色的丝质手帕擦着光秃秃的头顶。弗林特船长把一顶毡帽扔在桌子上，从门廊拿进来

一只贴有轮船标签的手提箱，然后关上身后的房门，大笑起来。

"嘿，'教授'，"他说，"这次是什么？上次我在旧船屋的船舱发现你的时候，你在研究天文学。这又是什么？化学？"

"金子。"迪克说。

"金子？"弗林特船长说，"你千万不要对这些可恶的东西感兴趣，管他是金子还是银子。我已经发誓不碰这两种东西了，浪费的时间已经够多了……嘿，你在那支试管里放的是什么？"

"王水，"迪克说，"还有金粉。它已经完全消失了。"

"什么？"弗林特船长说，"什么消失了？"

"是溶解了，"迪克说，"金子溶解于王水。我还有点担心它最终不是金子。"

"不过，我亲爱的小伙子，"弗林特船长说，"王水几乎可以溶解任何东西，问题是金子不会溶解于其他任何物质……"

迪克脸色一沉。

"我又搞砸了，"他说，"我应该先分别用硝酸和盐酸进行试验。请问我能不能每样多用一滴呢？"

"试试吧。"弗林特船长说，"还有没有金粉？"

"只有一点了，"迪克说，"已经粉碎和淘洗了。"

弗林特船长用他的小指头在迪克手帕中等着试验的金粉里揉了揉。他掏出一只小号放大镜，把它凑到那些闪闪发光的颗粒上面。

"不过，"他最后说，"在我看来，这些像非常好的黄铜矿。你没有把我的一些标本碾碎吧？你是从哪里弄来的？"

"高岗。"迪克说,"我们已经淘洗了一大批,但是我们的高炉出了点意外……"

"你们的什么?"

"高炉,"迪克说,"我们把它跟灰烬混在一起了,坩埚也烧破了……噢,我说,那是你的坩埚,你知道……我们借来的……只有一只坩埚是足够大的。南希说你不会介意的。你知道,这些金子是给你的……"

"给我……不过这一切到底是怎么回事?我姐姐跟我说的那些话,我一点都搞不懂。"

"她并不知道,真的,"迪克说,"至少不是全部知道。"

弗林特船长搬来一把椅子,坐到桌前。"让我看看试管。"他说,"你说里面有什么?硝酸、盐酸和一些这种粉末?沿着那只架子找找看,把标有'氨'的瓶子拿过来……好家伙……把瓶塞拔掉。倒出来吧……现在……"

他让氨水一滴一滴地进入试管。里面又嘶嘶冒泡,透明的液体变得混浊,然后变成了明亮的蓝色。

"瞧,就是这样,"弗林特船长说,"是铜……究竟是什么让你们认为它是黄金?"

迪克跟他说了他们的计划和石板瓦匠鲍勃的故事。

弗林特船长打断了他。"那个年轻人去打仗了,所以他的秘密也就没有了下文。嘿,我小时候就听过这个故事。三十年前是南非战争,在那之前是祖鲁战争或克里米亚战争,而且我敢说,一百年前石板瓦匠鲍勃的爷爷就在谈论某个年轻的家伙,说什么如果他不去打拿破仑,就会开

采到黄金。不过你们是从哪里弄到铜的？南希不可能有丝毫概念……”

迪克试图解释，但不等他跟弗林特船长说完峡谷里的老矿坑和石英，弗林特船长就跳了起来。

“石英……铜……在一个老矿坑里。这里有吗？”

迪克从他的口袋里掏出一块。

弗林特船长把它放在手上掂了掂，又仔细看了看，还用他的小刀在迪克认为是金子的地方刮了刮。

“跟黄油一样软。”他急切地说，“那里有很多像这样的东西吗？”

“很多。”迪克说，“苏珊不让我们爆破。除了用锤子和錾子，我们没有任何办法可以把它弄出来。我先前还确信那是金子。其他人一定会非常失望。”

“你知道这是我见过的最丰富的铜矿吗？”弗林特船长说，“如果其他的也能达到样本的品质，我们就发财了……金子……如果有了足够多的这种东西，谁还想要金子？我早就确信它在上面的某个地方。现在要是蒂莫西没有失踪就好了……”

迪克突然想起，如果南希和其他人会为金子感到失望，那么弗林特船长也要面对一个可怕的不幸。

“它一直没有来。”他说，“而且最糟糕的是，他们永远不会知道，把它葬到海里，而不把它带回来做成标本供博物馆收藏，是一种浪费。”

“你是什么意思？”弗林特船长说。

“我们什么都给它准备好了。”迪克说，“你的电报一来，我们就开始准备了，你说要把它安置在这个房间。”

弗林特船长的目光随着迪克转移到那小片热带丛林，以及那只包装箱睡笼，睡笼上写着"欢迎回家"，还用花草装饰了。他凑近一看，顿时大笑起来。

"好吧，说我写信解释过也没有用了……我上船后才发现那封信没有寄出去。可怜的老蒂莫西！"他拍着膝盖，又笑了起来。

"你把它交给乘务员照看了吗？"

"不过你认为它是什么啊？"

"犰狳。"迪克说，还给出了他的理由。

"皮不够厚。"弗林特船长笑着说，"好吧，我们不会打乱你们为他睡觉做的安排。干草？锯屑？他应该会非常舒服……呃！老天啊！那是什么？"

连迪克也被这突如其来的响声吓了一跳。

"叮铃铃铃铃铃铃铃……"

毫无疑问，那只鸽铃正处在非常好的工作状态。

弗林特船长身为一个老旅行家，事后也承认，他已经被吓得半死了。

"叮铃铃铃铃铃铃铃……"

铃声和茶盘以厨房过道当音箱，发出了震耳欲聋的响声，急促又惊悚，就像一只闹钟靠在沉睡者的头边。

"那究竟是什么？"

"叮铃铃铃铃铃铃铃……"

"是有一只鸽子飞回来了。"迪克说，"真有意思，我今天来这里了，他们还派鸽子来……"

"叮铃铃铃铃铃铃铃……"

"我们不能让它停下吗？"弗林特船长用手捂住耳朵说。

迪克已经听见布莱克特太太正在往楼下跑。他很快也赶到门廊里。

"我去关掉它。"他说，"那只是给我的一条信息，南希在我走后想起的什么事。"布莱克特太太又上楼去为弗林特船长收拾他的房间。

迪克从后门跑了出去，穿过院子，爬上通向鸽棚的台阶。在外面的院子里，铃声并没有那么吵。萨福在鸽棚里根本不知道自己把整栋房子搅得不得安宁。它轻声跟荷马、索福克勒斯交流着，还喝了一点水。迪克把接触线弹了回去，铃声戛然而止。

他已经看到了绑在萨福腿上橡皮筋里的那个小纸卷。以前他从没有通过鸽子传递过消息，总是佩吉、提提、罗杰或南希在那里对付鸽子。他的工作是处理电线、电池和电铃。但是现在来了消息，他必须把它取下来。他模仿其他人那样咕咕咕地哄着鸽子，而萨福犹豫了一下，就投降了。那会是什么消息？一定是关于金子的。等到他把那个东西根本不是金子的沮丧消息带过去，他们会怎么说呢？他抽出那个小纸卷，把它展开。只有三个字。他第一眼看时几乎没意识到是什么意思，他又读了一遍：

快救火。

开玩笑吗？这不可能是玩笑。他马上出了鸽棚，砰地关上外面的门，把鸽子们吓了一跳。他一口气跃下最后八级台阶，差点摔倒，站稳后就冲进屋里。

"我想看看你弄的那只电铃。"弗林特船长在过道里见到他的时候说。

迪克把那张纸条递给他，上面是提提绝望求救的信息。

"我们一直都在担心这件事。"他说。

"他们在哪里？"弗林特船长立刻问道。

"在高岗的一个角落，泰森家农场的上面。至少营地就在那里……"

弗林特船长跑到花园里，看着山谷那边的干城章嘉峰，还有在远处托起高岗的矶鳕峭壁那段长长的悬崖。

是的，那边的天际线很暗很模糊。烟雾在山脊顶上飘荡。

弗林特船长回到屋子里，而迪克还没来得及赶到花园。

"莫莉！"他叫道，这声音让布莱克特太太一下子就明白了，她立刻来到楼梯口。

"怎么了，吉姆？"

"老乔利斯的电话是多少？"

"7多少来着……你可以去电话那里看看他的火灾报警卡。你找他干什么？"

"高岗上起火了。我来打电话，你去把汽车开到外面。"

弗林特船长跑到电话旁边，那里的墙上钉着一张卡片，是乔利斯中校亲自打的，清清楚楚。

旱季	防火
如遇火灾拨打菲尔赛德 75	
T.E. 乔利斯中校	

弗林特船长摘下听筒，用力地拨号，把托架弄得晃来晃去。布莱克特太太脸色煞白地走了出去。迪克没有时间决定自己应该做什么。电话

接通了。弗林特船长开始说话。

"菲尔赛德，七十五号……不……不是九……五……是五……对的……七五……喂……喂……乔利斯……我是吉姆·特纳……噢，是的，今天回来了……听着！高岗着火了……什么？是的……看上去是真的起火了……从邓代尔路吹来的……南风……是的……"

院子里突然传来一阵轰鸣声，布莱克特太太发动了老爷车的引擎。

"来吧，迪克，跳上来。"

"那辆……自行车怎么办？"迪克问。

弗林特船长把它提起来，放进车后座，车把和前轮都伸到了车后座上方，前轮还在转动。迪克随后钻了进去。布莱克特太太从驾驶座往旁边一滑，给弗林特船长腾出了位置。"噢，天哪，噢，天哪！"她说，"我不应该让他们在这么干旱的情况下在那里扎营。"

"没事的，莫莉，"弗林特船长说，"你不用担心。"他咔嗒挂上挡。老爷车了解它的老主人，立马就乖乖地出发了。他们穿过大门，直接驶上马路。换挡了，第二挡……第三挡……"抓紧，迪克，"弗林特船长说，"它开不到四十迈，除了在下坡的时候，不过它在拐弯时有点像野马……"

这条狭长的路上全是弯道。迪克和自行车有时共享这一侧的座位，有时共享另一侧的座位。他尽力抓紧了。老爷车从来没有跑得这么快。当它在坑坑洼洼的路面和松动的石块上颠簸时，即使是在前排座位上，布莱克特太太和弗林特船长也被抛来抛去。他们没有说话。有一次迪克听见弗林特船长说"加油，老妞"，但他是对老爷车说的，而不是对他姐姐说的。就在他们沿着山谷道路吱吱嘎嘎咆哮着前进的时候，可以看到阴沉的灰色烟雾在树林上方飘来飘去。那上面发生了什么？火是从哪里烧起来的？营地被烧毁了吗？迪克记得自己是怎样蹑手蹑脚地穿过营地，留下桃乐茜、提提和罗杰在帐篷里熟睡……而且那些金子并不是金子。每一件事情都出了问题。而现在，最最糟糕的是……万一他们来不及怎么办？

这时，老爷车靠着两只轮子突然急转弯，上了狭窄的桥，挡泥板被刮了好几下，然后驶入了泰森农场的院子。那里空无一人。车刚停下，布莱克特太太就跳下车穿过院子，跑到通往树林的小路上。

"都到火灾现场去了。"弗林特船长说，"嘿，好的，你最好也带上一把。"

那堆整齐的灭火扫帚已经不见了，但是还有三四把扫帚散落在原来放那堆东西的地方。弗林特船长拿起一把，跟在他姐姐后面跑上了林子。迪克也拿起一把，跟在弗林特船长后面，沿着蜿蜒的小路往上跑。之前骑着自行车下山已经够糟糕了，但是现在带着灭火扫帚……他的心怦怦直跳。他有点喘不过气来。跑啊，跑啊。他的两条腿已经疼到了膝盖以上。他滑倒了，脚踝受了伤，但由于在匆忙赶路，几乎感觉不到疼痛。布莱克特太太在那里……他追上了她……他超过了她……他超过她的时候只瞥见了她的脸，爬啊，爬啊……现在他能听到噼里啪啦的声音。每喘一口气，欧洲蕨烧焦的刺鼻气味就充满了他的鼻子和喉咙。他把灭火扫帚移到肩膀上，拖在地上往前跑。他又把它扛了起来。快到顶上了。金子溶解于王水。他真是一头蠢驴。桃乐茜还好吗？浓烟在树林中飘浮，有人在大声呼喊……

一等水手们与大火搏斗

第三十四章

原住民

"我们永远不会孤军奋战。"提提自言自语。到处都有小火蛇沿着石头上的裂缝往前窜。一个地方刚被扑灭，另一个地方又出现了。桃乐茜把《湖区逃犯》安全地背在背包里，正在用灭火扫帚全力救火。罗杰拿着另一把扫帚也在全力救火。但是他们三人不得不一次又一次地转过身去，躲避那刺眼的浓烟。提提知道这场斗争不会持续太久了。风向一变，哪怕只是短暂的瞬间，大火就会滚滚涌下山谷，不管树林里有没有刺猬，那些干树叶肯定都会着火，她、罗杰和桃乐茜将不得不逃命。

而就在这时，救援从四面八方拥来。

一个身穿灰色法兰绒衣服的高个长腿男人从烟雾里跳了出来。他的帽子不见了，但提提知道他是谁，而且根本不相信自己见到他是如此高兴。

"我们还有一些灭火扫帚。"罗杰说。

"把你的给我。""软帽子"说完，就像旋风那样开始干活。

"你们还好吧？"苏珊上气不接下气地问。

"我一只手有点烫伤了。"罗杰说。

"你应该涂点黄油。"苏珊说。

"他们都很好，约翰，"南希说，"把其他的扫帚拿过来吧。"他们冲到了下方的营地，很快就回来了。

阿特金森农场的三个男人沿着树林边缘跑来，每个人都带着一把灭

火扫帚。

"软帽子"看了看四周，发现了他们。不管别人怎么说他，但他似乎很明白怎么灭火。阿特金森农场的人都认识他，不一会儿，农夫和勘探人员就像一支训练有素的队伍那样工作起来。

"不要让它烧到岩石的这一边。""软帽子"大声喊道，那些人也大声回应他："是，就是这么回事……把它挡在那边！"

这时，罗宾·泰森和农场工人带着扫帚赶来了，他们也加入了保卫者的队伍，只要岩石缝隙中的干草出现火苗，他们就把它扑灭。

然后，泰森太太也赶来了。

"你们这次真的完蛋了，南希小姐。没有什么能阻止它了。我昨天就应该把你们送走的。"南希还没来得及说一个字，她就朝罗宾·泰森旁边跑去，准备用扫帚灭火。

罗杰被烫的那只手已经涂上了黄油，他走到提提面前，由于热浪和愤怒，他满脸通红。泰森太太已经穿过了营地。

"她认为是我们点的火呢。"他说。

"但我们没有啊。"提提说，"你告诉她……"

这时她看到了苏珊。不久之前，苏珊的脸上满是感激之情，因为没有人被烧伤。然而现在她也听见了泰森太太说的话。提提感到泪水开始在眼眶里打转。本来不应该发生让苏珊这样难过的事情。

烟雾在他们面前稍稍消散了。

"软帽子"正在发号施令。

"你们这些孩子留在这里，不要让它再起火了。走吧，伙计们。沿着树林边上……会不会有人在另一边灭火？"

"那边是沃特斯米特的低地农场，"阿特金森农场来的一个人说，"但他们只有一个老人和一个小孩。"

"如果风向不变，我们就能把火挡在树林外。""软帽子"大声说，"但是到岩石尽头的这一带，得要有一百个人才能挡住它……嘿，我们必须把那边的火扑灭。"然后他就沿着岩石边缘飞奔，冲向滚滚而来的深棕色烟雾。

提提被南希突然发出的喊声吓了一跳。

"吉姆舅舅！"

她转过身去。他就在那里，手里握着灭火扫帚，急急忙忙地清点勘探者的人数。

"南希……佩吉……提提……苏珊……桃乐茜……约翰……罗杰……好的，没问题。"

"听我说，"南希说，"我们没有点火。他们以为是我们干的。"

"好吧，"弗林特船长说，"我不认为……"

他突然停了下来。

"什么！"他大喊道，"嘿！那是谁？好吧，我太吃惊了。"

"他是个侵占矿权的人。"桃乐茜说。

"他是为了搞到我们的金子。"提提说。

"他一直在监视我们，还和石板瓦匠鲍勃密谋……我们已经竭尽全力抵挡他了……"

但是弗林特船长并没有听进去。他把一只手放在嘴边做成喇叭状，

喊出了一个名字，就一个名字……

"蒂莫西！"

"软帽子"转过身，挥了挥一只手，然后继续在烟雾中灭火。

弗林特船长跑过去找他。

疲惫不堪又浑身脏兮兮的勘探者们张大了嘴巴，面面相觑。当汗流浃背的迪克跌跌撞撞地爬上山谷时，他们谁都没说一句话……

"桃乐茜还好吗？"他喘着气问。

他丢下手中的扫帚，慌忙摘下眼镜。他在树林里跑得确实太热了，汗水滴落在眼镜上，根本看不清任何东西。

"迪克，迪克，"桃乐茜急切地问，"它是不是金子？"

在救火的刺激下，以及发现他们本打算欢迎的蒂莫西和被他们视为敌人的"软帽子"竟然是同一个人，其他人已经把别的一切都忘记了。而桃乐茜没有忘记。她怎么可能忘记？因为整支探险队的成败就取决于迪克一个人。到底是金子，还是并非金子？

"我彻底错了，"迪克气喘吁吁地说，"根本不是金子，是铜。弗林特船长亲自演示给我看了，它在氨水中变成了蓝色……"

一个接一个的打击。

这时布莱克特太太赶来了，她没能跟上迪克在泰森家树林陡峭小路上狂奔的步伐。她也急急忙忙把勘探者们清点了一遍。

"南希……佩吉……提提……约翰……苏珊……桃乐茜在哪儿？噢，在那边。罗杰呢？没受伤吧？你的手怎么了？噢，我亲爱的孩子们，想想你们的父母会对我说什么，万一……"

"我们都很好，妈妈……每个人都很好。"佩吉说。

"不过蒂莫西一直都在这里，"南希说，"他跟吉姆舅舅在那边……他在我们的峡谷里睡着了，差点被烧伤……"

"当心，苏珊！"约翰大喊道，"你脚边还有一点火星。"

"救命！"桃乐茜一边喊一边拼命拍打小火苗，它们隐藏在一片干枯的草丛里，刚才突然燃烧起来。

"噗，好大的烟！"布莱克特太太咳了几声，"你们有多余的扫帚吗？"

"用我的吧。"罗杰说，他发现自己用从营地带来的扫帚也做不了什么，因为他那涂了黄油的手缠着绷带。

大火的主体在高岗的岩石边缘蔓延。弗林特船长、蒂莫西和农场的人正随着火势前进，他们奋力灭火，不让它越过多石的地带，进入下面的树林。他们不时有人出现在飘移的烟雾中，挥舞着灭火扫帚，当浓烟包裹他的时候，他就又消失了。勘探者们也在奋力工作，他们沿着已经烧过的地带边缘，把先后冒出的火苗扑灭，滚烫通红的小火花就在他们脚下潜伏着，直到它们出乎意料地燃起火焰才会被发现。就有这么可怕的一次，生长在岩石下方低洼处、紧靠树林和荆棘丛的一棵小冬青，突然像焰火一样燃烧起来，发出劈里啪啦的巨大响声。但约翰和南希及时赶到，把它周围草地上的火花踩灭了。

泰森太太万分绝望地从烟雾中回来了。

"没有什么能阻挡它，"她说，"你在这里可以沿着岩石扑灭它，但是等它烧到格林班克斯的时候，你们就控制不住它了。呃，布莱克特太太，我没有想到是他们。我昨天就应该把他们打发走的。再也不会了，再也

不会……"

"可是乔利斯中校……"布莱克特太太开口说话了。

"乔利斯中校,"泰森太太气愤地说,"乔利斯中校有什么用?谁去告诉他?等他们看到远方的烟,树林已经被烧毁了,整座山谷都会化成灰烬……"

她突然停下来,好像在听什么。

"那是什么?"罗杰说。

不远处响起了马车喇叭的轰鸣声,三十年前,汽车还没有取代马车的年代,这种四个声调的古老喇叭声曾经在山谷上下回响。这响声得到了另一种响声的回应,而且更近了。

"嗒嗒啦啦——嗒——嗒……嗒嗒啦啦——嗒——嗒……上火场了,小伙子们,上火场了。"

远处传来数十声汽车喇叭响。

"是消防员,"南希叫了起来,"是乔利斯中校。不过他们怎么来得这么快?"

"我们一收到你们的信息就打电话了。"

"什么信息?"

"我们派了萨福回去。"罗杰说。

"我写的信,"提提说,"但我们从来没想到它会直接飞回去……"

南希双脚跳到了半空中。

"干得好!"她大叫道,"一等水手们好样的!老萨福好样的!约翰!苏珊!佩吉!你们听见了吗?他们用飞鸽传书发去了紧急求救信,而且萨福这一次直接飞回去了。"

"他们的一只鸽子……"泰森太太将信将疑地说。

从树林顶部的某个地方传来一阵欢呼声，紧接着又是一阵欢呼声。马车喇叭声也再次响起。

"不，我们还有机会。"泰森太太大叫一声就走了。

到了晚上，他们才知道大火被扑灭，山谷得救了。乔利斯中校和他的手下赶在大火蔓延过来之前及时烧出一条宽宽的隔离带，因此当大火烧到那里时，由于缺乏燃料而自行熄灭了。高岗变成了一片黑色的海洋，白灰像波浪般起伏。北面的烟雾渐渐散去，矶鳕峭壁耸立在上方，清晰可见。

"石板瓦匠鲍勃可能甚至不知道发生了火灾。"桃乐茜说道，她想起了那个在半山腰独自工作的老矿工。

弗林特船长、蒂莫西、阿特金森一家以及泰森一家沿着高岗边缘慢慢走了回来，肩上扛着各自的灭火扫帚。

泰森太太径直走到勘探者们那里，他们正站在"长城"上向外张望。

"好吧，"她说，"我错了，我以为是你们放火把山冈烧着了。我应该想到，如果是你们放的火，那首先烧着的就是树林了。不过，你们要原谅我。当火烧到脚下的时候，人是无法思考的。如果你们没有带着鸽子来到这里，那么不等别人得到消息，我们的农场就会被烧毁，地里的干草饲料和其他所有东西都会被烧光。所以我感谢你们，特别是你们的鸽子。呃，布莱克特太太，欢迎他们任何时候在任何地方扎营，不管用什么方式住多长时间，只要他们喜欢。好了，罗宾，没什么好盯着看的。

我们要去给奶牛挤奶了，管他有没有起火。现在已经很晚了。"说完，泰森太太、罗宾和农场工人就朝下方的树林走去。

"那就没事了。"布莱克特太太说。

"你们似乎跟泰森太太交上了朋友。"弗林特船长说。

"噢，好吧，"南希沮丧地说，"现在无所谓了。整整两个星期都浪费了，我们已经失败了……"

"失败了？"弗林特船长说，"失败了？你是什么意思？"

"那不是金子，"南希说，"迪克说它不过是铜。"

"但是我们一直在努力寻找的就是铜。"弗林特船长说。

第三十五章

结　局

于是，勘探者们终于听到了所发生事情的全部经过。弗林特船长和蒂莫西曾一起在南美洲寻找黄金，而那里根本就没有。他们在一个高高的山坡上谈起了英国的采矿业、山冈上古老的铜矿，以及老矿工们虽然没找到但是一定还在那里的铜。他们还谈到了老矿工们从未试过的新型探矿方法。他们下定决心要亲自去看看。"我记得在高岗上看见了一些东西……"后来蒂莫西先回家了，他本应该给布莱克特太太捎去一封信。"我写了那封信，"弗林特船长说，"结果我上船后一周才发现它还在我的口袋里。但我并不担心。我已经把贝克福特的地址给了他，还告诉他去找石板瓦匠鲍勃谈谈。再说我还发了电报。我从来没想到，他太害羞，竟然没有上门拜访。"

即使蒂莫西的脸晒红了，还沾着黑色的烟灰，但也能看出他脸红了。

"我想让他把我的房间利用起来，因为我有地图和一些器具。噢，好吧，另一个勘探者反而已经利用了它们……"

"我对那只坩埚感到非常抱歉。"迪克说。

"别管什么坩埚了。"弗林特船长说，"不过我想看看你们发现铜的地方。"

"来吧。"南希望着对面一片漆黑还在冒烟的高岗说。

"大家最后一次吃东西是什么时候？"布莱克特太太说。

"一百年前。"罗杰说。

"我们来给大家做晚饭吧。"苏珊说。

"好啊。"佩吉说。

"我能帮忙吗？"布莱克特太太说。

"你们做好了就发信号，"南希说，"我们还有时间过去走走再返回。"

焦黑的地面上飘起一缕缕细烟。被烧毁的枯草和欧洲蕨的灰烬从他们脚下飞溅出来。紫石楠被烧得光秃秃的，只剩下发黑的茎干，看起来像是被闪电击中的一棵棵小树。

"这就像在火山周围行走一样。"提提说。

远处沿着矶鳕峭壁的山脚，他们可以看见乔利斯中校的一些志愿者。

"这其实并不公平，"罗杰说，"他们没有给火一点机会。"

"好啦，"约翰说，"如果当时我们没能进入矿里，大火也不会给我们多少机会。"

"想想看，要是萨福没有尽力，会发生什么？"桃乐茜说。

"它这一次没把原住民赶走，"罗杰说，"它把他们一群人鼓动得团团转。"

弗林特船长和蒂莫西一边走一边谈论铜矿，迪克跌跌撞撞地走在他们旁边，正努力理解他们的谈话。

"我发现废石还不错。""软帽子"说着，指了指他在高岗对面干城章嘉峰山坡上画的白点。

"不好意思，"迪克说，"'废石'是什么？"

"分解的矿石。"弗林特船长说，"它本身不是什么好东西，却是下面藏有好东西的一个标志……"

"我发现那些废石还不错……红红的，多孔的结构，跟我在任何地方看到的一样有希望……如果我一直沿着它往下走就能找到矿脉的话，那就不得了了。但废石到尽头了，就那么回事。我看到的唯一好矿石就是今天早上我碰到的一些松散的碎片……"

"我们的。"南希打断了他的话。

"是的，"弗林特船长说，"从迪克告诉我的情况来看，我认为他们比你更早发现了它。"

他们来到峡谷边上，那里的岩石虽然沾着黑色的烟迹，但是比焦黑的地面显得苍白一些。

蒂莫西拿出一张有很多褶皱的地图。

"看这里，吉姆，"他说，"这里是废石的路线……那些白漆是我追踪下来做的标记……我在地图上用红色把它标出了……它一定是从这边过来的，但始终没有矿脉的迹象……"

"来看看吧。"南希说，这口气有点像她以前的风格。它可能不是金子，但如果它是弗林特船长想要的东西，那就够好了，她的情绪又高昂起来，就像一步跨上三级台阶那样。"来看看它吧，"她说，"当然，已经树立了标桩。大火烧掉了我们的告示，但标定的采矿权还是不变的。"

他们从峡谷一侧跑下去，穿过峡谷，很容易就看到了进入矿坑的路，因为现在入口周围的石楠已经烧掉了，它就不那么隐蔽了。

"这边走。"南希说着就钻进矿里。其他人紧随其后。

"嘿，"弗林特船长进入矿里之后，挺直身子说，"有人在这里干活。"

"我们忘了熄灭它。"约翰看着挂在岩壁铁钉上的防风灯说，那盏灯还在燃烧着。

"那不是我的旧研钵吗？"

"借来的。"南希说。

"矿脉在哪儿？天哪，蒂莫西，你看到了吗？我们把那盏灯再靠近一点。"他拾起一把锤子，开始急切地敲打石英，"矿脉，"他说，"比我曾经希望的还要好。"

"是矿脉没错，"蒂莫西说，"我今天下午来过这里，当时根本没有看见它。"

"你在看另一个方向，"南希说，"我们也是，当时大火呼啸而过。"

"可你们是怎么找到它的，南希？"弗林特船长说。

"是我找到的。"罗杰说。

"怎么找到的？"

"我用锤子敲了敲，一些石头掉了下来，它就在那里了。"

"那些老家伙一定是在只差两厘米的地方就停工了。"弗林特船长说，"好吧，蒂莫西，我们已经错过了。罗杰他们抢在了我们前头，我们不如放弃吧。除非他们创办一家公司，而且让我们加入……"

每个人都在昏暗的灯光下看着南希。

这不正是她所希望的吗？其他人都盼着她能抓住这个机会。但是南希紧紧地抿着嘴唇，把眼里的光芒都收了起来，疑惑地看向弗林特船长。

"嗯。"她说。

"噢，听着，南希。"

"条件。"

"说出来。"

"暑假期间不准再外出了，"南希说，"去什么南美洲之类的。"

"如果不留在家里，我们就不能把这件事干好，"弗林特船长说，"这就是我回来的目的。"

"哦，是吗？"南希说，"那我们怎么办？你可以在我们上学的时候工作，当然，假期里也可以干一点。但如果你一直不去船屋，船屋还有什么用呢？"

"你想让我做什么？"

"沃克太太来了以后，我们就又会有两艘船了，而迪克和桃乐茜还从没见过一场战斗。"

弗林特船长转过身看向蒂莫西。

"两个对八个，"他说，"蒂莫西，我的朋友，你不知道你将要面临什么。你就等着走上甲板，一脚踩空，掉进冷水里喂鲨鱼吧。好了，南希，这对他有好处。还有，听我说，提提，你能帮我做一面新旗帜吗？旧的大象旗有点虫蛀，也发霉了。以犰狳为主题的东西怎么样？"

所有人都大笑起来，除了蒂莫西，不过连他也礼貌地微笑着，就像人们听到了自己不懂的笑话那样。

这时，罗杰提醒他们，苏珊、佩吉和布莱克特太太可能已经在等他们了，这是当然的事。他们开始往回走。

迪克刚才没有说什么，但现在他向南希船长提出了一个问题："我对金子的判断错了，你认为这真的没关系吗？"

"是件好事。"南希说，"如果我们事先知道的话，可能就放弃了。不管是金子还是铜，如果你拥有足够多的话，那都是一样的。二百四十便士就是一英镑。看看他们吧。"她指了指弗林特船长和"软帽子"，他们走在前面，一边比较着含铜的石英块，一边热切地交谈，"你没听说吗？他们打算把老石板瓦匠鲍勃请过来帮他们。"

"他说他想暂时放下石板的活儿，要在金属方面再试一试。"桃乐茜说。

"我们也可以试一试，"南希说，"只要我们不忙其他事的时候。"

"好，"罗杰说，"我也这样想。她来了。"

佩吉在高岗的边缘，用绑在棍子上的手帕发信号。他们只需读出前两个字母就知道是食物的意思。

"快点，吉姆舅舅，"南希说，"大家都饿坏了。"

"好吧……现在，听着，蒂莫西……这就像我们在伯南布哥山上猜测的那样。那些老矿工根本不知道废石是好铜的标志。他们抓住他们看得见的东西，如果看不见，他们就放弃。现在它应该就在那里，沿着废石线往上，假如我们从那里开采，我们将获得丰富的矿石，比在这些山冈上开采过的总量还要多……"

"贪心，真贪心。"南希说。

罗杰忿忿不平地看了看四周。

"好啦，罗杰，"她说，"我又不是在说你。"

晚饭结束了。

甚至连那些累得筋疲力尽不想开口的也开始说话了。

提提在黄昏中溜走了。

虽然荆棘丛在火灾中幸存下来，她想，但是那只小刺猬可能已经被吓死了，那么多的烟，那么大的火光，还有到处踩踏的消防员。水井旁有一个东西在动。她蹑手蹑脚地走近了一点。那是一个又小又瘦的东西，背部弯曲……是一只黄鼠狼。它喝了水，抬起蛇一样的小脑袋，嗅了嗅，然后就走了……井水又涨起来了，甚至对黄鼠狼来说还有多的，不过她想，黄鼠狼的到来会不会把刺猬吓跑？在她身后，可以看见林子里营火的红光，还可以听见布莱克特太太的声音，她说她是多么感恩，因为大家都很好，万一有人在父母到来的时候被烧伤了，那该有多么可怕。她还听见了罗杰的声音："我确实不得不把黄油涂在手上。"这些谈话声会让刺猬远离他们吗？

这时，她听见干叶子中有动静，就在荆棘丛下面。她听见有鼻子嗅了一下……发出咕噜声……打了个喷嚏。也许从高岗上吹下来的一些灰让它鼻孔发痒了吧？然后，在昏暗的光线下，她看见了它。它步子笨拙，稳稳地跑向井边。她看着那个黑乎乎的小东西走下台阶。它开始喝水，水灌进了它的鼻子，她听到它不耐烦地抽鼻子。它又爬了出来，快步跑开。它消失在阴影中，她看不见它了。但是她已经看得足够多了，就溜回了营地。

火光把营地外的一切都抛进了黑暗之中。布莱克特太太和两个小厨师正在收拾晚餐餐具，准备清洗。提提到处寻找迪克。他正躺在地上，盯着火焰，她走到他和南希中间。

"那只刺猬没事了，"她说，"它刚刚去找猎物了，我看见它在井边

喝水。"

"好。"迪克说。

躺在他另一边的桃乐茜听见了。"地上跑的和天上飞的都会在那里喝水，直到永永远远。"她说，"如果不是提提，那里根本就不会有水井。"

"弗林特船长不相信你真的找到了水，"南希说，"直到妈妈把一切都告诉了他。"

与此同时，罗杰一遍又一遍地说起他在救火过程中出的一份力，并不是因为他想吹嘘，而是因为通过讲述，他肯定了自己的努力。当初，事情发生得太快了。

"刚开始火不是很大，"他说，"只有烟和沿着地面劈里啪啦冒出的小火苗，后来风呼啸而起，就到处都是火了。还有那气味……我们什么也看不见了……我们放飞了鸽子，只是为了它不会被烧死。我们根本没想到它会乖乖地直接飞回家……然后我们想到了提提的水井……我们就带着水桶飞奔……好吧，你知道，是罐子……我们把罐子里的糖和饼干都倒出来了……后来井水没了……我们就用扫帚扑火……南希、约翰、苏珊、佩吉和'软帽子'……好吧，你知道我指的是谁……他们从烟雾中冲了出来，苏珊几乎要哭了……哦，是的，没错，苏珊……为什么不承认呢——真的会很可怕，如果树林烧着了，我们所有的帐篷也……"

弗林特船长也在跟"软帽子"说话。

他们躺在营火边上，还抽着烟斗。

"是的，我的老朋友，"弗林特船长说，"可是为什么，为什么你不直接去贝克福特呢？我已经发电报告诉他们了……"

"软帽子"似乎又开始害羞了。

"我亲爱的吉姆，我怎么能去？那里到处都会有孩子冒出来。就像一场校园宴会……你自己也不会去的……我怎么知道你不是把我塞进了一所假日学校？所以我没拿到你的地图，那个石板矿上的老伙计也不痛快，我花了不少时间在他身上。我第一天见到他的时候，他还不错，但在那之后，他似乎有点不对劲了，开始吞吞吐吐不想说话，一连几天都是这样。我……"

提提看见南希也在听。就在这时，南希突然翻过身去，这样火光就照不到她的笑脸了。

"但是你有什么好害羞的？"弗林特船长说，然后他想起了什么，突然大笑起来。

"害羞？哎呀，他们都盼着你来呢。他们甚至为你建了一间专用的卧室。我亲自见过，门上写着'欢迎回家'和你的名字。也许有点小，但重要的是出于好意啊。"